立川文庫セレクション

Miyamoto Musashi

Nobana Sanjin

立川文庫セレクション

野花散人◉著

宮本武蔵

論創社

宮本武蔵　目次

宮本武蔵

◎武士《さむらい》では無《な》いぼうふり

天下《てんか》の政権《せいけん》は徳川家《とくがわけ》の手《て》に帰《き》して以来《いらい》、其《その》三代家光将軍《だいいえみつしょうぐん》の御代《みよ》に至《いた》って全《まった》く治《おさま》り、弓《ゆみ》は袋《ふくろ》、太刀《たち》は鞘《さや》に納《おさ》められて士《し》は戦国《せんごく》の剣《けん》を捨《す》て、啻《ただ》に治世《ちせい》の武《ぶ》を修《おさ》めんことに、心《こころ》を労《いた》むることになったが、此頃《このころ》、藩士《はんし》の師弟《してい》、或《ある》いは武道熱心《ぶどうねっしん》の士《し》なぞが八寸《すん》の草鞋《わらじ》を穿《うが》って諸《しょ》国《こく》を順歴《じゅんれき》し、一流《りゅう》の師《し》について、武《ぶ》を闘《たたか》わす、所謂《いわゆる》武者修業《むしゃしゅぎょう》なるものが旺《さか》んに行《おこ》なわれた。

茲《ここ》豊前《ぶぜん》小倉《こくら》の城下《じょうか》、小笠原家《おがさわらけ》の家臣《かしん》で、武道師範役《ぶどうしはんやく》、宮本武左衛門《みやもとぶざえもん》無二斎《むさい》の門前《もんぜん》へ或日《あるひ》訪《たず》ねて来《き》たのは此《こ》の武者修業《むしゃしゅぎょう》の一人《にん》である。身《み》には紋付《もんつ》きの綿服《めんぷく》に小倉《こくら》の袴《はかま》を裾高《すそたか》く着《つ》け、腰《こし》には朱鞘《しゅざや》の大小《だいしょう》を厳《いか》めしく、左《ひだ》りの肩《かた》から右《みぎ》の脇下《わきした》へ風呂敷包《ふろしきづつ》みを斜《なな》めに結《むす》んで右手《めて》には六尺棒《しゃくぼう》、左手《ゆんで》には骨太《ほねふと》の鉄扇《てっせん》を握《にぎ》り、両肩怒《りょうかたいか》らして破鐘《われがね》のような大声《おおごえ》をたてた。

「頼《たの》む、御頼《おたの》み申《もう》す」と云《い》う声《こえ》に驚《おど》ろいた宮本《みやもと》の家来《けらい》、直《ただ》ちに飛《と》び出《だ》して見《み》ると此《こ》の有様《ありさま》でサモ傲慢《ごうまん》らしく立《た》っておる。「是《こ》れは〳〵、何誰様《どなたさま》にござりまする」「オー拙者《せっしゃ》は土佐《とさ》の国《くに》の浪人《ろうにん》、神伝有馬流《しんでんありまりゅう》の棒《ぼう》の元祖有馬喜右衛門信賢《がんそありまきえもんのぶかた》と申《もう》すもの。予《かね》て宮本殿剣道御堪能《みやもとどのけんどうごたんのう》の趣《おも》むき承《うけたま》わり居《お》れば、此度当地《このたびとうち》へ参《まい》ったを幸《さいわ》い御手練《ごしゅれん》の程拝見致《ほどはいけんいた》し度《た》く態々御尋《わざわざおたず》ね致《いた》した。拙者《せっしゃ》の儀《ぎ》については、当今武道《とうこんぶどう》に志《こころざ》す者誰《ものた》れ知《し》らぬものも無《な》い程《ほど》でござれば、宮本殿《みやもとどの》にも定《さだ》めて御存《ごぞん》じの事《こと》と思《おも》う。何《ど》うか宜《よろ》しく御伝《おつた》え下《くだ》されたい」「ハッ、暫《しば》らく御待《おま》ちを願《ねが》いまする」余《あま》りの言葉《ことば》に呆《あき》れた家来《けらい》、其儘奥《そのままおく》へ通《とお》って此《こ》の旨《むね》を武左衛門《ぶざえもん》に伝《つた》えた。処《ところ》が武左衛門《ぶざえもん》には両《りょう》三日来《にちらい》の不快《ふかい》で出仕《しゅっし》をさえ休《やす》んで居《お》る程《ほど》であるから仕合《しあい》なぞは出来得《できう》べき筈《はず》が無《な》い。「ナニ有馬喜右衛門《ありまきえもん》……聞《き》いたことがあるように思《おも》うが中々慢心《なかなかまんしん》を致《いた》して居《お》るようであるが望《のぞ》みによって手合《てあ》わせを致《いた》し手酷《てひど》く懲《こら》しめてやるのは其者《そのもの》の為《た》めではあるが、何分不快《なにぶんふかい》を以《も》って出仕《しゅっし》をさえ怠《おこた》って居《お》る昨今《さくこん》、万一其事《まんいちそのこと》が殿《との》の御耳《おみみ》へ入《い》ってもよくあるまいによって程《ほど》よく帰《かえ》らすがよかろう」「畏《かし》こまりました」と家来《けらい》は再《ふた》び玄関《げんかん》へ立《た》ち出《い》でた。「誠《まこと》に御待《おまた》せを致《いた》して相済《あいす》みませぬ」「ム、何《ど》うした直《ただ》ちに立《た》ち合《あ》いを致《いた》されると申《もう》すか」「ハッ、其旨申《そのむねもう》し伝《つた》えましたる処《ところ》、両《りょう》三日前《にちぜん》より不快《ふかい》の為《た》め臥《ふ》し居《お》りまする為《た》め此度《このたび》は残《ざん》念《ねん》ながら御言葉《おことば》に応《おう》じかねまする」「ナニッ、不快《ふかい》の為《た》め立《た》ち合《あ》いはならぬと申《もう》されるか」「左様《さよう》にございまする」「ハヽヽヽ、不快《ふかい》とは何病《なにびょう》でござるの。定《さだ》めて拙者《せっしゃ》の名《な》を耳《みみ》にせられ俄《にわ》かの発病《はつびょう》と存《ぞん》ずるが……よくも左様《さよう》な御心《おこころ》を以《も》って一藩《はん》の御師範役《ごしはんやく》は勤《つと》まったものでござるな。拙者国許《せっしゃくにもと》では小倉《こくら》の宮本《みやもと》無二斎《むさい》と云《い》えば武道《ぶどう》の達人《たつじん》と承《うけたま》わったに来《き》て見《み》れば存外《ぞんがい》の臆病武士《おくびょうざむらい》。拙者《せっしゃ》の名《な》を聞《き》かれて俄《にわ》かに不快《ふかい》になられるような御腕前《おうでまえ》なれば知《し》れたもの。イヤ此上《このうえ》は強《し》いて望《のぞ》むまい。万《まん》一御生命《おいのち》に別条《べつじょう》あられては御気《おき》の毒《どく》。折角養生《せっかくようじょう》さっしゃるよう伝《つた》えられい。……太平《たいへい》とは申《もう》せ御教導《ごきょうどう》受《う》けられる家中《かちゅう》の方々《かたがた》は定《さだ》めて御立派《ごりっぱ》なものになられるであろう、ハヽヽヽヽ」

口《くち》は横《よこ》に裂《さ》けたりとは云《い》え散々《さんざん》の悪口雑言《あくこうぞうごん》を尽《つく》した後《のち》、軈《やが》て立《た》ち去《さ》ろうとする折柄《おりから》「ア一寸《ちょっと》御待《おま》ち下《くだ》されたい」と立《た》ち出《い》でたのは武左衛門《ぶざえもん》の一子《し》武蔵《たけぞう》である。当年《とうねん》取《と》って十三歳《さい》。年《とし》から云《い》えば未《いま》だ小供《こども》で取《と》るには足《た》らぬが性来《せいらい》の悧発者《りはつもの》。殊《こと》に武道《ぶどう》は五六歳《さい》の頃《ころ》から熱心《ねっしん》とあって、父《ちち》武左衛門《ぶざえもん》の稽古《けいこ》ぶりを身覚《みおぼ》え、窃《ひそ》かに木剣《ぼくけん》を取《と》って鍛練《たんれん》した結果《けっか》其《その》十歳《さい》の時《とき》は既《すで》に父《ちち》の高弟《こうてい》に舌《した》を捲《ま》かせ夫《そ》れ以後《いご》は武左衛門《ぶざえもん》も親《した》しく手《て》を取《と》って教《おし》えて居《お》るので今《いま》では小笠原《おがさわら》の藩士中《はんしちゅう》是《こ》れに打《う》ち勝《か》つ者《もの》は殆《ほと》んど無《な》い程《ほど》であるから誰《た》れ云《い》うと無《な》く小天狗《こてんぐ》の名《な》をさえ称《とな》えられて居《お》る腕前《うでまえ》。此《こ》の武蔵《たけぞう》、玄関脇《げんかんわき》の小座敷《こざしき》に居《お》って書見《しょけん》の最中《さいちゅう》、有馬《ありま》が容易《ようい》ならぬ悪口《あくこう》を聞《き》き兼《か》ねて思《おも》わず飛《と》び出《だ》したものである。一時《じ》門前《もんぜん》へ出《で》て居《お》った喜《き》右衛《え》門《もん》は此《こ》の声《こえ》によって立《た》ち止《どま》った。「何《な》んだ、見《み》れば小腕泊《こわんぱく》の分際《ぶんざい》で拙者《せっしゃ》に何《なに》か用《よう》があるか」

「如何《いか》にも御意得《ぎょいえ》たい儀《ぎ》がござるによって御呼《およ》びとめ致《いた》しました」「拙者《せっしゃ》の名《な》を聞《き》かれて御不快《ごふかい》になられるような宮本殿御邸《みやもとどのおやしき》に御用《ごよう》がない筈《はず》。拙者《せっしゃ》は臆病武士《おくびょうざむらい》の邸《やしき》に、片時《かたどき》も足《あし》を止《とど》め申《もう》さぬ」「オヽ、其儀《そのぎ》について御意得《ぎょいえ》たい。宮本武左衛門《みやもとぶざえもん》は何《なに》が故《ゆえ》に臆病武士《おくびょうざむらい》でござる。不肖《ふしょう》なれども武左衛門《ぶざえもん》が一子《し》武蔵《たけぞう》、只今《ただいま》の御言葉《おことば》を伺《うかご》うては聞《き》き捨《す》てになり申《もう》さぬ」

「ハヽヽヽ、臆病武士《おくびょうざむらい》の子息《しそく》としては大胆《だいたん》なる言葉《ことば》、感心《かんしん》〳〵。其心《そのこころ》を以《も》って成長致《せいちょういた》さねば誠《まこと》の武士《ぶし》にはなれぬぞ。親父《おやじ》に見習《みなら》わぬよう心掛《こころが》けえ」「以《も》っての外《ほか》の御差図《おさしず》、先《ま》ず父臆病武士《ちちおくびょうざむらい》の理由《いわれ》を承《うけた》まわろう」「申《もう》す迄《まで》も無《な》いこと。武名高《ぶめいたか》き拙者《せっしゃ》が仕合《しあ》いを申《もう》し込《こ》みし為《た》め俄《にわ》かに病気《びょうき》を起《おこ》されるようでは誠《まこと》の武士《ぶし》ではござるまい。臆病武士《おくびょうざむらい》と申《もう》したが何《な》んと致《いた》す」「いよ〳〵思《おも》いも寄《よ》らざる御言葉《おことば》。父《ちち》の不快《ふかい》は本日俄《ほんじつにわ》かに発病《はつびょう》いたしたものではござらぬ。苟《いや》しくも一藩《ばん》の師範役《しはんやく》たる身《み》が取《と》るにも足《た》らぬ子々武士《ぼうふりざむらい》に仕合《しあい》を申込《もうしこ》まれ、俄《にわ》かに発病《はつびょう》いたすようなことがあろう」「ナニッ、うぬ子供《こども》と思《おも》い容赦致《ようしゃいた》せば拙者《せっしゃ》に対《たい》して子々武士《ぼうふりざむらい》と申《もう》したな」「耳《みみ》があれば聞《きこ》えた筈《はず》。棒《ぼう》を振《ふ》って立《た》ち向《むか》えば棒振《ぼうふ》り武士《ぶし》、是《こ》れこそ立腹《りっぷく》される筈《はず》はござるまい」「云《い》わしておけば此奴勘弁相成《こやつかんべんあいな》らぬ……」「勘弁成《かんべんな》らねば御《ご》斟酌《しんしゃく》は御無用《ごむよう》。何時《なんどき》なりとも打《う》ち向《むか》われい、ぼうふり武士《ざむらい》には父《ちち》武左衛門《ぶざえもん》が相手《あいて》を致《いた》すまでも無《な》い。小生《それがし》で沢山《たくさん》」「オー望《のぞ》みとあれば充分《じゅうぶん》に打《う》ち据《す》えくれる。用意《ようい》せい」「此方《こちら》には望《のぞ》まぬが御望《おのぞ》みとあれば御相手《おあいて》を致《いた》す。用意《ようい》は致《いた》すまでも無《な》い……しかし此処《ここ》は玄関先《げんかんさ》きであれば父上《ちちうえ》に相済《あいす》まぬ。町外《まちはず》れへ参《まい》れ」「其方《そのほう》左程《さほど》の大言《たいげん》を吐《は》いて真我《まことわ》が棒《ぼう》を受《う》ける気《き》か」「御相手《おあいて》は致《いた》すが棒《ぼう》は小生《それがし》の身《み》に御気《おき》の毒《どく》ながら当《あた》るまい。ともあれ門前《もんぜん》へ出《で》ろ」

云《い》うが早《はや》いか一本《ぽん》の木剣《ぼくけん》を取《と》り出《だ》して表《おもて》へ飛《と》び出《だ》したから、側《そば》に聞《き》いて居《お》った家来《けらい》の玄関《げんかん》番《ばん》は驚《おど》ろいた。「モシ若様《わかさま》、夫《そ》んなことを成《な》さっては親旦那様《おやだんなさま》へ申《もう》し訳《わけ》はございませぬ。万《まん》一御間違《おまちが》いがあっては何《ど》う遊《あそ》ばす」と続《つづ》いて後《あと》を追《お》っかけると武蔵《たけぞう》は一向平気《こうへいき》なもの。「ナーニ心配致《しんぱいいた》すな。此《こ》んな奴《やつ》は以後《いご》の見《み》せしめに充分懲《じゅうぶんこ》らしてやるのじゃ。其方《そち》も後学《こうがく》の為《た》めに見《み》ておけ。さァ棒振《ぼうふ》り、己《お》れについてこい」と後《あと》をも見《み》ずして駆《か》け出《だ》すと、有馬《ありま》喜右衛門《きえもん》は真《ま》ッ赤《か》になって怒《おこ》った。「無礼者《ぶれいもの》ッ、いよ〳〵容赦《ようしゃ》は相成《あいな》らぬ。逃《に》がすものか待《ま》てッ」と是《こ》れ又武蔵《またたけぞう》の後《あと》を追《お》うて一目散《もくさん》に駆《か》け出《だ》すと、軈《やが》て町外《まちはず》れの松原《まつばら》にかゝった。

◎倒《たお》れた者《もの》は打《う》たぬ

宮本《みやもと》の邸《やしき》から松原《まつばら》まで道程《みちのり》は二十町《ちょう》ばかりもあろう。夫《そ》れを武蔵《たけぞう》は一目散《もくさん》に駆《か》け出《だ》した。後《あと》に続《つづ》いて有馬喜右衛門《ありまきえもん》。怒《いか》りは心頭《しんとう》に充《み》ちておるから、逃《に》がすまいと是《こ》れ又《また》血眼《ちまなこ》となって追《お》っ駆《か》ける。然《しか》し武蔵《たけぞう》は小供《こども》の事《こと》で身《み》も軽《かろ》い上《うえ》、常々《つねづね》屈強《くっきょう》な身軀《からだ》であるだけ二十町《ちょう》三十町《ちょう》の道《みち》を駆《か》けた処《ところ》が少《すこ》しも苦《く》にはならぬが、喜右衛門《きえもん》ははる〳〵旅路《たびじ》を重《かさ》ねた長途《ちょうと》の疲労《つかれ》がある上《うえ》、身《み》には些少《さしょう》ながらも荷物《にもつ》を帯《お》びておる。さらでも小供《こども》と駆《か》け比《くら》べをしては及《およ》び兼《か》ねる処《ところ》へ此《こ》んな工合《ぐあい》であるので松原《まつばら》へ着《つ》いた時《とき》は全身汗《ぜんしんあせ》びたしとなったのみか出《だ》す呼吸《いき》も急《せわ》しゅう、身体《からだ》はヘト〳〵となって倒《たお》れんばかり。先《さき》へ走《はし》った武蔵《たけぞう》、松《まつ》の根方《ねかた》へ腰《こし》を掛《か》けニタ〳〵笑《わら》いながら此《こ》の体《てい》を見《み》た。「何《ど》うじゃ棒振《ぼうふ》り苦《くる》しいか。太平《たいへい》の御世《みよ》に生《う》まれて結構《けっこう》じゃ。僅《わず》か是《こ》ればかりの途《みち》を走《はし》って苦《くる》しいようでは戦《いくさ》の時《とき》には、全《まった》く駄目《だめ》であろうよ。何《ど》うせ棒振《ぼうふ》りなぞは敵《てき》を追《お》っ駆《か》けることはあるまい。追《お》ッ駆《か》けられるほうであろうから、其際《そのさい》は到底助《とうていたす》かることが六ヶ敷《むつかし》かろう。併《しか》し今日《きょう》の試合《しあい》は暫《しば》らく待《ま》ってやる程《ほど》に充分息《じゅうぶんいき》を入《い》れい。私《わし》は夫《そ》んな死人同様《しにんどうよう》の者《もの》は相手《あいて》にいたさぬによって……」「ダッ、黙《だま》れ、ナヽ何《なに》も疲労《ひろう》は……ア苦《くる》……イヤ致《いた》しては居《お》らぬ。殊《こと》に其方如《そのほうごと》き弱《じゃく》……弱輩者《じゃくはいもの》を相手《あいて》に致《いた》すには……如何《いか》……に労《つか》れたりとて何《な》んでも無《な》いこと。さァ用意《ようい》しろ」「何《な》んのと口《くち》だけは達者《たっしゃ》なことを言《い》われても其顔付《そのかおつ》きは何《な》んじゃ。そんな者《もの》を相手《あいて》にしては父上《ちちうえ》の御顔《おかお》にかゝわるから、待《ま》ってやる」「ナ、生意気《なまいき》なことを……」

嘲弄半分武蔵《からかいはんぶんたけぞう》の云《い》う言葉《ことば》に、身体《しんたい》は労《つか》れきっているが、憤怒《ふんど》の情押《じょうおさ》えかねた喜右衛門《きえもん》、息《いき》を休《やす》める間《ま》も無《な》く持《も》ったる棒《ぼう》を取《と》り直《なお》し、武蔵《たけぞう》の脳天《のうてん》目掛《めか》けて発止《はっし》とばかり打《う》ち下《おろ》すと、早《はや》くも身《み》を転《かわ》した武蔵《たけぞう》「そんな腰付《こしつ》きでは到底《とうてい》打つことは出来《でき》かねる。有馬流《ありまりゅう》とやらの棒《ぼう》は夫《そ》れでよいかは知《し》らぬが犬《いぬ》一疋《ぴき》打《う》つことは出来《でき》まい」「何《なに》をッ」といよ〳〵怒《いか》って打《う》ち込《こ》む棒《ぼう》の下《した》を武蔵《たけぞう》は彼方此方《あなたこなた》に受《う》け流《なが》して居《い》ること暫《しば》らく、軈《やが》て頃合《ころあい》を見計《みはか》らって持《も》ったる木太刀《きだち》に力《ちから》をこめ、有馬《ありま》の肩口強《かたぐちしたた》かに打《う》ち込《こ》んだる勢《いきお》い年少《ねんしょう》ながらも手練《しゅれん》の手《て》の内《うち》、流石強気《さすがごうき》の喜右衛門《きえもん》も思《おも》わずドーッと尻餅《しりもち》をついた。「ハヽヽ、棒振《ぼうふ》りの元祖《がんそ》、此《こ》の武蔵《たけぞう》は倒《たお》れた者《もの》は打《う》たぬぞ。夫《そ》れ幸《さいわ》いに休《やす》みたくば其《その》まゝに休《やす》んでおれ」「其方如《そのほうごと》きを相手《あいて》に……」と弱《よわ》った体《からだ》を無理《むり》から起《おこ》して再《ふたた》び打《う》ち込《こ》もうとするを、少《すこ》しの猶予《ゆうよ》も与《あた》えず、今度《こんど》は右手《めて》の利腕《ききうで》を発止《はっし》と打《う》った。何分《なにぶん》冴《さ》えた手先《てさき》を以《も》って甚《した》たかに打《う》たれたのであるから、口《くち》は達者《たっしゃ》であるけれども痺《しび》れは全身《ぜんしん》に廻《まわ》った喜右衛門《きえもん》、持《も》ったる棒《ぼう》を思《おも》わずガラリと落《おと》したので、慌《あわ》てゝ拾《ひろ》い取《と》ろうとするが運悪《うんわる》くも落《お》ちた棒《ぼう》は武蔵《たけぞう》の足許《あしもと》に転《ころ》がって居《お》るので迂闊《うかつ》に手《て》を出《だ》し兼《か》ねて頗《すこぶ》る慌《あわ》てゝ居《お》る。此《こ》の体《てい》を見《み》た武蔵《たけぞう》、又《また》もや言葉《ことば》を出《だ》した。「御斟酌《ごしんしゃく》御無用《ごむよう》。ゆるりと御拾《おひろ》い下《くだ》されえ」と云《い》うのを聞《きい》て、殆《ほと》んど逆上《ぎゃくじょう》せんばかりの有馬《ありま》は遂《つい》に其激怒頂上《そのげきどちょうじょう》に達《たっ》したか、腰《こし》なる一刀《とう》に手《て》が掛《か》かったと見《み》る間《ま》も無《な》く、大刀《だいとう》スラリと抜《ぬ》いて言葉《ことば》もかけず切《き》りつけた。此時多少油断《このときたしょうゆだん》のあった武蔵《たけぞう》、アワヤ此《こ》の一刀《とう》で忽《たち》まち両断《りょうだん》されたかと思《おもい》の外《ほか》、早《はや》くも身《み》を開《ひら》いて空《くう》を切《き》らしたから有馬《ありま》は力余《ちからあま》ってコロ〳〵と蹌踉《よろめい》たが、此隙《このすき》に乗《じょう》じた武蔵《たけぞう》、「己《おの》れ卑怯者《ひきょうもの》」と言葉《ことば》の終《おわ》るか終《おわ》らぬ内《うち》、刃《やいば》の半《なかば》を木刀《ぼくとう》を以《もっ》てパッと払《はら》うと刀《かたな》は有馬《ありま》の手《て》を離《はなれ》れて二三間彼方《げんあなた》へ刎《は》ね飛《と》ばされ、是《こ》れはと呆《あき》れる間《ま》も無《な》く続《つづ》いて打《う》ち下《おろ》す第《だい》二の打《う》ち込《こ》みは其横顔《そのよこがお》をイヤと云《い》う程《ほど》ポカーッと叩《たた》きつけた勢《いきお》い、凄《すさ》まじいとも何《な》んとも云《い》いようが無《な》い。是《こ》れが為《た》め其場《そのば》へ眼眩《まなこくら》んで打《う》っ倒《たお》れた。

先程《さきほど》より両人《りょうにん》の戦《たたか》いを後《あと》から駆《か》けつけて恐《おそ》る〳〵見《み》て居《お》った宮本《みやもと》の家来《けらい》「若様《わかさま》、御身御《おんみご》無事《ぶじ》で何《なに》より結構《けっこう》。最早相手《もはやあいて》が倒《たお》れましてござりますれば御早《おはや》く御帰《おかえ》り遊《あそ》ばせ」「オヽ平《へい》助《すけ》、其方参《そのほうまい》って居《お》ったか」「ヘエッ、貴郎御身《あなたおんみ》の上気掛《うえきがか》りに存《ぞん》じまして後《あと》より駆《か》けつけました」「ハ、、、、此《こ》んな者《もの》の一人《ひとり》や二人《ふたり》は何《な》んでも無《な》いこと。心配《しんぱい》いたすな……併《しか》し是《こ》れを此儘捨《このまます》て置《お》くわけにはなるまい。一寸待《ちょっとま》て」「何《ど》う遊《あそ》ばします」「起《おこ》してやらずばなるまい」と軈《やが》て有馬《ありま》の後《うしろ》へ廻《まわ》り、脇腹押《わきばらおさ》えてグッと一活入《かつい》れると、忽《たち》まち気《き》がついた。

「何《ど》うじゃ棒振《ぼうふ》り今《いま》一試合《しあい》を致《いた》すか。さア来《こ》い」「ハ、ア、恐《おそ》れ入《い》りました」喜右衛門《きえもん》は既《すで》に前刻来《ぜんこくらい》の勢《いきお》いは何処《どこ》へ失《う》せたか、今《いま》は立《た》ち向《むか》う勇気《ゆうき》も無《な》い。只《た》だ武蔵《たけぞう》の前《まえ》に平伏《へいふく》をして居《お》るのみである。「何《ど》うじゃ恐《おそ》れ入《い》った……口程《くちほど》にも無《な》い棒振《ぼうふ》り。夫《そ》れでようも父上《ちちうえ》を臆病武士《おくびょうざむらい》と申《もう》したな」「イヤ今更《いまさ》ら何《な》んと仰《おお》せられても申《もう》し訳《わけ》はござらぬ。併《しか》し拙者《せっしゃ》も此《こ》の棒《ぼう》の一手《て》を編《あ》み出《いだ》し、是《こ》れ迄屢々《までしばしば》名《な》ある武術家《ぶじゅつか》と試合《しあい》を試《こころ》みしことあれども、今日程《こんにちほど》もろくも敗《はい》を取《と》ったことはござらぬ。御年《おとし》の御若《おわか》いに似《に》ず御手練《ごしゅれん》の程《ほど》ほと〱感服《かんぷく》を仕《つかまつ》る」

「何《なに》を申《もう》す。此方《このほう》が決《けっ》して強《つよ》いのでは無《な》い。世の中《なか》には上《うえ》に上《うえ》のあるもの。僅《わず》かばかりの武術家《ぶじゅつか》に勝《か》ったと申《もう》して慢心致《まんしんいた》すようなことでは夫《そ》れ以上上達致《いじょうじょうたついた》すものでは無《な》いわい。だが何《ど》うじゃ是《こ》れでもまだ父上《ちちうえ》と仕合《しあい》を望《のぞ》まれるか」「イヤ〱、未熟《みじゅく》なる拙者《せっしゃ》、とても思《おも》いも寄《よ》らぬこと。最早是《もはやこ》れにて御別《おわか》れを仕《つかま》つる。何《ど》うか御身《おんみ》より宜《よろ》しく御伝《おつた》え下《くだ》されたい」「ハヽヽヽ、まず折角《せっかく》御修業《ごしゅぎょう》肝要《かんよう》と心得《こころえ》まする」「さらば是《こ》れにて御免《ごめん》を蒙《こうむ》る」

土佐《とさ》の有馬喜右衛門《ありまきえもん》と云《い》えば当時《とうじ》有馬流《ありまりゅう》の棒《ぼう》を以《も》って有名《ゆうめい》なるものであった。夫《そ》れがはるゞ小倉《こくら》まで出掛《でか》けて来《き》て、僅《わず》か十三歳《さい》の武蔵《たけぞう》に見《み》じめな敗《はい》を取《と》り其上《そのうえ》意見《いけん》まで喰《くら》って這《ほ》う〳〵の体《てい》で逃《に》げ帰《かえ》ったが、一方《ぽう》武蔵《たけぞう》は家来《けらい》の平助《へいすけ》に向《むか》い、本日《ほんじつ》の事《こと》は父上《ちちうえ》に秘密《ひみつ》にするようと固《かた》く口止《くちど》めをして、是《こ》れも何気《なにげ》なく屋敷《やしき》へ引《ひ》き揚《あ》げた。

が物事《ものごと》は隠《かく》すより現《あら》わるゝは無《な》い。此《こ》の事《こと》は誰《た》れより洩《も》れるとも無《な》く小倉《こくら》の家中《かちゅう》に評判《ひょうばん》となって武蔵《たけぞう》の武名《ぶめい》は誰《た》れ知《し》らぬものも無《な》い有様《ありさま》。従《した》がって何日《いつ》か武左衛門《ぶざえもん》の耳《みみ》へも這入《はい》ったから武左衛門《ぶざえもん》は大《おお》に驚《おどろ》いた。或日《あるひ》武蔵《たけぞう》を側近《そばちか》く招《まね》いて「武蔵《たけぞう》、昨今《さくこん》家中《かちゅう》の噂《うわさ》によれば其方《そのほう》過日《かじつ》は入《い》らざる腕立《うでだ》てを致《いた》したそうであるの」「ハッ、父上《ちちうえ》、夫《そ》れは何事《なにごと》でございまする」「問《と》うまでも無《な》い其方《そのほう》に覚《おぼ》えがあろう。予《よ》が不快《ふかい》の為《た》め臥《ふ》せって居《お》った折柄《おりから》、有馬《ありま》喜右衛門《きえもん》なる者《もの》が参《まい》って他流《たりゅう》仕合《しあい》を申《もう》し込《こ》みしを、其方《そのほう》弱輩《じゃくはい》の身《み》を以《も》って立《た》ち向《むこ》うたとやら」「ハヽッ、其儀《そのぎ》にござりますれば已《やむ》を得《え》ず立《た》ち向《むか》いました」「馬鹿《ばか》ッ。何《なに》が已《やむ》を得《え》ん。其方《そのほう》多少《たしょう》剣道《けんどう》を心得《こころえ》しと存《ぞん》じ近頃《ちかごろ》慢心《まんしん》をいたしたな」「決《けっ》して左様《さよう》にはございませぬ。日頃《ひごろ》父上《ちちうえ》の御教訓《ごきょうくん》を深《ふか》く胸《むね》に措《お》いてございますれば」「フム然《しか》らば何故《なにゆえ》彼《か》れと試合《しあい》を致《いた》した。又《ま》た已《やむ》を得《え》んとは如何《いか》なることが已《やむ》を得《え》ん。日頃其方《ひごろそのほう》に申《もう》し聞《き》かす通《とお》り剣道《けんどう》は人《ひと》を打《う》つものでは無《な》い。己《おの》れを防《ふせ》ぐ為《た》めであるぞ。夫《そ》れを忘《わす》れは致《いた》すまい」「ハッ、如何《いか》にも其《その》儀《ぎ》は深《ふか》く心得《こころえ》ておりまするなれども彼《か》の有馬《ありま》と申《もう》す者《もの》、父上《ちちうえ》の儀《ぎ》に対《たい》し聞《き》くに絶《た》えざる悪《あく》口雑言《こうぞうごん》、余《あま》りの無礼《ぶれい》に懲《こ》らしめましたるまで……」「黙《だま》れ。予《よ》に向《むか》って假令悪口《たとえあくこう》を申《もう》したりとて身《み》に取《と》って何《な》んの障《さわ》りになる。彼《か》れは他国《たこく》の浪人《ろうにん》では無《な》いか。他国《たこく》の浪人《ろうにん》が予《よ》の悪《あく》口《こう》を申《もう》したりとて何等《なんら》の障《さわ》りにはならぬぞ。予《よ》は殿《との》の御眼識《おめがね》によって技倆《ぎりょう》を認《みと》められ、御《ご》奉公《ほうこう》を致《いた》して居《お》るもの。假令他国《たとえたこく》の者《もの》より腰抜《こしぬ》けと申《もう》されようとも、又《ま》た臆病武士《おくびょうぶし》と申《もう》されようとも実力《じつりょく》が腰抜《こしぬ》けでなくばよいでは無《な》いか。イザと云《い》う場合臆病《ばあいおくびょう》でなくば御奉公《ごほうこう》は立《た》つぞ」「ハヽッ」「のみならず其方《そのほう》、弱年《じゃくねん》の身《み》を持《も》って彼《か》れに打《う》ち向《むか》おうと申《もう》す心《こころ》が既《すで》に慢心《まんしん》を致《いた》したものである。先《ま》ず幸《さいわ》いにして勝《か》ったればこそよい。万《まん》一其方《そのほう》が敗《おく》れを取《と》ったれば何《な》んと致《いた》す。忽《たち》まち予《よ》の身《み》の上《うえ》にまで及《およ》ぼし、さらでも悪口《あくこう》を申《もう》す程《ほど》の彼《か》れ、宮本《みやもと》は試合《しあい》を恐《おそ》れて取《と》るにも足《た》らぬ弱輩者《じゃくはいもの》を名代《みょうだい》に出《だ》したと罵《のの》しられよう。さる場合《ばあい》は彼《か》れ有馬《ありま》だけの口《くち》に止《とど》まらず、一般家中《ばんかちゅう》に知《し》れ渡《わた》って遂《つい》には其方《そのほう》のみならず予《よ》の体面《たいめん》にまで及《およ》ぼすようなことを出来《しゅったい》いたすぞ」「ハヽッ、恐《おそ》れ入《い》りまする。なれども彼《か》れの如《ごと》きは取《と》るに足《た》らざる者《もの》にござりますれば」「黙《だま》れ、何《なに》が取《と》るに足《た》らぬ。如何《いか》にあろうとも他流仕合《たりゅうしあい》を申《もう》し込《こ》む程《ほど》の者《もの》であれば、多少其道《たしょうそのみち》を極《きわ》めたるものと見《み》ねばなるまい。然《しか》るに仕合《しあい》を致《いた》さゞるに先《さきだ》ち取《と》るに足《た》らずと申《もう》すは抑《そもそ》も慢心《まんしん》を致《いた》したる証拠《しょうこ》。自体其方《じたいそのほう》は充分腕《じゅうぶんうで》が出来《でき》ると思《おも》うか」「中々《なかなか》持《も》ちまして」「フム、未熟《みじゅく》の腕《うで》をもって既《すで》に慢心《まんしん》をいたすようでは此上上達《このうえじょうたつ》は覚束無《おぼつかな》い」「誠《まこと》に心得違《こころえちが》い何共申訳《なんとももうしわけ》はございませぬ。以後必《いごかな》らず戒心《かいしん》いたしますにより此《この》度《たび》の儀《ぎ》は何卒御許《なにとぞおゆる》しの程《ほど》を願《ねが》いまする」「イヤ〳〵邸《やしき》に居《お》れば假令当分《たとえとうぶん》は戒心《かいしん》をいたすにしろ、家中《かちゅう》の方々《かたがた》を相手《あいて》に致《いた》して居《お》るようでは又《また》もや何日《いつ》しか慢心《まんしん》の起《おこ》るもの。此上《このうえ》は江《え》戸表《どおもて》へ出府《しゅっぷ》いたし、名《な》ある先生《せんせい》について一流《りゅう》の奥義《おくぎ》を極《きわ》めた上《うえ》、帰国《きこく》いたせ」「ハッ」「尚《なお》其方《そのほう》に申《もう》しておくが、我家《わがいえ》は知《し》っての通《とお》り先祖歴代《せんぞれきだい》より伝《つた》わったる神免《しんめん》二本《ほん》十手《て》の法《ほう》があるなれども、十手《て》は雑兵共《ぞうひょうども》が捕者《とりもの》の際《さい》に使《つか》うべきもので決《けっ》して武士《ぶし》の表道具《おもてどうぐ》と致《いた》すべきものでは無《な》い。と申《もう》して今予《いまよ》の代《だい》になって是《こ》れを捨《す》てるは先祖《せんぞ》へ対《たい》し申《もう》し訳《わけ》のないことであれば其方今後修業《そのほうこんごしゅぎょう》の傍《かた》わら是《こ》れを腰《こし》のものと致《いた》して応用《おうよう》する道《みち》を考《かんが》えて見《み》よ。これによって一派《ぱ》を立《た》て、一流《りゅう》を極《きわ》めた上《うえ》、初《はじ》めて邸《やしき》へ帰《かえ》れ。それ迄《まで》は勘当致《かんどういた》されたるものと思《おも》い、如何《いか》なる事《こと》が出来《しゅったい》いたすも帰《かえ》ることは罷《まか》りならぬ」「ハ、ッ」「なお、弱年《じゃくねん》の身《み》を以《も》って当《あて》途《ど》もなく出府《しゅっぷ》いたすわけにはなるまい。行《ゆ》き先《さ》きだけは手紙《てがみ》を添《そ》えてやる」

子《こ》を知《し》るの明《めい》ある武左衛門《ぶざえもん》、武蔵《たけぞう》が将来有為《しょうらいゆうい》の技倆《ぎりょう》あるを知《し》って、これが練磨《れんま》を積《つ》まさん為《た》め、表面《うわべ》に鬼《おに》となって、ついに遥々《はるばる》江戸表《えどおもて》へ出立《しゅったつ》せしめた。

◎百里《り》二百里《り》は嫌《いと》わぬ

小倉《こくら》の港《みなと》から便船《びんせん》に乗《の》った武蔵《たけぞう》、其後津《そのごつ》の国難波《くになにわ》の港《みなと》に上陸《じょうりく》して、ここから都《みやこ》へ三十石《こく》船《ぶね》で行《ゆ》くことは出来《でき》たが、其後《そのご》はいよ〳〵東海道《とうかいどう》五十三次《つぎ》の一人旅《ひとりたび》。体《からだ》は大《おお》きいと云《い》うたところで何分《なにぶん》十三歳《さい》の子供《こども》、普通《ふつう》から見《み》れば漸《よう》やく十五六歳《さい》に見《み》えるのが関《せき》の山《やま》である。これが道中姿甲斐々々《どうちゅうすがたかいがい》しゅうとはいうものゝ、旅《たび》には馴《な》れぬことであるから街道筋《かいどうすじ》の人《ひと》の目《め》につく。中《なか》には情《なさ》けをかけて道《みち》づれとなってくれる人《ひと》もあるが、また小供《こども》と侮《あな》どって蔑《さげす》むものもあった。こんな調子《ちょうし》で京《きょう》の都《みやこ》から逢阪《おうさか》の関《せき》もこえ、大津草津《おおつくさつ》も何日《いっ》しかすぎ、二日三日目《ふつかみっかめ》に漸《よう》やくかゝったのは、桑名《くわな》の町《まち》である。いまは汽車《きしゃ》の便《べん》があるからそんなものに乗《の》る人《ひと》はないが、昔《むか》しはこの桑名《くわな》から宮《みや》の駅《しゅく》まで海上《かいじょう》七里《り》のあいだ、渡《わた》し船《ぶね》があって、東海道《とうかいどう》を道中《どうちゅう》する人《ひと》は皆《みな》この便《びん》によったものである。ところが武蔵《たけぞう》にそんなことはしらぬ。ただ広《ひろ》い道《みち》さえ歩《ある》いて行《ゆ》けば自然《しぜん》に江戸《えど》へ行《ゆ》けるもの、其内日《そのうちひ》が暮《く》れゝば街道筋《かいどうすじ》の旅宿《りょしゅく》に泊《とま》るものと考《かん》がえて居《お》るからズン〳〵歩《ある》いて行《ゆ》こうとしたが、何時《いつ》しか道《みち》の模様《もよう》が変《かわ》ってどうも街道筋《かいどうすじ》のように思《おも》われぬ。いさゝか心細《こころぼそ》くなったものか、途中通《とちゅうとお》りかゝりの人《ひと》に尋《たず》ねた。「一寸《ちょっと》お尋《たず》ねもうす。これより江戸表《えどおもて》へまいるには何《いず》れへ行《ゆ》けば宜《よろ》しゅうござるか」「江戸《えど》……将軍様《しょうぐんさま》お膝元《ひざもと》のアノ江戸《えど》……」「そうじゃ、何《いず》れへまいればよい」「左《さ》様《よう》でございます。私《わた》しはお恥《はず》かしい話《はな》しでございますが、まだ江戸《えど》は存《ぞん》じませんので……へヽヽヽ」「ア、左様《さよう》か。しかし参《まい》るのはこの道《みち》を行《ゆ》けばよいか」「左様《さよう》でございまする。多分《たぶん》よかろうと存《ぞん》じますが、大抵《たいてい》のお方《かた》は渡《わた》しに乗《の》られるように思《おも》いまする」「フーム、すると其渡《そのわた》しは江戸行《えどゆき》の渡《わた》しであるか」「さァ、其点《そのてん》は確《しか》と存《ぞん》じません」

そのころ桑名辺《くわなへん》でゞも江戸表《えどおもて》といえば一般《ぱん》の人《ひと》は当今《とうこん》の阿米利加《あめりか》へでも行《ゆ》くより大層《たいそう》に思《おも》うておる程《ほど》なので、町人《ちょうにん》なぞは充分《じゅうぶん》しりそうな筈《はず》がない。たゞ曖昧《あいまい》な返事《へんじ》をしておるので武蔵《たけぞう》も大《おお》いに迷《まよ》うておると其処《そこ》へおりから通《とお》り合《あわ》したのは一人《ひとり》の旅商人《たびあきうど》。脚絆胛《きゃはんこう》掛《がけ》で足《あし》をかため、身《み》には引廻《ひきまわ》し合羽《かっぱ》を肩《かた》に振分《ふりわ》け荷物《にもつ》を掛《か》け、手《て》には菅笠《すげがさ》を持《も》って身軽《みがる》な道中風《どうちゅうふう》。いまし武蔵《たけぞう》の様子《ようす》をみて側《そば》へ近寄《ちかよ》ってきた。「モシ、何《いず》れの若様《わかさま》か存《ぞん》じませんが、たゞいま通《とお》りかゝりに伺《うか》がいますれば江戸表《えどおもて》へ後出府《ごしゅっぷ》の赴《おも》むき」「オヽ、いかにも是《こ》れより江戸《えど》へまいろうと思《おも》うが何《いず》れへ行《い》ってよいか実《じつ》は尋《たず》ねて居《お》るところである。御身御《おんみご》存《ぞん》じなれば何《ど》うか教《おし》えられたい」「へーッ、して貴郎《あなた》お一人《ひとり》で……」「いかにも……」「なか〱江戸《えど》と申《もう》しまするとは是《こ》れからまだ〱百里余《りあま》りもございますが御存《ごぞん》じで……」「元《もと》よりのこと。百里《り》あろうと二百里《り》あろうと少《すこ》しも嫌《いと》わぬ」「ナニ百里《り》あろうと二百里《り》あろうとお嫌《いと》いない……貴郎《あなた》お一人《ひとり》で……へェー、して失礼《しつれい》ながら何《いず》れからお越《こ》しになりました」「まいったのは豊前《ぶぜん》の小倉《こくら》である。兎《と》もあれ何《ど》うか江戸《えど》の道《みち》を教《おし》えて下《くだ》されたい」「無論申《むろんもう》しあげますが、どうせ親御《おやご》もあるでしょうが、小倉《こくら》から江戸《えど》までよく一人旅《ひとりたび》をさせたものですな。しかし何《ど》うせ路用《ろよう》のお金《かね》も多少《たしょう》はお持《も》ちでござりましょうが道中《どうちゅう》お気《き》を付《つ》けぬと泥棒《どろぼう》がおりますぜ」「ナニ、金《かね》は五十両計《りょうばか》りより持《も》っておらぬ。ことに小供《こども》の旅《たび》と思《おも》えば泥棒《どろぼう》も油断《ゆだん》をして見逃《みの》がすであろう」「アノ五十両《りょう》……でござりまするか。何《なに》はしかれ、一人旅《ひとりたび》は無用心《ぶようじん》でござりますればお気《き》をお付《つ》け成《な》さいませ」「ところで江戸《えど》へはどう行《ゆ》けばよい」「アッ、ほんにお教《おし》えいたしますのを忘《わす》れました。エー江戸《えど》は何《な》んでございます、この浜《はま》から船《ふね》にお召《め》しになって宮《みや》の駅《しゅく》までまいり、それから鳴海《なるみ》、池鯉鮒《ちりふ》、岡崎《おかざき》とまいりますので……しかし最早《もはや》七ツ過《すぎ》（今《いま》の四時《じ》）でございますれば今晩《こんばん》はこの駅《しゅく》にお泊《とま》りになって明日朝早《みょうにちあさはや》くお立《た》ちになるほうが宜《よろ》しゅうございましょう。私《わた》しも府中《ふちゅう》の方《ほう》までまいりますものですが如何《いかが》でございましょう。旅《たび》は道連《みちづ》れと申《もう》すこともございますによって御《ご》一緒《しょ》にお越《こ》しになりましては、と申《もう》して道中《どうちゅう》は迂闊《うかつ》な人《ひと》とは連《つ》れられませずね。私《わた》しは甲府《こうふ》の絹商人《きぬあきうど》で、始終旅《しじゅうたび》に出《で》ていますけれども何分大金《なにぶんたいきん》を扱《あつか》うものでございますから少《すこ》しも気《き》は許《ゆる》しませぬ。まァ貴方《あなた》の様《よう》なお方《かた》と御《ご》一緒《しょ》になれば安心《あんしん》は出来《でき》まするし何《な》んとなく肩身《かたみ》が広《ひろ》う思《おも》われまする。ヘイ〳〵」「それは願《ねご》うてもなき幸《さい》わい。したが府中《ふちゅう》とはどの辺《へん》である」「左様《さよう》でございまする……エート、これから三日路程《かじほど》でござりましょう、お聞《き》き及《およ》びでございましょうが、かの名高《なだか》い富士山《ふじさん》の山《やま》の裾《すそ》に当《あた》りまする、ヘイ」「ホヽウ、するとそれから江戸《えど》まで何《ど》れほどあるな」「ヘエもう府中《ふちゅう》までまいりますれば、後《あと》は箱根《はこね》の山《やま》をこせば訳《わけ》はございません……お供《とも》が願《ねが》えますれば取《と》り敢《あ》えず今晩《こんばん》の宿《やど》を定《さだ》めましょう」「オヽ、其儀《そのぎ》は万事《ばんじ》よきように頼《たの》む」「畏《かし》こまりました。私《わた》しが始終泊《しじゅうとま》る家《いえ》がございますからお心置《こころお》きなくお越《こ》しなさいませ」

軈《やが》て旅商人《たびあきうど》の案内《あんない》につれて泊《とま》ることになったのは渡《わた》し場《ば》の近《ちか》くのとある立派《りっぱ》な旅籠屋《はたごや》であった。

◎是《こ》れは大切《たいせつ》な路銀《ろぎん》じゃ

女中《じょちゅう》の案内《あんない》によって一間《ひとま》に通《とお》った両人《りょうにん》。時刻《じこく》は早《はや》いが明日早立《あすはやた》ちということで、風呂《ふろ》も夕飯《ゆうめし》もはやく済《す》まして宵《よい》の口《くち》から臥床《ふしど》にいった。臥床《ふしど》に入《い》ると武蔵《たけぞう》は流石《さすが》に小供《こども》で、一日《にち》の疲《つか》れが一時《じ》に出《で》たかグッスリ寝込《ねこ》んでしもうたが、心《こころ》は許《ゆる》さぬか九ツ半《はん》（今《いま》の午前《ごぜん》一時《じ》頃《ごろ》）になってフッと目《め》を覚《さま》した。もっともこれは宵《よい》から寝《ね》たゝめに此《こ》の時刻《じこく》に目《め》を覚《さま》したので、普通《ふつう》であればまだ〳〵熟睡《じゅくすい》の最中《さいちゅう》であったかもしれぬ。細目《ほそめ》をあけて傍《かた》わらを見《み》ると床《とこ》を並《なら》べて寝《ね》ておった彼《か》の商人《あきうど》、どうしたことか寝間《ねま》の上《うえ》に起《お》き上《あが》って着物《きもの》を着《つ》けておるようす。武蔵《たけぞう》においては委細《いさい》のことは知《し》らぬけれども、道連《みちづ》れとなる人《ひと》が既《すで》に着物《きもの》を身《み》につけて身拵《みごし》らえをしておるところを見《み》れば最早夜明《もはやよあ》けで出発《しゅったつ》の準備《じゅんび》をしておるものと思《おも》うた。こりゃ寝過《ねす》ごしては大変《たいへん》と吃驚《びっくり》して起《お》き上《あが》って「オッ、大層寝過《たいそうねす》ごしたが最早支度《もはやしたく》をいたしてよいか」

突然《とつぜん》武蔵《たけぞう》が目《め》を覚《さま》したので、旅商人《たびあきうど》は驚《おど》ろいたらしい。しかし何《なに》か決《けっ》するところがあったか「イヤまだ早《はよ》うございますから、もう一息《いき》お寝《やす》みになっても時間《じかん》は後《おく》れませぬ」「オヽ、それ聞《きい》て心《こころ》が落《お》ち着《つ》いた。しかしお前《まえ》さんは今頃《いまごろ》から着物《きもの》を着《き》てどうする」「イヤ、これはその……なんです……エー実《じつ》はいままで勘定《かんじょう》をしておりましたのでこれから寝《やす》むところでございます」「フーム、それでは今迄《いままで》起《お》きておられたのか。だが昨夜《ゆうべ》一緒《しょ》に寝《ね》間《ま》へはいったではないか」「ヘッ、その一遍《ぺん》は這入《はい》りましたがツイ思《おも》い出《だ》しましたものですからまた起《お》きましたので……まだ〳〵時間《じかん》が早《はよ》うござりまするから、いま一応お休《やす》みなさいませ。私《わた》しも寝《やす》みますによって」

俄《にわ》かに慌《あわ》てた様《さま》の旅商人《たびあきうど》、いま目前《もくぜん》に着物《きもの》を着《き》ておったのを武蔵《たけぞう》に見付《みつ》けられたとは知《し》らぬ。其場《そのば》は後前揃《あとさきそろ》わぬ言葉《ことば》を以《もっ》てお茶《ちゃ》を濁《にご》し、ふたゝび着物《きもの》を脱《ぬ》いで寝間《ねま》へ飛《と》びこんだ。そして飛《と》び込《こ》むが早《はや》いか間《ま》もなく鼾《いびき》の声《こえ》が高《たか》らかに聞《きこ》えそめた。しかし武蔵《たけぞう》においては小供《こども》ながらもこれが気《き》にかゝって寝《ねら》れぬのみか心《こころ》はますく冴《さ》えるばかりであるから、寝《ね》たふりをして窃《ひそ》かに様子《ようす》を考《かん》がえておると、やゝ半時《はんとき》ばかりも経《た》ったと思《おも》うころ、いまゝで高《たか》らかに聞《きこ》えた鼾声《いびきごえ》はハッタと止《や》んだ。と思《おも》うとよく寝《ね》ておった筈《はず》の商人《あきうど》は静《しず》かに頭《あたま》を上《あ》げて四辺《あたり》の様子《ようす》を眺《なが》め初《はじ》めたが、やがてシズシズ身《み》を起《おこ》し武蔵《たけぞう》の寝床近《ねどこちか》くへ忍《しの》び寄《よ》って遂《つい》に其胴巻《そのどうまき》へ手《て》を掛《か》けボツ〳〵引《ひ》き抜《ぬ》きはじめた。この時《とき》まで少《すこ》しも身体《からだ》を動《うご》かさなんだ武蔵《たけぞう》、頓《にわ》かに寝返《ねがえ》り打《う》ったとみる間《ま》もなく、ムックと起《お》き揚《あが》った。「オッ、もう時間《じかん》であろう、起《お》きてもよいか」

先《さ》きの時《とき》には自分《じぶん》の寝床《ねどこ》の上《うえ》におったのであるから無理《むり》から理屈《りくつ》を拵《こし》らえたが、今度《こんど》はすでに其胴《そのどう》巻《ま》きへ手《て》を掛《か》けておる以上《いじょう》、さし当《あた》って弁解《べんかい》の余地《よち》がない。ことに相手《あいて》は侍《さむら》いとはいえ見《み》たところ十五六歳《さい》にも過《す》ぎぬ小供《こども》であると見《み》くびったか俄《にわ》かに様子《ようす》が変《かわ》った。

「ヤイしずかにしろッ。小供《こども》じゃわかるまいが己《おれ》はこの街道筋《かいどうすじ》に網《あみ》を張《は》っておる泥棒《どろぼう》さまじゃ。生命《いのち》は助《たす》けてやるから、この胴巻《どうまき》を静《しず》かに此方《こちら》へわたせ。騒《さわ》いではためにならぬぞ。さア離《はな》せ」と持《も》った胴巻《どうまき》の端《はし》を引《ひ》き取《と》ろうとするのを、その片端《かたはし》しっかと抓《つか》んだ武《たけ》蔵《ぞう》、多分此《たぶんこ》んなことゝ思《おも》うたにより、「先程《さきほど》より様子《ようす》を見《み》ておったぞ。其方《そのほう》こそ騒《さわ》いでは為《た》めによくあるまい。このまゝ穏《おだ》やかに手《て》を引《ひ》かば許《ゆる》してやる。どうじゃ」「ナ、何《なに》をこの若造《わかぞう》め、おのれが恐《こわ》かないか。こりゃ是《こ》れが見《み》えぬか」いいつゝクルリト片肌脱《かたはだぬ》いだ。

みれば二の腕《うで》から胸《むね》にかけて一面《めん》の倶利加羅紋々《くりからもんもん》、何時《いつ》の間《ま》に用意《ようい》したか右手《みぎて》には行灯《あんど》の光《ひか》りにも夫《そ》れと見《み》える研《と》ぎすました匕首《あいくち》を持《も》っておる。「どうじゃ、殺生《せっしょう》はしたく無《ね》え。さ、下《した》に目《め》の覚《さま》さぬ内早《うちはや》く渡《わた》してしまえ」「嫌《いや》だ。これは父上《ちちうえ》から貰《もら》った大切《たいせつ》ない路銀《ろぎん》である。其方《そのほう》ごときに渡《わた》すべきものではない。早《はや》くされ」「ウヌ剛情張《ごうじょうば》って渡《わた》さぬな。小供《こども》と思《おも》うて穏《おだ》やかにゆうたが此上《このうえ》は勘弁《かんべん》ならぬ。これでも喰《くら》えッ」

左《ひだ》りの手《て》には胴巻《どうまき》の端《はし》を抓《つか》んだまゝ、右手《めて》には匕首《あいくち》を振《ふ》りあげてサッと切《き》り下《お》ろした刃《やいば》の下《した》を早《はや》くもくゞって敵《てき》の胸《むね》につけ入《い》った武蔵《たけぞう》、拳《こぶし》を固《かた》めて早速《さっそく》の当身《あてみ》、骨《ほね》も砕《くだ》けよと手酷《てひど》く極《き》めつけたので、流石大《さすがだい》の男《おとこ》も二言《ごん》と立《た》てず其場《そのば》にドンと響《ひび》きを立《た》てゝ打《う》ちたおれた。時《とき》は四隣《りん》すみわたって表《おもて》の足音《あしおと》をさえ数《かぞ》え得《う》るという真夜中《まよなか》。ことに昼《ひる》でさえ響《ひび》きの伝《つた》え易《やす》い二階座敷《かいざしき》で大《だい》の男《おとこ》が打《ぶ》っ倒《たお》れたのであるから、他《た》の泊《とま》り客《きゃく》を初《はじ》め此家《このや》の家内《かない》はいずれも目《め》を覚《さま》さずにはおれぬ。目《め》を覚《さま》して何《いず》れも駆《か》けつけた中《なか》に、隣《とな》り座敷《ざしき》に泊《とま》り合《あ》わしておった老人《ろうじん》、先程《さきほど》からの話《はな》し声《ごえ》にすでに目《め》を覚《さま》して聞《き》いておったらしい。それが今《いま》の物音《ものおと》を聞《き》くと等《ひと》しく襖《ふすま》を開《ひら》いて飛《と》びこんだ。「お隣《となり》の客人《きゃくじん》、お怪我《けが》はござらぬか」武蔵《たけぞう》はハッと見《み》ると、白髪《はくはつ》の老人《ろうじん》、右手《めて》に鉄扇《てっせん》を握《にぎ》って厳《いか》めしく突《つ》っ立《た》っておる。

◎一刀流《とうりゅう》の太刀《たち》風《かぜ》

武蔵《たけぞう》は今《いま》し這入《はい》ってきた老人《ろうじん》の姿《すがた》をみると、何処《どこ》ともなく其威権《そのいけん》にうたれて思《おも》わず平伏《へいふく》をした。「ハッ、あり難《がと》う存《ぞん》じまする。お蔭《かげ》をもちまして全《まっ》たく無事《ぶじ》にござりまする」「イヤ、みればお若《わか》いに似《に》ぬ感心《かんしん》のお腕前《うでまえ》。前刻来大体《ぜんこくらいだいたい》の様子《ようす》は聞《き》き及《およ》んで、いまにも飛《と》び込《こ》もうといたしたる折柄《おりから》たゞいまの物音《ものおと》によって若《も》しやと存《ぞん》じ思《おも》わず、斯《かく》の仕儀《しぎ》」「夜中折角《やちゅうせっかく》お休《やす》みのところ、思《おも》わざることにて御妨《おさまた》げをいたし申《もう》し訳《わけ》ござりませぬ」「イヤその配慮《はいりょ》には及《およ》ばぬこと。したが此者《このもの》は如何《いか》なるところから御同宿《ごどうしゅく》になった」「ハッ、実《じつ》は斯様《かよう》〱の次第《しだい》によって思《おも》わざる道連《みちづ》れと相成《あいな》りまして」と今日《きょう》の模様《もよう》を委《くわ》しく語《かた》って、「何分《なにぶん》はじめての旅《たび》の事《こと》にござりますれば」「フム、察《さっ》するところ、この道中《どうちゅう》の胡魔《ごま》の灰《はい》と申《もう》す者《もの》でござろう。まだ〱この上《うえ》御要慎肝要《ごようじんかんよう》」「あり難《がと》う存《ぞん》じまする」「しかし立《た》ち入《い》ったお話《はな》しでござるが、お見受《みう》け申《もう》すところ、お若《わか》いに似《に》ず一人旅《ひとりたび》のようす。何《なに》か仔細《しさい》のあることゝ存《ぞん》ずるが何《いず》れからお越《こ》しになって何《いず》れへ赴《おも》むかれる」「ハッ、仔細《しさい》の儀《ぎ》はいさゝか申《もう》し兼《か》ねますなれど、私《わたし》し生国《しょうこく》は豊前《ぶぜん》小倉《こくら》にござりまする。このたび父《ちち》の手紙《てがみ》を持《も》ちまして江戸《えど》表《おもて》へまいる途中《とちゅう》」「ナニ、小倉《こくら》……小倉《こくら》と聞《き》いては懐《なつ》かしい思《おも》いをする。定《さだ》めて小《こ》倉《くら》の御藩中《ごはんちゅう》でござろうの」「ハッ、いかにも仰《おお》せの通《とお》りにござりまする」「オヽ、そうであるか。しからば尋《たず》ねるが小倉藩《こくらはん》に宮本武左衛門《みやもとぶざえもん》と申《もう》す者《もの》がある筈《はず》だが存《ぞん》じておるか」「なんと仰《おお》せられまする、宮本武左衛門《みやもとぶざえもん》……」「どうじゃ壮健《たっしゃ》でおるか」「ハッ、して貴公《あなた》さまは……」「乃公《わし》か、乃公《わし》は江戸《えど》の石川《いしかわ》という者《もの》である」「ではまことに失礼《しつれい》でござりまするが、江戸小石川《えどこいしがわ》とやらにお在《い》での群東斎先生《ぐんとうさいせんせい》ではござりませぬか」「フム、いかにも厳流《がんりゅう》であるが……御身《おんみ》は誰《た》れじゃ」「ハヽッ、恐《おそ》れ入《い》りまする、私事《わたしこと》はたゞいまお尋《たず》ねに預《あずか》りましたる宮本武左衛門《みやもとぶざえもん》の一子武蔵《したけぞう》にござりまする」「なんという……」「このたび父《ちち》の許《ゆる》しを受《う》けまして是《こ》れより江戸《えど》表《おもて》へまいり、先生《せんせい》のお邸《やしき》へ伺《うか》がうべき心得《こころえ》をもちまして漸《よう》やく是《こ》れまでまいりましたる次第《しだい》にござりまする」「オヽそうであったか。では親爺《おやじ》も変《かわ》りがないか」「ハッ、至極壮健《しごくそうけん》にござります」「それは何《なに》より重畳《ちょうじょう》。丁度《ちょうど》よいところで遇《お》うたの。乃公《わし》もひさ〲で伊勢参宮《いせさんぐう》をいたし、これより江戸《えど》表《おもて》へ帰《かえ》るところである」「それは願《ねが》うてもない幸《さい》わいにござりまする。どうかお供《とも》をお願《ねが》いいたしまする」「フム、左様《さよう》にいたせ」「就《つ》きましては父《ちち》よりの手紙《てがみ》、これに委細認《いさいした》ためてござりますれば何卒御覧《なにとぞごらん》の程《ほど》願《ねが》わしゅう存《ぞん》じまする」「オヽそうであるか。それは尚《なお》さら懐《なつ》かしい。是《こ》れへ見《み》せ」「ハヽッ」

武蔵《たけぞう》の差《さ》しだす手紙《てがみ》を取《と》る手遅《ておそ》しと披《ひら》いた石川群東斎《いしかわぐんとうさい》、さも懐《なつ》かしげに繰《く》り返《かえ》し〱読《よ》んでおったが軈《やが》て口《くち》を開《ひら》いた。「ホヽウ、それでは其方有馬喜右衛門《そのほうありまきえもん》と試合《しあい》をいたしたそうであるの」「ハッ、余《あま》り父《ちち》の儀《ぎ》につきまして悪口雑言《あくこうぞうごん》をいたしたる為《た》め……」「フム、なか〱感心《かんしん》の心掛《こころが》け。マ、精々励《せいぜいはげ》むがよい」「何分《なにぶん》にも宜《よろ》しくお願《ねが》いいたしまする」

武蔵《たけぞう》が国許《くにもと》をでる時《とき》、武左衛門《ぶざえもん》から手紙《てがみ》を添《そ》えられた行《ゆ》き先《さ》きは実《じつ》にこの石川群東斎《いしかわぐんとうさい》厳流先生《がんりゅうせんせい》の邸《やしき》であったのである。それが偶然《ぐうぜん》とはいえ彼《か》の泥棒《どろぼう》が媒介《なかだち》となってこゝで逢《お》うたのであるから非常《ひじょう》に悦《よろ》こんだ。それで倒《たお》れた泥棒《どろぼう》に活《かつ》を入《い》れて息《いき》を吹《ふ》き返《か》えさしめ、将来《しょうらい》を戒《いま》しめて放《はな》したのち、夜《よ》の明《あ》けるのを待《ま》ちかね、群東斎《ぐんとうさい》に従《した》ごうて桑名《くわな》を後《あと》に出立《しゅったつ》をした。

こゝで話《はな》しは聊《いさ》さか岐路《わきみち》へ外《そ》れるが、この石川群東斎《いしかわぐんとうさい》と宮本武左衛門《みやもとぶざえもん》のことに就《つい》て少《すこ》しく述《の》べる。抑《そもそ》もこの群東斎《ぐんとうさい》は一刀流《とうりゅう》の元祖伊東弥五郎友景入道《がんそいとうやごろうともかげにゅうどう》の門人《もんじん》であって若年《じゃくねん》のころから十数年間《すうねんかん》一心不乱《しんふらん》に修業《しゅぎょう》した結果《けっか》、見事《みごと》な腕前《うでまえ》となったのであるが、その修業中《しゅぎょうちゅう》、友景入道《ともかげにゅうどう》はどういうものか随分達者《ずいぶんたっしゃ》となった石川《いしかわ》に極意《ごくい》を伝《つた》えることをせぬ。夫《そ》れで平常穏《ひごろおだ》やかな石川《いしかわ》も流石《さすが》に内心不平《ないしんふへい》で絶《た》えられぬ。これがため或日《あるひ》、入道《にゅうどう》にむかって言葉《ことば》の端《はし》にそのことを洩《も》らすと、入道《にゅうどう》は徐《おも》むろに微笑《びしょう》を洩《も》らして「なるほど其方《そのほう》の腕前《うでまえ》、身《み》を防《ふせ》ぐことにおいては最早免許以上《もはやめんきょいじょう》の腕前《うでまえ》で申《もう》し分《ぶん》はない。しかし惜《おし》いかな一刀流《とうりゅう》の極意《ごくい》とする腕《うで》の冴《さ》えがまだ足《た》らぬ。もっとも此《こ》の冴《さ》えということに就《つい》ては口《くち》を以《もっ》て語《かた》り、手《て》を以《もっ》て教《おし》えることが出来《でき》ぬによって自《みず》から何《な》んなりとも工夫《くふう》をいたして見《み》よ」と一言《こと》を述《の》べたまゝで他《た》に何事《なにごと》もいわれなんだが、性来負《せいらいま》けぬ気《き》の石川《いしかわ》、この一言《ごん》を力《ちから》として其後《そのご》いろ〱に考《かん》がえ初《はじ》めた。考《かん》がえ初《はじ》めてついに覚《さと》ったのは断水《だんすい》の術《じゅつ》である。断水《だんすい》の術《じゅつ》とは流《なが》れの水《みず》を木刀《ぼくとう》をもって一滴《てき》の飛沫《しずく》も立《た》てずに断《た》ち切《き》るので、これを世《よ》に水切《みずき》りの術《じゅつ》ともいうておる。

これが見事《みごと》に出来《でき》るようになったから改《あら》ためて入道《にゅうどう》にこのことを申《もう》し入《い》れた。入道《にゅうどう》はこれを見《み》て非常《ひじょう》に感心《かんしん》をなし「オヽそれでこそ一刀流《とうりゅう》の太刀風《たちかぜ》、天《あ》ッ晴《ぱれ》である。たゞちに奥儀《おくぎ》を伝《つた》えるによって慢心《まんしん》をいたしてはならぬ。身《み》を誤《あやま》たぬよういたせ。尚《なお》たゞいまより名《な》を改《あら》ため、厳《きび》しき流《なが》れを切《き》るというところから厳流《がんりゅう》と改《あら》ためよ」とこゝにはじめて一刀流《とうりゅう》の免許皆伝を与えられたので、其後、入道の許しをうけて諸国廻国に旅立った途中、はしなく播州《ばんしゅう》の平福在《ひらふくざい》、宮本村《みやもとむら》で病気《びょうき》に罹《かか》って困《こま》っておるおりから、助《たす》けられたのは宮本武左《みやもとぶざ》衛門《えもん》の実父《じっぷ》であった。もっともこの武左衛門《ぶざえもん》の家《いえ》は小笠原家譜代《おがさわらけふだい》の臣《しん》ではなく、先祖《せんぞ》は赤《あか》松円心《まつえんしん》の後胤《こういん》ではあるが、其後浪人《そのごろうにん》をして播州《ばんしゅう》の辺鄙《かたいなか》に蟄居《ちっきょ》しておったのである。それで群東斎《ぐんとうさい》はこの家《いえ》に厄介《やっかい》となって養生《ようじょう》しておるうち、武左衛門《ぶざえもん》に剣法《けんぽう》を教《おし》えたのがそもそも初《はじ》めで、ついに武左衛門《ぶざえもん》も一流《りゅう》を極《きわ》める腕《うで》となり、縁《えん》あって小笠原家《おがさわらけ》へ召抱《めしかか》えられることゝなったのであるから、群東斎《ぐんとうさい》は宮本《みやもと》の家《いえ》には救済《きゅうさい》をされた恩《おん》があれば武左衛門《ぶざえもん》は群東《ぐんとう》斎《さい》に対《たい》して師恩《しおん》がある。それで其後《そのご》は一方《ぼう》は江戸《えど》に一方《ぼう》は小倉《こくら》に西《にし》と東《ひがし》に別《わか》れておっても普通師弟《ふつうしてい》の間柄《あいだがら》ではなく殆《ほと》んど肉親《にくしん》の様《よう》な思《おも》いをしておる。したがって武蔵《たけぞう》は其武左衛門《そのぶざえもん》の一子《し》ときいて一しお懐《なつ》かしく思《おも》い、且《か》つはその手紙《てがみ》もあり旁《かたが》た悦《よろ》こんで連《つ》れ帰《かえ》ることになったのであった。

◎頭《あたま》が黒《くろ》い虫《むし》は捻《ひね》り潰《つぶ》すがよい

桑名《くわな》の浜《はま》から船《ふね》に乗《の》った両人《りょうにん》、無事《ぶじ》に宮《みや》の駅《しゅく》へついて、其後《そのご》東海道筋《とうかいどうすじ》を東《ひがし》へさしてだん〳〵進《すす》んで行《い》ったが武芸《ぶげい》は達人《たつじん》とはいえ何分老人《なにぶんろうじん》と小供《こども》の道連《みちづ》れであるから道《みち》はどうしても捗取《はかど》りかねる。ことに宮《みや》の駅《しゅく》では熱田神宮《あつたじんぐう》へ参拝《さんぱい》し、有松《ありまつ》では今川義元《いまがわよしもと》の古戦場《こせんじょう》なぞを弔《とむ》らいながらブラ〳〵歩《あゆ》みを運《はこ》んでおるので、池鯉鮒《ちりゅう》の駅《しゅく》へかゝろうとする頃《ころ》は日《ひ》も西《にし》の端《は》に沈《しず》もうとする夕間暮《ゆうまぐ》れ、最早岡崎《もはやおかざき》の城下《じょうか》でも今少《いますこ》しと、並木松原《なみきまつばら》のあいだを急《いそ》いで通《とお》ろうとするおりから、松《まつ》の小蔭《こかげ》からバラ〳〵と現《あら》われた数人《すうにん》、手《て》に手《て》に得物《えもの》を持《も》って道《みち》の行《ゆ》く手《て》に立《た》ちふさがった。「ヤイこら若造《わかぞう》、小供《こども》だと思《おも》って油断《ゆだん》をしておれば昨夜《ゆうべ》はよくも酷《ひど》い目《め》にあわしやがったな覚悟《かくご》をしろッ。オイ兄弟《きょうだい》、此奴《こいつ》は小供《こども》だからというて油断《ゆだん》はならぬぞ」「オッ、よしきた、こら鼻垂《はなた》れめ昨夜《ゆうべ》はよくも兄《あに》キに酷《ひど》いことをしやがったな……オイ兄《あに》キ、あの老爺《おいぼれ》はどうじゃ」「序《つい》でにやってしまえ」「合点《がってん》だッ」

云《い》うより早《はや》く二人《ふたり》を取《と》りまいて手《て》ん手《で》に打《う》ち下《お》ろす得物《えもの》の下《した》を早《はや》くもかいくゞった武蔵《たけぞう》、

いましも群東斎目《ぐんとうさいめ》がけて打《う》ちかゝってくる一人《ひとり》に飛《と》びかゝったと見《み》る間《ま》もなく、さっそくの急所《きゅうしょ》、目《め》と鼻《はな》の間《あい》だを拳《こぶし》を固《かた》めてウンと一突《つ》き突《つ》いたとおもえば、さしもの荒男《あらおとこ》二言《ごん》とたてず其場《そのば》へドッと悶絶《もんぜつ》をする。直《ただ》ちにその得物《えもの》を奪《うば》い取《と》って続《つづ》いて来《きた》った一人《にん》の横面《よこづら》をピシャリッ。これもアッと云《い》うまもなく三番目《ばんめ》の男《おとこ》の横腹《よこばら》をポン〱と瞬《また》たく内《うち》に三人《にん》を倒《たお》した手《て》の内《うち》、飛鳥《ひちょう》とも小天狗《こてんぐ》とも譬《たと》えようのない早業《はやわざ》。のこった奴等《やつばら》はこの体《てい》に気《き》を取《と》られて暫《しば》らく呆《あき》れておったが、やがて気《き》を取《と》り直《なお》したか「生意気小僧《なまいきこぞう》、兄弟《きょうだい》の敵《かたき》……」と一時《じ》に打《う》ち掛《かか》ろうとする時《とき》、いまゝで黙《だま》って立《た》っておった群東斎《ぐんとうさい》、鉄扇《てっせん》を青眼《せいがん》に構《かま》えたとみるとウンと睨《にら》んだ合気《あいき》の術《じゅつ》。これには、流石《さすが》の荒男《あらおとこ》どもゝ蛇《へび》に睨《にら》まれた蛙《かえる》のように身動《みうご》きも出来《でき》ぬありさま。やがて群東斎《ぐんとうさい》はニッコと笑《わろ》うた。「こりゃ其方《そのほう》どもは又《また》しても左様《さよう》なことをいたすか不心得《ふこころえ》ものめ。予等《よら》をなんと心得《こころえ》ておる、馬鹿者《ばかもの》ッ」と睨《にら》んだ眼光《がんこう》の凄《すさ》まじい勢《いき》おいに打《う》ちかゝった者等《ものら》はたゞ得物《えもの》を振《ふ》りあげたまゝビク〱しておるのみで、言葉《ことば》さえ出《だ》しかねておる。「ハヽヽヽ、弱虫《よわむし》ども。持《も》ったものを離《はな》さぬ内《うち》は身体《からだ》は自由《じゆう》になるまい。どうじゃ恐《おそ》れいったか」「へヽーッ」思《おも》わず得物《えもの》を取《と》り捨《す》てると漸《よう》やく我《わ》が身《み》に帰《かえ》ったらしい。恐《おそ》る〱群東斎《ぐんとうさい》の前《まえ》へ両手《りょうて》をついた。「まことに申《もう》し訳《わけ》はございません。どうかお許《ゆる》しをお願《ねが》いいたしまする」「ハヽヽヽ、其方《そのほう》ごときものゝ生命《いのち》を取《と》ったところで何《な》んにもならぬが、さて其《その》まゝでおいては諸人《しょじん》の迷惑《めいわく》」「もう今後《こんご》決《けっ》して悪《わる》いことはいたしません、どうか何分《なにぶん》にも……」「イヤ〳〵苦《くる》しい時《とき》の神助《かみだす》け、咽元《のどもと》過《す》ぐれば熱《あつ》さを忘《わす》れるということがあるからの……武蔵其方《たけぞうそのほう》はどう思《おも》う」「左様《さよう》でございます。どうせ改心《かいしん》をいたすようなことはございますまい。これも人間《にんげん》でござりますれば助《たす》けてやれば又《ま》た善《よ》き方《ほう》に向《むか》うことがございましょうが、何分《なにぶん》にも頭《あたま》の黒《くろ》い虫《むし》でございますから捻《ひね》り潰《つぶ》すほうがようございましょう」という言葉《ことば》に平伏《へいふく》して聞《き》いておった者等《ものら》は驚《おどろ》いた。「モシ若先生《わかせんせい》、どうか生命《いのち》ばかりはお助《たす》けをお願《ねが》いいたします。決《けっ》して今後《こんご》は斯様《かよう》のことをいたしませぬから……」「他《た》のものは兎《と》に角《かく》、そこにおる絹商人《きぬあきうど》とか申《もう》した奴《やつ》、其方昨夜《そのほうさくや》なんと申《もう》した。今後一切改心《こんごいっさいかいしん》するから助《たす》けてくれいと申《もう》したによって、そのまゝ逃《に》がしてやったではないか。しかるに昨夜《さくや》の今日既《きょうすで》にこの始末《しまつ》だ。其方《そのほう》の申《もう》すことは取《と》り上《あ》げることはならぬ……先生《せんせい》、どうでございましょう、諸人《しょにん》の為《た》めこゝで何《な》んとか処分《しょぶん》をいたしましては」「フムでは切《き》り捨《す》てるのか」「アモシ、後立腹《ごりっぷく》は御尤《ごもっと》もでござりまするが今度《こんど》という今度《こんど》は全《まっ》たく改心《かいしん》をいたしますによって、どうか生命《いのち》ばかりは……」「ハヽヽヽ、案外《あんがい》もろい奴等《やつら》であるの。時《とき》に先生《せんせい》、どうかこの成敗《せいはい》は私《わた》しにお任《まか》せを願《ねが》いとう存《ぞん》じまする」「元《もと》より御身《おんみ》から起《おこ》ったことであれば如何《いか》ようとも勝手《かって》にするがよかろう」「ハッ、あり難《がと》う存《ぞん》じまする」

武蔵《たけぞう》はやがて倒《たお》れておる三人《にん》の者《もの》に活《かつ》を入《い》れ息《いき》を返《か》えさせ、ズラリと前《まえ》に並《なら》ばせた。「其方等《そのほうら》逃《に》げようといたせば直《ただ》ちに切《き》り捨《す》てるから左様《さよう》に思《おも》え」「ド、何《ど》うつかまつりまして、決《けっ》して逃《に》げ走《はし》りはいたしませぬによって、生命《いのち》ばかりは……」「フム改心《かいしん》をいたすとあれば生命《いのち》だけは取《と》らぬぞ」「ヘエッ、あり難《がと》う存《ぞん》じまする」「アコリャ〳〵、生命《いのち》は取《と》らぬが聊《いさ》さか貰《もら》いたいものがある」「メッ、滅相《めっそう》もない。私共《わたしども》は昨日来《さくじつらい》仕事《しごと》がアブレまして少《すこ》しも持《も》ち合《あわ》せがございませんので、ツイその……貴郎方《あなたがた》に目《め》をつけましたので……」「コリャッ、何《なに》をもうす、我等《われら》は左様《さよう》な不浄《ふじょう》のものを望《のぞ》まぬわいッ」「ヘエッ、何《ど》うもまことに済《す》みませぬ……と申《もう》して外《ほか》に差上《さしあ》げまするものはございませんが……」「イヤある。其方等《そのほうら》は生命《いのち》さえ助《たす》かればよいであろう」「ヘエ〳〵外《ほか》に決《けっ》して望《のぞ》みません」「フムでは其《その》方等《ほうら》の右腕《みぎうで》を一本《ぽん》ずつ貰《もら》いたい」「ヘエッ……右《みぎ》の腕《うで》を……」「そうじゃ、腕《うで》を切《き》ったところで生命《いのち》には別条《べつじょう》はないによって安心《あんしん》をいたせ」「ヘエッ、でございますが其儀《そのぎ》はどうも……」「嫌《いや》か、其方等《そのほうら》は改心《かいしん》いたす心《こころ》があっても腕《うで》が動《うご》くから又《また》もや悪心《あくしん》を抱《いだ》くようになるのじゃ。腕《うで》を呉《く》れるのが嫌《いや》ならば已《やむ》をえん、生命《いのち》を貰《もら》う」「ヘエッ、どうぞこればかりはお助《たす》けを……」「此方《このほう》も別《べつ》に斬《き》りたくはないが諸人《しょにん》の助《たす》けじゃ神妙《しんみょう》にせい」

涙《なみだ》を流《なが》して只管《ひたすら》たのむ者《もの》もあれば、隙《すき》を考《かん》がえて逃《に》げ出《だ》そうとするものもある。しかし逃《に》げかけたものは群東斎《ぐんとうさい》が後《うし》ろから合気《あいき》の術《じゅつ》をかけて足《あ》し留《ど》めをするから立《た》ったまゝで後《あと》へも先《さき》へも動《うご》かれぬ。其処《そこ》へ飛《と》びかゝった武蔵《たけぞう》は小刀《しょうとう》を抜《ぬ》いてスパリ〳〵と蔓《つる》に生《な》ったた糸瓜《へちま》でも切《き》るように右《みぎ》の腕《うで》をことぐく落《おと》してしもうた。「さア何《ど》うじゃ此《こ》うすれば左《ひだ》りの手《て》一本《ぽん》では今度《こんど》悪事《あくじ》はできまい。しかし差《さ》し当《あた》って路頭《ろとう》に迷《まよ》うようなことがあってもなるまいから、治療代《ちりょうだい》としてこれを取《と》らす。なるべく是《こ》れを資金《もと》として正業《せいぎょう》につけ」

胴巻《どうまき》から取《と》りだした十両《りょう》の小判《こばん》、これを数人《すうにん》の中《なか》へ投《な》げ与《あた》えて、群東斎《ぐんとうさい》に従《した》がい立《た》ち去《さ》ったが、それから江戸表《えどおもて》までは何事《なにごと》も記《しる》すことがない。

◎父祖《ふそ》伝来《でんらい》の二本《ほん》の十手《て》

江戸《えど》小石川《こいしがわ》の石川群東斎巌流《いしかわぐんとうさいがんりゅう》の門人《もんじん》となった宮本武蔵《みやもとたけぞう》。其後《そのご》一心不乱《しんふらん》となって修業《しゅぎょう》を励《はげ》んでおると、すでに下地《したじ》は充分出来《じゅうぶんでき》る腕《うで》を持《も》っておるので、その上達《じょうたつ》はすこぶる早《はや》い。一二年居《ねんお》るうちに、先輩《せんぱい》の門弟《もんてい》を打《う》ち据《す》える程《ほど》となり、十七歳《さい》の春《はる》には師匠《ししょう》の巌流《がんりゅう》ですら舌《した》を捲《ま》く程《ほど》となったので師範代《しはんだい》を申《もう》し付《つ》かることゝなった。しかし国《くに》を出《で》るとき、父武左衛《ちちぶざえ》門《もん》からくれ〴〵も戒《いま》しめられた言葉《ことば》があるから少《すこ》しも高慢《こうまん》らしい態度《たいど》はない。随《した》がって門《もん》弟《てい》なぞの気受《きう》けもよく、暫《しば》らくのうちに石川《いしかわ》の若先生《わかせんせい》といわれて大層《たいそう》な評判《ひょうばん》。その評判《ひょうばん》を聞《き》くにつけて、群東斎《ぐんとうさい》はまた非常《ひじょう》に悦《よろ》こんでおると、その評判中《ひょうばんちゅう》また訝《おか》しな噂《うわ》さがある。それは外《ほか》でもない、武蔵《たけぞう》が師範代《しはんだい》となって門弟《もんてい》を教《おし》える時《とき》には元《もと》より群東斎《ぐんとうさい》の流儀《りゅうぎ》である一刀流《とうりゅう》をもって教《おし》えておるが、暇《ひま》のあるごとに道場《どうじょう》へ一本《ぽん》の木剣《ぼくけん》を吊《つ》り下《さ》げ、二本《ほん》の木剣《ぼくけん》を手《て》に持《も》って仕合《しあい》の稽古《けいこ》をしておる。どうも妙《みょう》な剣法《けんぽう》だということであるから、群東《ぐんとう》斎《さい》は怪《あや》しまずにおられぬ。二本《ほん》の剣《けん》を使《つか》うということは是《こ》れ迄例《までれい》のないこと。ことに自分《じぶん》が教《おし》えこんだのは一刀流《とうりゅう》であってみれば尚更《なおさ》らそれを正《ただ》さねばなるまいと、或日《あるひ》窃《ひそ》かに折《おり》をかんがえて隙見《すきみ》をして見《み》ると果《はた》して噂《うわ》さの通《とお》り熱心《ねっしん》に稽古《けいこ》をしておる。しかも其眼《そのめ》付《つ》きから身体《からだ》の備《そな》えは一刀流《とうりゅう》に形《かた》どって一分《ぶ》の隙《すき》もなく、打返《うちかえ》し〳〵して居《お》る様《さま》の余《あま》り見事《みごと》なので思《おも》わず「旨《うま》いッ」と声《こえ》を掛《か》けると、武蔵《たけぞう》は驚《おど》ろいた。直《ただ》ちに支度《したく》を解《と》いて群東斎《ぐんとうさい》の足《あし》元《もと》へ駆《か》け寄《よ》り平伏《へいふく》をした。「恐《おそ》れ入《い》りまする」「アイヤ武蔵《たけぞう》、過日来門弟《かじつらいもんてい》どもの噂《うわ》さをきゝ不思議《ふしぎ》に思《おも》うておったが、たゞいまの剣法《けんぽう》ほと〳〵感心《かんしん》をいたした。しかし昔《むか》しより二本《ほん》の剣《けん》を使《つか》うということは未《いま》だきゝ及《およ》んだことはないが、其方《そのほう》これは何者《なにもの》から習《なろ》うた」「ハッ、私《わた》しは只今《ただいま》のところ師《し》といたしまするは先生《せんせい》より外《ほか》にはございませぬ」「フム、しかし此方《このほう》はかゝる剣法《けんぽう》を教《おし》えたことはないが」「御意《ぎょい》にございまする。これには聊《いさ》さか理由《わけ》がございまする」とこれより父武左衛門《ちちぶざえもん》より話《はな》しのあった父祖伝来《ふそでんらい》の二本《ほん》十手《て》のことを語《かた》って「斯様《かよう》の次第《しだい》にござりますれば武士《ぶし》は二本《ほん》の帯剣《たいけん》あるを幸《さい》わいこれに応用《おうよう》いたしたれば如何《いかが》と存《ぞん》じまして、まことに差出《さしで》ヶ間敷儀《ましきぎ》とは存《ぞん》じましたなれども先生《せんせい》へ一言《ごん》のお答《こた》えもいたさず斯《かく》の始末《しまつ》、なんとも申《もう》し訳《わけ》はございませぬ」「イヤ〳〵詫《わび》るには及《およ》ばぬ。殊《こと》にいま其方《そのほう》の太刀筋《たちすじ》をみるに、他流《たりゅう》を交《まじ》えたというではなし。決《けっ》して咎《とが》めはいたさぬ。面白《おもしろ》い考《かん》がえである。どうじゃ一本立《ぽんた》ち合《お》うてみい」「恐《おそ》れいりまする」「イヤ決《けっ》してその斟酌《しんしゃく》におよばぬ。吊木《つりぼく》を相手《あいて》といたすだけでは実際《じっさい》の心《こころ》を学《まな》ぶことはできかねる。なにごとも稽古《けいこ》は生《い》きた者《もの》を相手《あいて》といたさねば駄目《だめ》であるぞ」「ハッ、恐《おそ》れいりまする。それではどうか一本《ぽん》お手直《てなお》しをお願《ねが》いいたしまする」「フム、尚申《なおもう》しておくが其方決《そのほうけっ》して遠慮《えんりょ》をいたしてはならぬぞ。打《う》ち込《こ》む隙《すき》があれば充分打《じゅうぶんう》ちこんで参《まい》れ。二本剣《ほんけん》の腕試《うでだめ》しであるから」

「畏《かし》こまりました」

やがて両人《りょうにん》は支度《したく》に及《およ》んで道場《どうじょう》へ突《つ》っ立《た》った。一方《ぽう》は当場《とうじょう》の主《あるじ》、一方《ぽう》はその門弟《もんてい》とはいえ将来《しょうらい》一派《ぱ》を立《た》てようとする宮本武蔵《みやもとたけぞう》。双方《そうほう》とも寸分《すんぶん》の隙《すき》もない。しばらくは互《たが》いに睨《にら》み合《あ》いをしておったが、稍《やや》あって群東斎《ぐんとうさい》の方《ほう》では打込《うちこ》む隙《すき》があったかヤッと一声《こえ》アワヤ武蔵《たけぞう》の脳天《のうてん》から打《う》ち下《おろ》そうとするとき、右剣左剣《うけんさけん》の二本《ほん》を早《はや》くも十字《じ》に取《と》り直《なお》した武蔵《たけぞう》、是《これ》を以《もっ》てガッキと受《う》けとめた。群東斎《ぐんとうさい》はこりゃ失策《しくじっ》たと下《おろ》した剣《けん》を元《もと》に引《ひ》こうと満身《まんしん》の力《ちから》をこめ引《ひ》けども突《つ》けども丁度釘《ちょうどくぎ》付《づ》けにされたか、膠《にかわ》でも粘着《くっつ》けたかのように一寸《すん》も動《うご》く模様《もよう》がない。これはッと驚《おど》ろきながらも只《た》だ目《め》を白黒《しろくろ》さしておると、頓《にわ》かにパッと身《み》を引《ひい》て二三尺下《じゃくさが》った武蔵《たけぞう》、両手《りょうて》を支《つか》えて「ハヽッ、二剣《けん》の使《つか》い方《かた》は漸《よう》やくここまで出来《でき》ましてございまする」「フーム、イヤ天《あ》ッ晴《ぱ》れなる手《て》のうちである。たゞいま其方《そのほう》が受《う》けとめたる際《さい》、左右《さゆう》何《いず》れの剣《けん》なりとも外《はず》して打《う》ちこまれたならば如何《いか》なる名人《めいじん》なりとも防《ふせ》ぐ道《みち》はあるまい」「恐《おそ》れいりまする」「何《な》んにいたせ我国《わがくに》において二本《ほん》の剣《けん》を用《もち》いるは其方元祖《そのほうがんそ》である。なんとか流名《りゅうめい》を付《つ》けねばなるまい」「ハッ、われ〳〵ごとき若輩《じゃくはい》の剣《けん》、附《ふ》すべき流名《りゅうめい》はございません」「イヤ〳〵、一流《りゅう》の祖《そ》として恥《はず》かしからぬ其方《そのほう》、いかようとも名《な》をつけるがよい」「ハッ、しかし私《わた》し共《ども》には如何《いか》にもうして宜《よろ》しきやら解《げ》しかねますれば、恐《おそ》れ入《い》りまするが何卒《なにとぞ》先生《せんせい》より相当《そうとう》なる御名《おんな》を下《くだ》されとう存《ぞん》じまする」「されば……オヽ斯様《かよう》にいたしてはどうか。其方《そのほう》父祖《ふそ》伝来《でんらい》の二本《ほん》十手《て》は神伝《しんでん》二本《ほん》十手《て》と申《もう》したな」「左様《さよう》でございまする」「また太刀筋《たちすじ》は一刀流《とうりゅう》をもって変化《へんか》せしめたるものであるから、神伝《しんでん》二刀流《とうりゅう》といたしたれば何《ど》うじゃ」「あり難《がと》う存《ぞん》じまする」

武蔵《たけぞう》の二本剣《ほんけん》はこゝに神伝《しんでん》二刀流《とうりゅう》と銘《めい》をうたれて漸《よう》やく石川群東斎《いしかわぐんとうさい》に認《みと》められることゝなった。かくて相変《あいかわ》らず夥多《あまた》の門弟《もんてい》を指導《しどう》しておる傍《かた》わら其研鑽《そのけんさん》に余念《よねん》なかったが、或日《あるひ》の夕暮《ゆうぐれ》すでに稽古《けいこ》も終《おわ》って自分《じぶん》の書斎《しょさい》にはいり、余念《よねん》なく書見《しょけん》をしているところへ、襖《ふすま》をひらいて這入《はい》ってきた一人《ひとり》の門弟《もんてい》「若先生《わかせんせい》へ申《もう》しあげまする。たゞいまお国許《くにもと》よりお人《ひと》がみえられましたが如何計《いかがはか》らいましょう」「ナニ、国許《くにもと》より……それは珍《めず》らしい。取《と》り敢《あ》えずこゝへ通《とお》してくれるように」「畏《かし》こまりました」と立《た》ち去《さ》った間《ま》もなく案内《あんない》に連《つ》れて這入《はい》ってきた一人《にん》、恐《おそ》る〱敷居越《しきいご》しに頭《あたま》をさげた。「オヽ、若様《わかさま》でござりまするか。余程《よほど》お見《み》かわしになりましたな。しかし何日《いつ》とてもお壮健《そうけん》で何《なに》よりでござりまする」「ハテ誰《た》れであったか頭《あたま》を上《あ》げられえ」「ヘッ、恐《おそ》れいりまする。私《わた》しめでござりまする」とあげたる顔《かお》を暫《しば》らく眺《なが》めておった武蔵《たけぞう》「オッ、其方《そのほう》は平助《へいすけ》ではないか、年《とし》を取《と》ったの。しかし何《なに》よりも先《ま》ず聞《き》きたいのは父上《ちちうえ》のこと。相変《あいかわ》らず後壮健《ごそうけん》であろうの」「ヘッ、其儀《そのぎ》につきましてわざ〱伺《うか》がいましてございまする」「なにッ、父上《ちちうえ》の儀《ぎ》について、気掛《きが》りである。何《なに》か変《かわ》ったことでもあったか」「まことに申《もう》し上《あ》げまするもお気《き》の毒《どく》の次第《しだい》……何《な》んとも何《ど》うも……」「何《な》んと申《もう》す、さすれば父上《ちちうえ》には……」「ヘッ、卑怯者《ひきょうもの》の手《て》にかゝってお果《は》てになりました」「エーッ、人手《ひとで》にかゝってお果《は》てなされたと申《もう》すか……父上《ちちうえ》を討《う》つ程《ほど》の者《もの》、只者《ただもの》ではあるまい、何者《なにもの》である」「サ、それが対等《たいとう》のお立《た》ち合《あ》いでござれば無雑《むざ》〱御最期《ごさいご》はとげますまい。なれども夜中御下城《やちゅうごげじょう》の際《さい》、御油断《ごゆだん》を見《み》すまし鉄砲《てっぽう》にて……」「飛《とび》道具《どうぐ》をもって……卑怯《ひきょう》な奴《やつ》、相手《あいて》は何者《なにもの》である。心当《こころあた》りがあるか」「いさゝかござりまする。しかし前以《まえも》ってお伺《うか》がいいたしまするが、此方《こなた》の先生《せんせい》のお名前《なまえ》は何《なん》と仰《おお》せられまする」「左様《さよう》なことを申《もう》しておる場合《ばあい》ではない。たゞいま申《もう》した相手《あいて》は何者《なにもの》じゃ」「それを申《もう》し上《あ》げるに就《つ》きまして先《ま》ずお伺《うか》がいをせねばなりませぬ。いさゝか油断《ゆだん》のなりかねますることもございますれば」「ナニ、此家《このや》の先生《せんせい》にか……さらば申《もう》しきける。先生《せんせい》の御名《おんな》は石《いし》川群東斎巌流《かわぐんとうさいがんりゅう》先生《せんせい》と申《もう》されるぞ」「でございましょう。しからば余《あま》り高《たか》い声《こえ》では申《もう》しあげられませぬ」「エッ、なんと申《もう》す」「実《じつ》は親旦那《おやだんな》さまを討《う》ちましたるものは大《おお》きな声《こえ》では申《もう》し上《あ》げかねますが佐々木玄東斎岸柳《ささきげんとうさいがんりゅう》と申《もう》すものであろうと存《ぞん》じられまする。されば御当家《ごとうけ》は姓《せい》こそ違《ちが》え群東斎巌流《ぐんとうさいがんりゅう》……いずれもよく似通《にかよ》いましたれば或《あるい》は由縁《ゆかり》の方《かた》かも存《ぞん》じませぬ」「イヤイヤ、当家先生《とうけせんせい》には左様《さよう》なるものに由縁《ゆかり》はない。だが佐々木《ささき》とやらは国許《くにもと》にお る頃《ころ》にきゝ及《およ》んだこともないが如何《いか》なるものである」「ヘッ、其儀《そのぎ》につきましてゆる〳〵申《もう》し上《あ》げまする。御免下《ごめんくだ》さりませ」

平助《へいすけ》は襖《ふすま》を閉《し》めて恐《おそ》る〳〵武蔵《たけぞう》の側《そば》へにじり寄《よ》った。

◎見覚《みおぼ》えのある印籠《いんろう》

武蔵《たけぞう》の側《そば》へすゝみ寄《よ》った平助《へいすけ》、一段声《だんこえ》をひそめて「実《じつ》は斯様《かよう》でござりまする。其佐々木《そのささき》ともうす奴《やつ》がいずれかゝらお城下《じょうか》へまいりまして御家老《ごかろう》の池沢《いけざわ》さまへ取《と》りいり、仕官《しかん》をされようと、いたしましたのでございまする。ところが殿様《とのさま》には御家老《ごかろう》のお口次《くちつ》ぎでござりますから、一旦《たん》はお聞《き》き済《ず》みになりましたが、其者《そのもの》が武芸《ぶげい》について余《あま》り高慢《こうまん》なことを申《もう》しますゆえ、いさゝかお気《き》にさえられたのでございましょう。其為《そのた》めか或日親旦那《あるひおやだんな》さまと試合《しあい》の儀《ぎ》を仰《おお》せ出《だ》されました」「フーム、して其場《そのば》で真逆《まさか》お討《う》たれ遊《あそ》ばしたのではあるまい」「ヘーエ、滅相《めっそう》もない。いかに親旦那《おやだんな》さまがお歳《とし》を召《め》したからと申《もう》して、あんな奴《やつ》の五疋《ひき》や十疋参《ぴきまい》ったところで片腕《かたうで》にも足《た》りますまい。見事《みごと》お打《う》ち据《す》えになられたそうでございます。それで佐々木《ささき》は其為《そのた》めさんぐの不首尾《ふしゅび》で御前《ごぜん》を下《さが》りまして其後《そのご》いずれへか姿《すがた》を隠《かく》しました」「フーム、それでは父上《ちちうえ》を撃《う》ったのは其奴《そいつ》ではなかったのか」「イーエ、ところが何《な》んでございまする、その四五日《にち》過《す》ぎました或日親旦那《あるひおやだんな》さまには出仕《しゅっし》なさいまして御《ご》用《よう》の御都合《ごつごう》で御下城《ごげじょう》が夜《よ》に入《い》ったことがございました。もっとも私《わた》しは何日《いつ》もの通《とお》りお供《とも》をいたしておったのでございます。だん〳〵御城門《ごじょうもん》をで〻馬場《ばば》へか〻った時《とき》、遥《はる》か彼方《あなた》の方《ほう》に物凄《ものすご》くドンと響《ひび》く一発《ぱつ》……其時《そのとき》でございまする親旦那《おやだんな》さまは……親旦那《おやだんな》さまは残念《ざんねん》と御一言《ごごん》を此世《このよ》のお別《わか》れにあそばして、右《みぎ》のお手《て》を刀《かたな》の柄《つか》にお掛《か》けになったま〻本意《ほんい》ない御《ご》最期《さいご》……たゞいまでも夢《ゆめ》のように思《おも》われまする」「フーム、して其佐々木《そのささき》であるということは何《ど》うして解《わか》った」「ヘッ、それが天罰《てんばつ》でございまする。私《わた》しも吃驚《びっくり》いたしまして直《す》ぐ様方々《さまかたがた》へお伝《つた》えをいたし、皆様《みなさま》がお越《こ》し下《くだ》されましたので多少心強《たしょうこころづよ》くなりましたから何《なに》か証拠《しょうこ》となるものでも落《お》ちてはあるまいかと音《おと》のいたしましたる方《ほう》を探《さ》がしまする と、そこにこの印籠《いんろう》が落《お》ちてございました」「フーム」「でさっそく御家老《ごかろう》のお手許《てもと》へ御覧《ごらん》に入《い》れますると、佐々木《ささき》が持《も》っておりましたものであるとのお言葉《ことば》でございまする。それから御家《ごか》老《ろう》より殿様《とのさま》へ其事《そのこと》を言上《ごんじょう》せられまする と殿様《とのさま》には大層《たいそう》な御立腹《ごりっぷく》で、たゞちに召《め》し捕《と》るようとのお言葉《ことば》によって彼方此方《あちこち》へお手《て》をお入《い》れになりましたけれども、いずれへ隠《かく》れたか皆《かい》目姿《もくすがた》が見《み》えませぬ」「フーム」「それから又《また》もや私《わた》しをお呼《よ》び出《だ》しになりまして、このうえは貴郎《あなた》さまへお伝《つた》えをいたし、敵《かたき》を討《う》つようにとのお言葉《ことば》を下《くだ》さりました。尚《なお》この印籠《いんろう》はその手掛《てが》りともなるであろうから持《も》ってまいれとお下《さ》げになりましたのでございまする」「フーム、それは御苦労《ごくろう》であった。兎《と》も角《かく》その印籠《いんろう》を見《み》せえ」「ヘッ、これでございまする」と平助《へいすけ》の差《さ》し出《だ》した印籠《いんろう》を手《て》に取《と》った武蔵《たけぞう》、暫《しば》らく眺《なが》めておったが、頓《にわ》かに驚《おど》ろいたありさま「オッ、この印籠《いんろう》の紋《もん》は違《ちが》い扇《おうぎ》……平助《へいすけ》、違《ちが》い扇《おうぎ》は数《かず》のない紋《もん》であるな」「左様《さよう》でございまする。あまり多《おお》くございません」「フムさては……」「若様《わかさま》、何《なに》かお心当《こころあた》りがございまするか」「ウヽ、暫《しば》らく待《ま》っておれ」

平助《へいすけ》の差《さ》し出《だ》した印籠《いんろう》を手《て》にもち、血相《けっそう》変《か》えて駆《は》せ向《む》うたのは群東斎《ぐんとうさい》の居間《いま》。「先生《せんせい》、いさゝかお伺《うかが》いいたしまする」「オヽどうした、見《み》れば血相甚《けっそうはな》はだよくないが何《なに》か変《かわ》ったことでもあったか。いま聞《き》けば国元《くにもと》から誰《た》れか見《み》えたとのこと」「ハッ、余事《よじ》は後刻《ごこく》ゆるゝ申《もう》し上《あ》げまするなれども、まずお伺《うかが》いいたしとうございますは余《よ》の儀《ぎ》ではございません」「改《あら》たまったる言葉《ことば》、平常《いつ》にない何《ど》ういたした」「ハッ、突然妙《とつぜんみょう》なことを伺《うかが》いますが先生《せんせい》の御紋《ごもん》は違《ちが》い扇《おうぎ》でござりますな」「ホヽウいかにもその通《とお》り。それ位《くらい》のことは其方今更《そのほういまさ》ら聞《き》かずとも解《わか》っておるではないか」「かねて存《ぞん》じてはおりますなれども聊《いさ》さか腑《ふ》に落《お》ちかねますれば……尚御伺《なおおうかが》いいたしまする。この御紋《ごもん》は余《あま》り数《かず》のないように心得《こころえ》ますが如何《いかが》でござりましょう」「いかにも。これは我《わ》が石川家《いしかわけ》以外《いがい》には用《もち》いぬ紋章《もんしょう》である」「左様《さよう》でござりまするか。ついては先生御《せんせいご》一門《もん》に佐々木《ささき》と申《もう》される人《ひと》はござりましょう……」「ナニ、佐々木《ささき》……左様《さよう》なものは存《ぞん》ぜんが如何《いかが》いたした……」「お言葉《ことば》ではござりますなれども違《ちが》い扇《おうぎ》の御紋《ごもん》を使《つか》う人《じん》に佐々木玄東斎岸柳《ささきげんとうさいがんりゅう》とやら申《もう》しまする」「これまで、佐々木玄東斎岸柳《ささきげんとうさいがんりゅう》……姓《せい》こそちがえ此方《このほう》の名《な》によく似《に》ておるの。ことに違《ちが》い扇《おうぎ》の紋《もん》をつけておるとか……ハテナ……」「御存《ごぞん》じござりませぬか」「されば……一向心当《こうこころあた》りはない……しかしそれが如何《いかが》いたした」「ハッ、それではこれなる印籠《いんろう》は御存《ごぞん》じありませぬか」「オー一寸見《ちょっとみ》せ」

訝《いぶ》かしげに手《て》に取《と》った印籠《いんろう》、暫《しば》らく目《め》も離《はな》さずに見《み》つめておった。「これは紛《まぎ》れもない……其方《そのほう》これを如何《いか》にして手《て》に入《い》った」「それがたゞいまお尋《たず》ねをいたしましたる佐々木《ささき》玄東斎《げんとうさい》の所持品《しょじひん》、お見覚《みおぼ》えがござりまするか」「オヽいかにもある。これは元此方《もとこのほう》秘蔵《ひぞう》の品《しな》……佐々木玄東斎《ささきげんとうさい》とやらが持《も》っておったと申《もう》すか」「左様《さよう》やそうにござりまする。して先生《せんせい》には何人《なんびと》にかお遣《つか》わしになりましたか」「イヤ先年同門《せんねんどうもん》の者《もの》に持《も》ち去《さ》られたのである。他《た》の品《しな》なれば兎《と》に角《かく》これは亡《な》き父《ちち》の遺品《かたみ》として譲《ゆず》られたるもの。人《ひと》に遣《つか》わすべき筈《はず》はない。したが其方《そのほう》いかにして手《て》に入《い》った」「ハッ、実《じつ》は申《もう》し遅《おく》れましたなれども先刻《せんこく》まいりましたるものは私《わたし》の実家《じっか》に召《め》し使《つか》いおる者《もの》にござりまする」「ナニ、小倉《こくら》のか……。して武左衛門《ぶざえもん》より何《なに》か伝言《ことづけ》でもあったか」「其儀《そのぎ》につきましてかよう〳〵の次第《しだい》、まことに心外《しんがい》に心得《こころえ》まする」と、武左衛門横死《ぶざえもんおうし》の一状《じょう》を平助《へいすけ》から聞《き》いた通《とお》り話《はな》しをすると、群東斎《ぐんとうさい》には大《おお》いにおどろかれた。「さてはそう云《い》うことであったか。まことに気《き》の毒《どく》の次第《しだい》である……。しかしいま其方《そのほう》のもうした佐々木《ささき》ともうす者《もの》はいさゝか心当《こころあた》りがないでも無《な》いが……取《と》り敢《あ》えず来《こ》られた人《じん》を一寸《ちょっと》こゝまで呼《よ》んでくるように」「畏《かし》こまりました」武蔵《たけぞう》は去《さ》ってやがて平助《へいすけ》を伴《とも》のうてゞた。さて群東斎《ぐんとうさい》と平助《へいすけ》の挨拶《あいさつ》は形《かた》のごとくあって後《のち》、群東斎《ぐんとうさい》は尋《たず》ねた。「ところで尋《たず》ねるが、其佐々木《そのささき》とやら申《もう》すものゝ面体《めんてい》は其方《そのほう》しっておるであろうな」「ヘッ、数回面《すうかいかお》をみましてござりまする」「フム、しからば若《も》しや右《みぎ》の首筋《くびすじ》に一寸《すん》ばかりの痣《あざ》はなかったか。また左《ひだ》りの小鬢《こびん》に三日月形《かづきがた》の傷痕《きずあと》はなかったかどうじゃ」「ヘッ、いかにもござりまする。ことに傷痕《きずあと》は当時日《とうじひ》の下《した》に名高《なだか》い伊東弥五郎《いとうやごろう》先生《せんせい》と立合《たちあい》の節《せつ》、合《あ》い打《う》ちとなった際《さい》受《う》けましたものとやらで大層自慢《たいそうじまん》のように聞《き》き及《およ》びました」「アハヽヽ、なんと申《もう》す伊東先生《いとうせんせい》と相打《あいう》ち……身《み》の程《ほど》もしらぬ奴《やつ》……なお顔形《かおかたち》は頬骨高《ほおぼねたか》く眼《まなこ》するどく……」「ヘエ〳〵、矢張《やは》り顔《かお》の真《ま》ん中《なか》に鼻《はな》がございまして……」「控《ひか》えイ……すれば矢《や》ッ張《ば》り彼《か》れであったか……武蔵《たけぞう》、佐々木《ささき》とやらは大抵心当《たいていこころあた》りがあるぞ」「ハヽッ、していかなるものでござりまするか」「さればいま聞《き》く容貌《ようぼう》といい、また此《こ》の印《いん》籠《ろう》を所持《しょじ》いたすところより察《さっ》すれば、彼《か》れは元伊東弥五郎先生《もといとうやごろうせんせい》の方《かた》に此方《このほう》と同門《どうもん》であった、佐々木源吾《ささきげんご》と申《もう》す者《もの》であろう」「ヘーエッ」「彼《か》れなれば多少腕《たしょううで》は立《た》つが心柄《こころがら》佞《ねじ》けた者《もの》であるため遂《つい》に先生《せんせい》より破門《はもん》をうけ、いま申《もう》す小鬢《こびん》の傷《きず》は其際御責諫《そのさいごせっかん》あられた時《とき》の遺《かた》みである。それのみならず先生《せんせい》の御許《おんもと》を立《た》ち退《の》く際《さい》、此方《このほう》が先生《せんせい》より授《さず》かった免許皆伝書《めんきょかいでんしょ》、及《およ》びこれなる印籠《いんろう》を盗《ぬす》み去《さ》ったが……さてはその皆伝書《かいでんしょ》によって此方《このほう》と紛《まぎ》らわしき名《な》を名《な》乗《の》り国々《くにぐに》を廻《まわ》っておるものと思《おも》われるの」「御意《ぎょい》にござりまする。つきましては先生《せんせい》に一つのお願《ねが》いがございまする」「何事《なにごと》である」「ハッ、なが〳〵御厄介《ごやっかい》に相成《あいな》りましたる鴻《こう》恩《おん》、海《うみ》よりも深《ふか》く山《やま》よりも高《たか》く、されば何日《いつ》までもお側《そば》におりまして御恩報《ごおんほう》じをいたしとうござりますなれど、たゞいまお聞《き》きの通《とお》り思《おも》わざる父《ちち》の横死《おうし》。つきましては此上一度国《このうえひとたびくに》許《もと》へ立《た》ち帰《かえ》りましたる上《うえ》、敵佐々木《かたきささき》の在家《ありか》を尋《たず》ねたく存《ぞん》じますれば、何卒《なにとぞ》お暇《いとま》を下《くだ》し給《たま》わらんことをお願《ねが》いいたしまする」「もっともである。では明朝《みょうちょう》から出立《しゅったつ》いたすがよかろう。

なお其方《そのほう》の姓名《せいめい》、宮本武蔵《みやもとたけぞう》では何《な》んとなく重《おも》からぬ。今後武蔵《こんごむさし》と改《あら》ためてはどうか。また名乗《なの》りの儀《ぎ》については未《いま》だ定《さだ》まってはない様子《ようす》。さいわい此方《このほう》の本名《ほんめい》、秀政《ひでまさ》の政《まさ》の字《じ》を与《あた》え、政名《まさな》といたすがよかろう」「ハヽッ、何《なに》から何《なに》までお心《こころ》づけあり難《がた》くお受《う》けをつかまつりまする」「フム、まず道中《どうちゅう》気《き》をつけてまいれ」「ハヽッ」

こゝで武蔵《たけぞう》の武蔵《むさし》はその翌朝《よくちょう》、群東斎《ぐんとうさい》およびその門弟《もんてい》の人々《ひとびと》から沢山《たくさん》の餞別《せんべつ》を受《う》けて東海道《とうかいどう》を西《にし》に、一まず国表《くにおもて》へ出立《しゅったつ》することゝなった。

◎強《つよ》い〳〵若先生《わかせんせい》

話《はな》しは岐《わか》れて彼《か》の宮本武左衛門無二斎《みやもとぶざえもんむさい》を討《う》って小倉《こくら》を立《た》ち退《の》いた佐々木玄東斎岸柳《ささきげんとうさいがんりゅう》はもと江州井伊家《ごうしゅういいけ》の御典医佐々木玄道《ごてんいささきげんどう》というものゝ一子《し》で源太《げんた》というのである。ところが玄道《げんどう》は仔細《しさい》あって扶持《ふち》に離《はな》れ、彼方此方《あちこち》と彷徨《さまよ》うてついに信州松本《しんしゅうまつもと》の片鄙《かたほとり》に止《とど》まることゝなって、わずかに手蹟《しゅせき》の指南《しなん》をしておったが、妻《つま》には死《し》に別《わか》れ、ようやく父子二人《おやこふたり》が淋《さび》しく暮《くら》しておるうち、玄道《げんどう》も不図風邪《ふとふうじゃ》の心地《ここち》と寝《やす》んだのが初《はじ》まりでおい〳〵身体《しんたい》の衰弱《すいじゃく》するありさま。自分《じぶん》ながらも最早助《もはやたす》からぬとあきらめたか、或日《あるひ》源太《げんた》を枕元《まくらもと》によんで「ときに源《げん》太《た》、其方《そのほう》も最早九歳《もはやここのつ》と相成《あいな》ればものごとの弁《わきま》えがあるであろう。ついては此方《このほう》も最早《もはや》このたびは定命《じょうみょう》で到底助《とうていたす》かるまいと思《おも》うによって今申《いまもう》し遺《のこ》しておくことがある。確《しか》ときけよ」「ハッ」「余《よ》の儀《ぎ》ではない。わが家《や》はこの方《ほう》の代《よ》となって井伊家《いいけ》の御典医《ごてんい》となり、いまゝた斯《かく》のごとく零落《れいらく》をいたしたとはいえ、その江州観音寺《ごうしゅうかんおんじ》の城主《じょうしゅ》六角弾正《かくだんじょう》佐々木《ささき》源氏《げんじ》義賢入道《よしかたにゅうどう》の血《ち》を享《う》けたものであるぞ。されば其方生長《そのほうせいちょう》するにしたがい、よき師匠《ししょう》を撰《えら》んで武芸《ぶげい》をまなび、天《あ》ッ晴武《ばれぶ》をもって佐々木《ささき》の家名《かめい》を興《あ》げるようにいたせ。尚《なお》いまの境遇恥《きょうぐうはず》かしながら何《なに》も譲《ゆず》り与《あた》えるものはないが、かねて肌身離《はだみはな》さず所持《しょじ》いたすこの系図《けいず》、および先祖伝《せんぞでん》来《らい》の無銘《むめい》の短刀《たんとう》がある。之《これ》を渡《わた》しておくによって必《かな》らずそのことを忘《わす》るゝな」「畏《かし》こまりました」「確《しか》ともうし渡《わた》すぞ……アッ苦《くる》しい、水《みず》を一ぱい……」というておる内《うち》に俄《にわ》かに変《へん》がきてついに帰《かえ》らぬ旅路《たびじ》に赴《おも》むいた。後《あと》に残《のこ》った源太《げんた》、小供《こども》ながらも涙《なみだ》のうちに在所《ざいしょ》の人々《ひとびと》の手伝《てつだ》いによって野辺《のべ》の送《おく》りもすませ、三七日《みなぬか》の供養《くよう》も僅《わず》かにすんだのち、あるかないかの家財《かざい》を取《と》り片付《かたづ》け、どこに寄《よ》るべくもない孤子《みなしご》の、便《たよ》りなくも彷徨《さまよ》いでたのは松本《まつもと》の城下《じょうか》。彼方此方《あなたこなた》ブラ〳〵して居《お》る内《うち》、フトある町《まち》を通《とお》りかゝるとポン〳〵試合《しあい》の音《おと》が激《はげ》しゅう聞《きこ》えておる一軒《けん》の道場《どうじょう》があった。いかなる先生《せんせい》か、なんという名《な》かは知《し》らぬ。しかし小供心《こどもごころ》に父《ちち》の遺言《いごん》を胸《むね》に刻《きざ》んだ源太《げんた》、元《もと》より入門《にゅうもん》の手続《てつづ》きなぞは知《し》りそうな筈《はず》はない。たゞ頼《たの》めば教《おし》えてくれるものと思《おも》うて玄関口《げんかんぐち》へツカ〳〵と這入《はい》ったが、おりから居合《いあわ》したニ三の門弟《もんてい》「コラ〳〵其方等《そのほうら》の来《く》べきところではない。すみやかに立《た》ち去《さ》れ」「己《お》いら来《き》ては悪《わる》いか。己《おら》ア剣術《けんじゅつ》を教《おし》えてほしいのじゃが」「ナニ、剣法《けんぽう》を習《なら》いたい。して其方《そのほう》は何《いず》れからまいった」「ウン、己《おら》ア彼方《あちら》からきた」「ナニ、彼方《あっち》だ。彼方《あっち》とはどこじゃ」「あの……この辻《つじ》を曲《まが》って真《ま》ッ直《すぐ》に行《い》って、それから此方《こっち》へ曲《まが》って、田畑道《たんぼみち》を又《ま》た真《ま》っ直《す》ぐにいって、突《つ》き当《あた》りに大《おお》きな家《いえ》があろう」「そんなところは知《し》らぬが、そこか」「インヤ、それから又《ま》た此方《こっち》へ曲《まが》って畦道《あぜみち》の行《ゆ》き止《ど》まりをまた此方《こっち》へ行《い》ってそれから……まだ大分遠《だいぶんとお》いぞ」「これ〳〵夫《そ》んなことを聞《き》いておったら日《ひ》が暮《く》れる。して親父《おやじ》はあるのか。また何《な》んという名《な》である」「ウンあったが十日《か》ばかり前《まえ》に死《し》んだ。おれの名《な》は源太《げんた》というのじゃ」「それで剣法《けんぽう》を習《なら》いたいというのか。そりゃ望《のぞ》みとあれば先生《せんせい》は教《おし》えて下《くだ》さらぬでもない。しかし入門《にゅうもん》の作法《さほう》は知《し》っておるであろうな」「己《おら》アそんなことは知《し》らぬが、こゝは剣術《けんじゅつ》を教《おし》えてくれるところであろう」「いかにも道場《どうじょう》ではあるが作法《さほう》をもって頼《たの》まねば入門《にゅうもん》はならぬ」「それでは教《おし》えてくれぬか」「どうせ先生《せんせい》にはお赦《ゆる》しがあるまいから早《はや》くかえれ」「己《おれ》ア教《おし》えて貰《もら》わねば帰《かえ》らねえ」「ウヌ強情《ごうじょう》を張《は》ると抓《つま》みだすぞ」「そういわんと何《ど》うぞ頼《たの》む……」

自分《じぶん》のおった在所《ざいしょ》の名《な》も知《し》らねば、本姓《ほんせい》すら充分《じゅうぶん》にいゝかねる程《ほど》の小供《こども》、まして世間《せけん》のことには馴《な》れぬから武術《ぶじゅつ》の先生《せんせい》の家《いえ》があれば、そこへ行《い》って頼《たの》みさえすれば心《こころ》よく承諾《うけお》うてくれるものと思《おも》うた源太《げんた》、今此《いまこの》ありさまに頼《たの》みの綱《つな》も切《き》れて思《おも》わずワッと泣《な》きだした。おりから道場《どうじょう》で数人《すうにん》の稽古《けいこ》をすまして息《いき》を入《い》れておったこの道場《どうじょう》の主柳原賢《しゅやなぎはらけん》八郎《ろう》、何分広《なにぶんひろ》くもあらぬ構《かま》えであるから、玄関口《げんかんぐち》のことは何事《なにごと》も手《て》に取《と》るように聞《きこ》える。いましもフト耳《みみ》を立《た》てると何《な》んだか小供《こども》の泣《な》き声《ごえ》。また何日《いつ》もの通《とお》り門弟《もんてい》どもが串戯《からこ》うたものとは思《おも》うたが、なんとなく様子《ようす》が訝《おか》しいので、聞《きい》てみるとこの始末《しまつ》である。でまず兎《と》も角《かく》もと上《うえ》へ通《とお》していろ〲尋《たず》ねると充分話《じゅうぶんはな》しは解《わか》らぬが、其持《そのもっ》ておる系図《けいず》といい、いうところを後先《あとさき》き考《かん》がえ合《あわ》して見《み》るとかねて別懇《べっこん》にしたことのある佐々木玄道《ささきげんどう》の一子《し》であると解《わか》った。もっともこの柳原《やなぎはら》という人《じん》はこれも以前《いぜん》は井伊家《いいけ》に武道《ぶどう》をもって仕官《しかん》しておったので、其際《そのさい》玄道《げんどう》とは極《きわ》めて別懇《べっこん》にしたことがあった。で源太《げんた》の境遇《きょうぐう》を不憫《ふびん》におもい、その心根《こころね》を聞《きい》て兎《と》も角《かく》もとこゝに足《あし》を止《とど》めさすることゝなり、給仕代《きゅうじがわ》りに小用《こよう》をさした余暇《よか》、一手《て》二手《て》と木剣《ぼくけん》の持《も》ちようから漸次《ぜんじ》に教《おし》え込《こ》んでおる。

ところが源太《げんた》の方《ほう》では思《おも》わざる情《なさ》けにあい、盲亀《もうき》の浮木《ふぼく》に取《と》りついた思《おも》いを以《もっ》て暇《ひま》のあるごとに熱心《ねっしん》に稽古《けいこ》をしておるのであるが、どうもはかぐしい上達《じょうたつ》を見《み》ることができぬ。けれども何《ど》ういうものか柳原《やなぎはら》は日《ひ》の経《た》つにしたごうて此《こ》の源太《げんた》を可愛《かあい》がり、ついには自分《じぶん》の子《こ》のように愛《いと》しがって其《その》十五歳《さい》の春《はる》、自《みず》から元服親《げんぷくおや》となって元服《げんぷく》の式《しき》をあげさせ、多《おお》くの門弟《もんてい》より若先生《わかせんせい》と呼《よ》ばしめることゝなった。本人《ほんにん》の腕《うで》の鈍《にぶ》いことは同《おな》じことで漸《よう》やく剣《けん》の持《も》ち方《かた》だけ覚《おぼ》えておるというだけに止《とど》まるのである。だが夥多《あまた》の門弟《もんてい》は先生《せんせい》の手前《まえ》、決《けっ》して粗略《そりゃく》にはせぬ。誰《た》れも彼《か》れも若先生《わかせんせい》とよんで、試合《しあい》をすれば何《いず》れも痛《いた》い物《もの》にでも触《さわ》るように殊更《ことさ》ら勝《かち》を譲《ゆず》って若先生《わかせんせい》には敵《かな》わぬとそやし立《た》てるので、何時《いつ》しか慢心《まんしん》が起《おこ》っておいく其事《そのこと》が色《いろ》に現《あら》わすようになった。或日《あるひ》柳原《やなぎはら》はちょっと用事《ようじ》のため外出《がいしゅつ》をした留守《るす》の間《ま》、二三の門人《もんじん》を集《あつ》めて話《はな》しをしておる。「どうじゃ梶田《かじた》一本使《ぼんつこ》うてやろうか」「ハイあり難《がと》うございまするが、大分身《だいぶんみ》も疲《つか》れてございますれば何《いず》れ後程《のちほど》お願《ねが》いいたしまする」「フムそれでは杉田《すぎた》はどうじゃ」「ハイ私《わた》しも少々疲《しょうしょうつか》れてございますれば……」「そうか……フム吉村《よしむら》、其許《そのもと》はどうじゃ」「ハイ、私《わた》しは今朝来再《こんちょうらいさい》三お稽古《けいこ》を願《ねが》いましたので今《いま》暫《しば》らく息《いき》を入《い》れさしていたゞきます」「ハヽヽヽ、いずれも方《かた》は拙者《せっしゃ》とのお試合《しあい》は余程《よほど》疲《つか》れられるとみえるの」「サ、どうも先生《せんせい》よりも若先生《わかせんせい》の方《ほう》が手強《てづよ》うございますから此《こ》のとおり先程《さきほど》お稽古《けいこ》をねがいましたのでさえ未《ま》だ身体《からだ》が綿《わた》のようでございまする。おの〱方《がた》どうでござる、若先生《わかせんせい》はお年《とし》は若《わか》いがなか〱手剛《てごわ》いではござらぬか」「いかにも杉田《すぎた》のいう通《とお》り。恐《おそ》らく近国《きんごく》には若先生以上《わかせんせいいじょう》の腕《うで》のものはあるまい」なぞと互《たが》いに油《あぶら》をかけて担《かつ》ぎ上《あ》げるもので、いよ〱調子《ちょうし》に乗《の》った源太《げんた》は「フン、なんといわれる左程拙者《さほどせっしゃ》の腕《うで》があるか。自分《じぶん》では解《わか》らぬが……」「それはそうでございましょう。どれ程《ほど》ご立派《りっぱ》な御人《ごじん》も自分《じぶん》で自分《じぶん》の腕《うで》が解《わか》るものではございません」「ハヽアそうかな、それでは拙者《せっしゃ》の腕《うで》と内《うち》の先生《せんせい》とどんなものじゃ」「左様《さよう》でございますな、先生《せんせい》もお強《つよ》いが……若先生《わかせんせい》もなか〱お強《つよ》うございます」「フーム、すると先生《せんせい》よりも強《つよ》い人《ひと》は今《いま》では誰《た》れであろう」「サア……勿論近国《もちろんきんごく》ではまず先生《せんせい》におよぶものは貴郎《あなた》より外《ほか》にございますまいが……当時名高《とうじなだか》いのは伊豆《いず》にお在《いで》になる伊東弥五郎先生《いとうやごろうせんせい》、この方《かた》は日本一《にっぽん》と聞《き》きおよびますな」「フーウさような強《つよ》い人《ひと》があるか……その伊東《いとう》とやらと拙者《せっしゃ》はどんなものであろう」「それは若先生《わかせんせい》もお強《つよ》うございますが、兎《と》に角伊東先生《かくいとうせんせい》は日本《にほん》一でございますからな……」「伊東《いとう》のほうが強《つよ》いというか。怪《け》しからぬやつじゃ。して伊豆《いず》とはどの辺《へん》であるぞ」「さよう、これからなかく遠《とお》うございまする。私《わた》し共《ども》もまだ参《まい》ったことはございませんが、なんでも名高《なだか》い箱根山《はこねやま》の南《みなみ》の方《ほう》とやら聞《き》き及《およ》んでおりまする」「フーム、しかし何《ど》うじゃその伊東《いとう》とやらと拙者《せっしゃ》と試合《しあい》をいたし、拙者《せっしゃ》が勝《か》ったら拙者《せっしゃ》は日本《にほん》一であろうな」「伊東先生《いとうせんせい》と若先生《わかせんせい》と試《し》合《あい》でございますか……各々方《おのおのがた》どう思《おも》う、伊東先生《いとうせんせい》と若先生《わかせんせい》との試合《しあい》だとさ……」流石《さすが》に呆《あき》れて互《たが》いに顔《かお》を見合《みあ》わしておる計《ばか》りであったが其内《そのうち》の一人《にん》、やがて口《くち》をひらいた。「無論《むろん》伊東先生《いとうせんせい》に勝《か》てば日本《にほん》一でございます」「フン、それでは近《ちか》いうちに日本《にほん》一になってみせる」

此事《このこと》あって両《りょう》三日《にち》のうち、源太《げんた》には柳原《やなぎはら》の手函《てばこ》の内《うち》から幾許《いくばく》かの金《かね》を攫《つか》みだし、何地《いずこ》ともなく姿《すがた》を隠《かく》した。

◎信州第一《しんしゅうだい》の武芸家《ぶげいか》

柳原《やなぎはら》の家《いえ》を飛《と》びだした源太《げんた》、もとより道《みち》の東西《とうざい》を知《し》りそうな筈《はず》はない。たゞ志《こころ》ざすのは伊豆《いず》の伊東弥五郎《いとうやごろう》と試合《しあい》を試《こころ》み、やがては日本《にほん》一の武芸家《ぶげいか》になろうという一心《しん》。したがって行《ゆ》く先《さ》きは伊豆《いず》とばかりで尋《たず》ね〳〵て行《ゆ》くより外《ほか》に目的《めあて》はない。そのあいだ随分苦労《ずいぶんくろう》もした。またみじめな目《め》にも合《お》うたが、くだ〳〵しいから省《はぶ》くことゝして兎《と》に角漸《かくよう》ようのことで伊東《いとう》の道場《どうじょう》を尋《たず》ね当《あた》ったのである。これにさえ勝《か》てば日本《にほん》一の武芸家《ぶげいか》になれると小《こ》供心《どもごころ》に思《おも》いつめておるから心《こころ》は躍《おど》ってなんとなく穏《おだ》やかならぬ。門前《もんぜん》を二三回行《かいゆ》きつ戻《もど》りつしたのち、やがて玄関口《げんかんぐち》から案内《あんない》を乞《こ》うと出《い》できたのは一人《ひとり》の門弟《もんてい》。みると十五六歳《さい》の武家風《ぶけふう》をしたものが旅姿《たびすがた》で立《た》っておるから、言葉《ことば》もあまり蔑《さげ》すまぬ。「何所《どちら》からお越《こし》になりました」「拙者《せっしゃ》は信州松本《しんしゅうまつもと》よりまいった佐々木源太《ささきげんた》と申《もう》すもの。伊東弥五郎先生《いとうやろうせんせい》のお邸《やしき》は此方《こなた》でござるな」「左様《さよう》でござりまする。していかなる御用《ごよう》でお越《こ》しになりました」「外《ほか》でもござらぬ。先生《せんせい》には武芸《ぶげい》において日本《にほん》一とうけたまわり、一手御指導《てごしどう》をねがいたく罷《まか》りいでましてござる。先生《せんせい》には定《さだ》めて御在宿《ございしゅく》でござろう。どうかお伝《つた》え下《くだ》されたい」

取次《とりつ》ぎの門弟《もんてい》は余《あま》り大胆《だいたん》な言葉《ことば》におどろいた。たゞちにその旨《むね》を弥《や》五郎《ろう》に伝《つた》えると、先《せん》生《せい》にも不思議《ふしぎ》におもわれて、わずか十五六歳《さい》の少年《しょうねん》で予《よ》に試合《しあい》を望《のぞ》むというは僅《わず》かな腕《うで》が出来《でき》るため慢心《まんしん》をいたしたか、或《ある》いは他《た》に仔細《しさい》があるのであろう。慢心《まんしん》なれば将来《しょうらい》を戒《いま》しめてやる。また仔細《しさい》があらば聞《き》き取《と》った上何《うえな》んとかしてやろう。それとも果《はた》して立派《りっぱ》な腕《うで》があるとすれば将来見込《しょうらいみこみ》のあるもの。いずれにしろ面会《めんかい》した上《うえ》のこと。兎《と》もあれ之《こ》れへ通《とお》せとの命令《めいれい》。その旨《むね》を受《う》けた取次《とりつ》ぎのもの、やがて源太《げんた》を案内《あんない》した。「信州《しんしゅう》からこられた人《じん》とは御身《おんみ》でござるかの」「左様《さよう》でございまする」「して予《よ》に試合《しあい》をもうし込《こま》れたとやら。いまゝで誰《た》れについて武道《ぶどう》を納《おさ》められた」「私《わた》しの先生《せんせい》は信州松本町《しんしゅうまつもとちょう》におられる柳原賢《やなぎはらけん》八郎《ろう》という大先生《だいせんせい》にございます。私《わた》しはその先生《せんせい》の家《いえ》に若先生《わかせんせい》となって修業《しゅぎょう》をいたしておると門弟《もんてい》どもが申《もう》すにはそれ程《ほど》の腕《うで》があればこのうえ伊豆《いず》の国《くに》におられる伊東弥《いとうや》五郎《ろう》というる先生《せんせい》を訪《たず》ね試合《しあい》を申《もう》しこんで打《う》ち勝《か》てば日本《にほん》一の腕前《うでまえ》となることが出来《でき》るとのことに、はるばるまいりました次第《しだい》。兎《と》に角柳原大先生《かくやなぎはらだいせんせい》は信州第《しんしゅうだい》一の武芸家《ぶげいか》で私《わた》しはそれに勝《か》つとも負《ま》くることがござらぬ腕《うで》がござれば、まず私《わた》しも信州第《しんしゅうだい》一の武芸家《ぶげいか》でございます」「ホヽウ信州第一《しんしゅうだい》……柳原《やなぎはら》とは余《あま》り耳《みみ》にせぬ名《な》であるが何《なに》にいたせ大《たい》したものである。して流儀《りゅうぎ》はなにを学《まな》ぶ……」「流儀《りゅうぎ》……そんなものは学《まな》びませぬ。たゞ剣法《けんぽう》を学《まな》んだだけで……」「さ、その剣法《けんぽう》は何流《なにりゅう》を学《まな》ぶ」「左様《さよう》のものは学《まな》びません。しかし剣法《けんぽう》さえ立派《りっぱ》に出来《でき》れば可《よ》うございましょう」「ハヽヽヽ、信州第一《しんしゅうだい》の武術家《ぶじゅつか》がその流儀《りゅうぎ》を存《ぞん》ぜんとは面白《おもしろ》い。だが柳原先生《やなぎはらせんせい》より定《さだ》めて一流《りゅう》の免許状《めんきょじょう》を受《う》けられたであろう」「免許状《めんきょじょう》……左様《さよう》のものも存《ぞん》ぜん。たゞ剣法《けんぽう》だけ教《おし》えられたゞけで……兎《と》もあれ一本《ぽん》お立《た》ち合《あ》いをねがいまする」「望《のぞ》みとあれば立《た》ち合《あ》いをいたさんでもないが、まず予《よ》に先《さき》だって門弟《もんてい》と一応手合《おうてあわ》せをいたされるがよい……アコレ〳〵石川《いしかわ》、御身《おんみ》この人《じん》を一応手合《おうてあわ》せをいたしてみい」「ハッ」「年《とし》は若《わか》いが信州《しんしゅう》一の武芸家《ぶげいか》であるそうだから、なるべく和《おだ》やかにナ、解《わか》ったか、余《あま》り手《て》酷《ひど》くしてはならぬぞ」「畏《かし》こまりました」

　石川《いしかわ》とは後年《こうねん》の群東斎巌流《ぐんとうさいがんりゅう》である。源太《げんた》は満面希望《まんめんきぼう》の色《いろ》をうかべて支度《したく》にかかった。やがて両人《りょうにん》は道場《どうじょう》に立《た》って睨《にら》みあうところが石川《いしかわ》は源太《げんた》の備《そな》えをみると丸《まる》ッ切《き》り隙《すき》だらけで少《すこ》しの備《そな》えもない。しかし信州《しんしゅう》一の達人《たつじん》と弥《や》五郎先生《ろうせんせい》から伝《つた》えられたことであるから、あるいは敵《てき》を計《はか》るためか八方破《ぼうやぶ》りと信《しん》じて容易《ようい》には打《う》ちこまぬ。また源太《げんた》にあっては石川《いしかわ》をたゞ一《ひ》と打《う》ちと思《おも》いの外《ほか》、立《た》ち合《お》うて見《み》ると寸分《すんぶん》の隙《すき》のないことは出来《でき》ぬながらも是《こ》れまで数年《すうねん》のあいだ木剣《ぼくけん》をもったお蔭《かげ》で解《わか》っておって、日頃門人《ひごろもんじん》と立《た》ち合《あ》う時《とき》とは調子《ちょうし》がちがい、容易《ようい》に打《う》ち込《こ》むことが出来《でき》かねる。こんな風《ふう》で双方暫《そうほうしば》らくのあいだ、呼吸《こきゅう》を考《かん》がえておる内焦《うちいら》って打《う》ち込《こ》んだ源太《げんた》の太刀先《たちさ》き、石川《いしかわ》はパッと払《はら》うと勢《いき》おい余《あま》ったか、一生懸命《しょうけんめい》に剣《けん》を持《も》っておった源太《げんた》の腕《うで》にピリッと答《こた》えたらしく、そのまゝ剣《けん》をガラリと投《な》げ捨《す》てた。あまりの脆《もろ》さに石川《いしかわ》は勝《か》ちながらも呆《あき》れて立《た》っておるところへ、負《ま》けぬ気《き》の源太《げんた》こゝ一生《しょう》の瀬戸際《せとぎわ》とはやくも剣《けん》を拾《ひろ》うと見《み》るまもなく真《ま》っ甲《こう》から振《ふ》り下《おろ》すを、石川《いしかわ》はカチリと受《う》けてパッと開《ひら》き、青眼《せいがん》に構《かま》えてジーッと睨《にら》みつめると、源太《げんた》の額《ひたい》には最早汗《もはやあせ》はタラ〳〵と流《なが》れて息《いき》つかいさえ荒々《あらあら》しゅう、足許《あしもと》も四度路《しどろ》のありさま。この体《てい》を目《め》も放《はな》さず見《み》ておった弥《や》五郎先生《ろうせんせい》「ヤッ勝負見《しょうぶみ》えた。石川控《いしかわひか》えッ」「ハッ」と石川《いしかわ》は持《も》ったる剣《けん》を引《ひ》こうとするを、眼《め》も殆《ほと》んど眩《くら》んだ源太《げんた》、理不尽《りふじん》にも勢《いき》おい鋭《する》どく打《う》ち下《おろ》そうとする。このとき弥《や》五郎先生《ろうせんせい》はヤッと掛《か》けたる合気《あいき》の術《じゅつ》。さなくも未熟《みじゅく》なところへ、今《いま》この法《ほう》にかゝっては身《み》動《うご》きは愚《おろ》か、足《あし》の指《ゆび》一本動《ぽんうご》かすこともできぬ。剣《けん》を振《ふ》りあげたるまゝ立《た》ちすくんで、口《くち》をモグ〳〵させて居《お》るばかり。「さア信州第《しんしゅうだい》一の達人《たつじん》、最早予《もはやよ》と立合《たちあ》いすとにも及《およ》ぶまい、どうじゃ」と先生《せんせい》の言葉《ことば》に、源太《げんた》は身体《からだ》は釘付《くぎづ》けにされたような風《ふう》で「ウワー、ウワー」というておるのみ、言葉《ことば》さえ定《さだ》かに発《はっ》しかねておる。ハヽヽヽ解《わか》ったらばよい。剣《けん》をそこに置《お》いてこゝへ来《こ》られえ。話《はな》しがある」

漸《よう》やくに自由《じゆう》の身体《からだ》となって、弥五郎先生《やろうせんせい》の前《まえ》へ平伏《へいふく》をした。「ハヽッ、まことに日本《にほん》一の先生《せんせい》、恐《おそ》れいりました」「イヤ〳〵予《よ》は日本《にほん》一ではない。世《よ》の中《なか》には上《うえ》に上《うえ》のあるもの。わずか計《ばか》りの腕《うで》を以《もっ》てすでに敵《てき》なしと思《おも》うようなことではまことの達人《たつじん》ではない。ことに御身《おんみ》の腕《うで》でまだ〳〵漸《よう》やく赤児《あかご》も同然《どうぜん》。しかし日本《にほん》一の達人《たつじん》になろうという心《こころ》は感心《かんしん》である。このうえ国許《くにもと》へ帰《かえ》って充分修業《じゅうぶんしゅぎょう》をいたされるがよかろう」「ハッ、たゞいまの御《ご》教訓身《きょうくんみ》にしみてあり難《がた》く存《ぞん》じまする。なれども今更《いまさ》ら国許《くにもと》へも帰《かえ》られませねば、何卒先生《なにとぞせんせい》お手許《てもと》におかせられて御指導《ごしどう》の程《ほど》を願《ねが》わしゅうございまする。実《じつ》は私《わた》し出生《しゅっせい》は斯様《かよう》の通《とお》りで」と亡《な》き父《ちち》が遺言《いごん》のことから柳原《やなぎはら》に厄介《やっかい》になったことを委《くわ》しく語《かた》って「斯様《かよう》の次第《しだい》にござりますれば假令如何程《たとえいかほど》の苦《くる》しみをいたしましょうとも武芸《ぶげい》をもって父《ちち》の家《いえ》を起《おこ》しとうござりますれば」といろ〳〵頼《たの》みいった。弥五郎先生《やろうせんせい》には初《はじ》めのうちこそ拒絶《きょぜつ》はしたが、だん〳〵と話《はな》しをきくにつれ其情《そのじょう》に絆《ほだ》されてついに門下《もんか》に加《くわ》えることを許《ゆる》された。

改《あら》ためて伊東弥五郎《いとうやごろう》の門下《もんか》に加《くわ》わった源太《げんた》、夜《よ》を日《ひ》についで稽古《けいこ》に余念《よねん》のないこと最早《もはや》四年《ねん》の年月《としつき》を経《た》つが更《さ》らに上達《じょうたつ》の見込《みこ》みがない。弥五郎先生《やごろうせんせい》においてもその熱心《ねっしん》と決心《けっしん》に感《かん》じて根気《こんき》よく仕込《しこ》んではおるものゝ余《あま》りのことに遂《つい》に棒《ぼう》を投《な》げ、或日自分《あるひじぶん》の居間《いま》に招《まね》いて「ときに源太《げんた》、其方《そのほう》も予《よ》について最早《もはや》四年《ねん》にもあいなるが、後《あと》よりまいった者等《ものら》がおい〳〵上達《じょうたつ》するに其方《そのほう》はまいった時《とき》と少《すこ》しも変《かわ》りがない。なにごとでも三年《ねん》と申《もう》すことがある。三年経《ねんた》って見《み》こみのない様《よう》ではこのうえ到底見込《とうていみこ》みはあるまいから、今後武道《こんごぶどう》はおもい切《き》るがよかろう。これより国《くに》へ帰《かえ》って何《なに》なりとも身《み》に合《お》うた業《わざ》をさっしゃい。些少《さしょう》ながら餞別《せんべつ》を進《しん》ずる」幾許《いくばく》かの金子《きんす》を包《つつ》んで其前《そのまえ》へだしたのを、手《て》にも受《う》けず源太《げんた》は「ハッ、不束《ふつつか》なる私《わた》し、先生《せんせい》の仰《おお》せられまするも御尤《ごもっと》もではござりますれど今更《いまさ》ら国《くに》へは帰《かえ》れませず、また帰《かえ》りましたるところで入《い》るべき家《いえ》はございませぬ。どうかこの上《うえ》のご慈悲《じひ》に假令下男《たとえげなん》としてゞも結構《けっこう》にござりますれば何卒《なにとぞ》いま三四年《ねん》のあいだ御厄介《ごやっかい》にあいなりとう存《ぞん》じまする」「ウム、其方《そのほう》の心《こころ》は察《さっ》せぬではない。なれども他《た》の門人衆《もんていしゅう》に対《たい》しても気《き》の措《お》けることが夥《おび》たゞしいからの……」「でございましょうが、私《わた》し今更《いまさ》ら先生《せんせい》の御許《おんもと》を距《はな》れましては路頭《ろとう》に迷《まよ》うより外《ほか》ございませぬ。どうかいま一応《おう》お赦《ゆる》しの程《ほど》お願《ねが》いいたしまする」「さらば……では斯《か》ようにいたせ。予《よ》が家《いえ》には他《た》の者《もの》の手前《てまえ》としておく訳《わけ》にはならぬによって、石川《いしかわ》の宅《たく》におれ。石川《いしかわ》は其方《そのほう》もしっての通《とお》り予《よ》が門弟中《もんていちゅう》でもすでに高弟《こうてい》であれば、これについて其方《そのほう》が申《もう》す通《とお》りいま三年《ねん》のあいだ充分修行《じゅうぶんしゅぎょう》をいたしてみよ。其上《そのうえ》でまた何《な》んとか考《かん》がえも出《で》ようから」「あり難《がと》うぞんじまする。しからば何分《なにぶん》にも宜敷《よろしく》お願《ねが》いをつかまつりまする」とこれから石川《いしかわ》に弥《や》五郎先生《ろうせんせい》から話《はな》しがあって源太《げんた》の身《み》の上《うえ》を任《まか》すことゝなった。

◎水切《みずき》りと柳切《やなぎき》り

さて石川《いしかわ》の厄介《やくかい》となった源太《げんた》。弥《や》五郎先生《ろうせんせい》の家《いえ》におった時《とき》でさえなか〳〵熱心《ねっしん》に修業《しゅぎょう》をしておったのであるが、今度《こんど》は死物苦《しにものぐる》いに一生懸命《しょうけんめい》の稽古《けいこ》を初《はじ》めた。昼《ひる》は石川《いしかわ》の手《て》すきを考《かん》がえて其道《そのみち》を教《おそ》わり、夜《よる》は裏《うら》の植木《うえき》に薪《まき》を釣《つ》ってこれを相手《あいて》にするという風《ふう》に、昼夜《ちゅうや》の別《わか》ちなく木剣《ぼくけん》を手《て》にしておると、これで漸《よう》やく進《すす》むことが見《み》え初《そ》めた。その模様《もよう》を見《み》た石《いし》川《かわ》、言葉《ことば》をもって励《はげ》ますので、僅《わず》かに一縷《る》の望《のぞ》みをえていよ〳〵稽古《けいこ》に余念《よねん》がない。こんな調子《ちょうし》でいつしか三年《ねん》の月日《つきひ》が経《た》つと、最早普通以上《もはやふつういじょう》の腕《うで》となって、伊東《いとう》の門弟《もんてい》と試合《しあい》をしても左程劣《さほどおと》りのないまでとなった。が源太《げんた》は心《こころ》に楽《たの》しみが出来《でき》たと共《とも》に修業《しゅぎょう》をつんで是非《ぜひ》一生涯《しょうがい》の内《うち》に日本《にほん》一の名《な》を得《え》たいという心《こころ》がふたゝび起《おこ》ったから、さらに今《いま》三年《ねん》の修業《しゅぎょう》を願《ねが》いいれた。石川《いしかわ》においても此際手放《このさいてばな》すのはなんとなく惜《お》しい心《こころ》が無《な》いでもない。夫《そ》れで直《ただ》ちに願《ねが》いをいれて尚《なお》も怠《おこ》たらず見《み》ておると、いまゝで進《すす》まなんだ反動《はんどう》か、メキ〳〵と腕《うで》が上《あが》って一年《ねん》ならぬうちに免許以上《めんきょいじょう》の上達《じょうたつ》となった。ところがその上達《じょうたつ》するにつれて又《また》もや性来《せいらい》の慢心《まんしん》が伴《とも》のうて、おい〳〵と人《ひと》を見下《みおろ》す模様《もよう》が見《み》えそめたのである。これによって石川《いしかわ》もひそかに心《こころ》を痛《いた》め、弥五郎先生《やごろうせんせい》に免許状下附《めんきょじょうかふ》のことを伝《つた》えようと思《おも》うが、この事《こと》のため迂闊《うかつ》に口《くち》を出《だ》すこともせなんだのみならず、おりから石川自身《いしかわじしん》においても奥儀皆伝《おくぎかいでん》のことについて、胸《むね》を悩《なや》まさねばならぬことゝなったので、ツイ忘《わす》れるともなく、自分《じぶん》の研鑽《けんさん》に心《こころ》を奪《うば》われた結果《けっか》ついに断水《だんすい》の法《ほう》を編《あ》みだして弥五郎先生《やごろうせんせい》の感《かん》にいり一刀流《とうりゅう》の奥儀《おくぎ》を伝《つた》えられた上《うえ》、群東斎巌流《ぐんとうさいがんりゅう》の名乗《なの》りを受《う》け、そのうえ伊東家々伝《いとうけかでん》の金創薬《きんそうやく》の法《ほう》をさえ伝《つた》えられたることゝなったが、この事《こと》のあったゝめ源太《げんた》の猜疑心《さいぎしん》は端《はし》なく心中《しんちゅう》に起《おこ》って、自分《じぶん》がこれ程《ほど》の腕《うで》となったにいまだ免許《めんきょ》を伝《つた》えられぬのは畢竟石川《ひっきょういしかわ》より先生《せんせい》に伝《つた》えられぬからであろう、しかし授《さず》けられねば強《しい》てはいらぬ、この上《うえ》は自《みず》から一派《ぱ》を立《た》てゝ石川《いしかわ》の向《むこ》うへ廻《まわ》るまでのことゝ、道《みち》ならぬ野心《やしん》をおこし、かつは石川《いしかわ》が断水《だんすい》の法《ほう》によって奥儀《おくぎ》をつたえられたに鑑《かん》がみ、自分《じぶん》も同《おな》じく川端《かわばた》へ行《い》って水切《みずき》りの法《ほう》を研究《けんきゅう》しようと思《おも》うたのである。それで石川《いしかわ》には秘密《ひみつ》で附近《ふきん》の川端《かわばた》へ出掛《でか》けて何処《どこ》かこゝかと場所《ばしょ》を選《えら》んだがどうも思《おも》わしくない。ガッカリして有《あ》り合《あわ》した捨《す》て石《いし》に腰《こし》をかけ、さらによき法《ほう》を考《かん》がえておると、フト目《め》についたのは二羽《わ》の燕《つばめ》。川《かわ》の面《おも》に戯《たわ》むれながら、岸辺《きしべ》にある柳《やなぎ》の枝《えだ》の風《かぜ》に煽《あお》られて動《うご》く下《した》を素早《すばや》く抜《ぬ》ける様《さま》のいかにも見事《みごと》なのをみて、おもわず膝《ひざ》をたゝいて悦《よろ》こんだ。これ程《ほど》の早業《はやわざ》ができれば最早《もはや》伊東《いとう》、石川《いしかわ》ごときに教《おし》えを受《う》くるにおよばぬ。わが一派《ぱ》をなすには、この燕《つばめ》を落《おと》し、柳《やなぎ》の枝《えだ》を払《はら》うことさえできれば最早奥儀《もはやおくぎ》に達《たっ》したものであろう。まず是《こ》れによって腕《うで》を磨《みが》こうと、其日《そのひ》はそのまゝ帰《かえ》って翌日《よくじつ》から昼《ひる》は扇子《せんす》をもって燕《つばめ》を打《う》ち落《おと》す稽古《けいこ》、夜《よる》は刀《かたな》をもって垂《た》れた柳《やなぎ》の枝《えだ》を切《き》り払《はら》うことに力《ちから》をそゝいだ。しかし燕《つばめ》は低《ひく》きところを飛《と》ぶものとはいえ、其速《そのはや》いことは三尺《じゃく》の手《て》を下《おろ》す内《うち》にすでに三間《げん》の空《くう》を翔《かけ》る鳥《とり》。柳《やなぎ》は細《ほそ》い枝《えだ》であって僅《わず》かな風《かぜ》のために煽《あお》られるとはいえ是《こ》れまた容易《ようい》にきり落《おと》せるものではない。最初《さいしょ》は三四日《か》の練習《れんしゅう》さえすれば訳《わけ》はないとおもうた源太《げんた》も四日《か》五日《か》と通《かよ》うたが相《あい》かわらず手応《てごた》えがなかったもの〻根気《こんき》よくつめた数日《すうじつ》の〻ちには、ようやく柳《やなぎ》の枝《えだ》はきり落《おと》せるようになった。これに力《ちから》をえた彼《か》れ、いよ〱心《こころ》をこめて燕《つばめ》を打《う》ち落《おと》すことに一図《いちず》となっておると、ついに心《こころ》が一貫《かん》したか、十数日《すうじつ》の〻ちには自由《じゆう》にこれも打《う》ち落《おと》すことができるようになった。

過日来石川《かじつらいいしかわ》の讃詞《さんじ》に多少慢心《たしょうまんしん》しておった源太《げんた》、すでに柳《やなぎ》と燕《つばめ》が意《い》のようになったのであるから、いまは日本《にほん》一の武芸家《ぶげいか》になったかのように思《おも》うた。すでに慢心《まんしん》は頂上《ちょうじょう》に達《たっ》した眼《がん》中《ちゅう》、石川《いしかわ》も伊東《いとう》もない。彼《か》れ石川《いしかわ》はわずか流《なが》る〻瀬《せ》を切《き》ったゞけで一刀流《とうりゅう》の奥儀《おくぎ》を極《きわ》めたというのである。しかもこれに感心《かんしん》をして賞《ほ》め讃《たた》えるような伊東《いとう》も大抵腕前《たいていうでまえ》はしれたもの。水《みず》を切《き》るに比《くら》べては、動《うご》く柳《やなぎ》をきり、飛《と》ぶ燕《つばめ》を落《おと》すのはどれ程《ほど》六《むつ》ヶ《か》敷《しい》かしれぬ。いかに奥儀《おくぎ》をえた石川《いしかわ》でも是《こ》れはできまい。さすれば自分《じぶん》の腕《うで》は石川以上《いしかわいじょう》となったのである。最早《もはや》その石川《いしかわ》ごときに指導《しどう》を受《う》ける要《よう》はない。免許《めんきょ》も奥儀《おくぎ》も譲《ゆず》らぬといえば強《し》いてはいらぬ。したがって此《こ》の地《ち》に止《とど》まっておることもないから此上《このうえ》は機会《きかい》があらば飛《と》び出《だ》そうと考《かん》がえた。ところが心内《こころうち》にあれば色外《いろそと》に表《あら》わるという譬《たと》えのとおり何時《いつ》しかそのことが顔《かお》にで〻自然石川《しぜんいしかわ》を蔑《ない》がしろにする節《ふし》のみえることは尠《すく》なくはない。が石川《いしかわ》の心《こころ》はすこぶる穏《おだ》やかであった、宏量《こうりょう》であった。目《め》に余《あま》ることがあっても敢《あえ》て咎《とが》めだてはせなんだ。寧《むし》ろその心根《こころね》を憫《あわ》れんで何日《いつ》か戒《いま》しめようとしておったのである。然《しか》るに彼《か》れ源太《げんた》は或日《あるひ》伊東《いとう》の門下生《もんかせい》と途中《とちゅう》で端《はし》なく口論《こうろん》のすえ、弥《や》五郎先生《ろうせんせい》の身《み》の上《うえ》にまで及《およ》ぼしてはなはだ不遜《ふそん》の言《げん》行《こう》を敢《あえ》てしたということを聞《き》きこんだ。もっとも弥《や》五郎先生《ろうせんせい》も寛容《かんよう》の人《ひと》であるによって意《い》にも止《と》めぬ。なれどもその門下生《もんかせい》の憤《いき》どおりは甚《はなは》だしく、罷《まか》り違《ちが》えば同門《どうもん》の士《し》が一つとなってもその恥《はじ》を雪《そそ》がねばならぬとまでいきまいて居《お》るようす。これには石川《いしかわ》も非常《ひじょう》に立《りっ》腹《ぷく》したのみか、弥《や》五郎先生《ろうせんせい》へのもうし訳《わけ》に、かつは一同門弟《どうもんてい》への示《しめ》しとあって是非共《ぜひとも》源太《げんた》をそのまゝに置《お》くことはできぬ。で日頃《ひごろ》は宏量《こうりょう》な人《ひと》であるだけ又《ま》たもっとも厳《おご》そかに譴責《けんせき》を与《あた》えて、ついに破門《はもん》とゝもに邸《やしき》より放逐《ほうちく》におよんだ。しかしこれは元《もと》より覚悟《かくご》の源太《げんた》、一言《ごん》の詫《わび》もせぬ。ひそかに微笑《びしょう》を含《ふく》んで其門《そのもん》を出《い》で何処《いずく》ともなく立《た》ちさった。

源太《げんた》の立《た》ちさった後《あと》を見送《みおく》った石川《いしかわ》、そのまゝ衣服《いふく》を改《あら》ため、とり敢《あ》えず弥《や》五郎先生《ろうせんせい》の邸《やしき》へ罷《まか》りでゝ、源太《げんた》に関《かん》する詫言《わびごと》をのべ、憤《いき》どおっておった門弟《もんてい》の人々《ひとびと》にも破門放逐《はもんほうちく》のことを告《つ》げてわずかに怒《いか》りを和《なだ》め、あとは四方山《よもやま》の話《はなし》となって興《きょう》を覚《おぼ》えおもわず、夜《よ》を更《ふ》かして帰《かえ》ってみると、宅《たく》は大変《たいへん》な大騒《おおさわ》ぎ。何日《いつ》も門口《かどぐち》へ出向《でむか》う筈《はず》の下男《げなん》は影《かげ》もみせぬのみか家《いえ》のうちは燈火《あかし》も点《つ》けず真《ま》っ黒闇《くろやみ》。訝《いぶ》かしゅう思《おも》いながら手探《てさぐ》りで自分《じぶん》の居間《いま》へはいり、ようやく燈火《あかり》をつけて何気《なにげ》なく見《み》ると手文庫《てぶんこ》は引《ひ》っくり返《かえ》って書棚《しょだな》の戸《と》があいてある。おどろいて調《しら》べてみると、身《み》に取《と》って大切《たいせつ》ないかねて先生《せんせい》から下《さ》げられた奥儀皆伝《おくぎかいでん》の許《ゆる》し状《じょう》をはじめ、同時《どうじ》に授《さず》けられた金創薬《きんそうやく》と、夫《そ》れを入《い》れた父《ちち》の遺品《かたみ》、印籠《いんろう》、および手文庫《てぶんこ》にいれてあった若干《じゃくかん》の金子《きんす》は影《かげ》もみえぬ。さてはと思《おも》いながら玄関《げんかん》を見《み》れば下男《げなん》の喜助《きすけ》はたおれておる。委細《いさい》はこれに聞《き》けば解《わか》るであろうと、さっそく抱《だ》き起《おこ》して活《かつ》を入《い》れた。「これ喜助《きすけ》ッ、喜助《きすけ》しっかりしろ、喜助《きすけ》ッ」ようやく目《め》をひらいた喜助《きすけ》「オッ旦那様《だんなさま》でございますか、お留守中申《るすちゅうもう》し訳《わけ》のないことがございまして、まことに済《す》みませぬ」「イヤ〳〵其方《そのほう》を咎《とが》めぬ。なれどもどうした」「ヘエッ、お出《で》まし後《ご》お留守《るす》を預《あずか》っておりまする夕間《ゆうま》暮《ぐれ》、アノ佐々木《ささき》のドッ泥棒《どろぼう》がまいりましたから、貴郎《あなた》は最早御当家《もはやごとうけ》に用事《ようじ》のない筈《はず》、敷居《しきい》一寸《すん》も跨《また》げては旦那《だんな》さまに申《もう》し訳《わけ》がないと申《もう》しまするとと、少《すこ》し忘《わす》れたものがあるから取《と》りに来《き》たと申《もう》すのでございまする。ですから假令《たとえ》お忘《わす》れものにしろ旦那《だんな》さまに伺《うかが》わねばお渡《わた》しはできぬと厳《きび》しく申《もう》してやりました。だがなか〳〵夫《そ》れ位《くらい》で帰《かえ》りませぬのみか、其《その》方《ほう》はなんにも知《し》らぬ黙《だま》っておれッというたかと思《おも》えば其後《そのご》はまことに申《もう》し訳《わけ》はございませぬが、どうなったか存《ぞん》じませんので……若《も》しかお大切《たいせつ》の品《しな》でもなくなってはございませんか」「フム、さては佐々木《ささき》の仕事《しごと》であったか。ウヌ人非人《にんぴにん》……」「モシ旦那《だんな》さま、何《なに》かお大《たい》切《せつ》の品《しな》でも……」「イヤ〳〵、其方《そのほう》はなにも心配《しんぱい》せずともよい」

其後数年《そのごすうねん》のゝち弥五郎先生《やごろうせんせい》には隠遁《いんとん》せられ、石川群東斎《いしかわぐんとうさい》はその道場《どうじょう》を受《う》けついで暫《しば》らくこの地《ち》におったが、先生《せんせい》の高弟《こうてい》であった某《ぼう》に譲《ゆず》りあたえ数年諸国《すうねんしょこく》を漫遊《まんゆう》したのち江戸《えど》の今《いま》のところに住居《すまい》を構《かま》えて道場《どうじょう》を開《ひら》いたのである。

◎我輩《わがはい》は大先生《だいせんせい》だ

ところが佐々木源太《ささきげんた》である。かねて石川《いしかわ》の邸《やしき》を出《で》ることは覚悟《かくご》をしておったものゝ、群《ぐん》東斎《とうさい》の譴責《けんせき》のあまりに激《はげ》しかったゝめ、数年《すうねん》の恩儀《おんぎ》を忘《わす》れたのみか突然《とつぜん》の放逐《ほうちく》に少《すこ》しも旅《りょ》費《ひ》としては持《も》ち合《あわ》せがないので毒喰《どくく》わば皿《さら》まで、この上《うえ》は勝手《かって》しったる邸《やしき》へしのびこみ、聊《いさ》さかなりとも旅費《りょひ》を拵《こし》らえようと、ひそかに附近《ふきん》に隠《かく》れて夜《よ》に入《い》るのを待《ま》っておると、ほどなく群東斎《ぐんとうさい》はいずれへか出掛《でか》けた様子《ようす》。この上《うえ》は残《のこ》って居《お》るのは下男《げなん》の喜助一人《きすけひとり》、いまの内《うち》にと思《おも》うたが流石《さすが》に日《ひ》のある内《うち》はそれも出来《でき》かねて躊躇《ためろう》ておる内《うち》、日《ひ》も西《にし》に入《い》って、四方《あたり》の人顔《ひとかお》さえも見分《みわ》けかねる程《ほど》となった。しかし群東斎《ぐんとうさい》はまだ帰《かえ》らぬらしい。仕事《しごと》は今《いま》のうち、幸《さい》わいよしと飛《と》び込《こ》んで、止《と》めだてする喜助《きすけ》には当身《あてみ》をくらわせ、直《ただ》ちに群《ぐん》東斎《とうさい》の書斎《しょさい》を探《さ》ぐると、手文庫《てぶんこ》の中《なか》に尠《すく》なからぬ金子《きんす》のある外《ほか》、書棚《しょだな》には伊東弥五郎《いとうやごろう》の免《めん》許状《きょじょう》に石川《いしかわ》が秘蔵《ひぞう》の印籠等《いんろうとう》があるのを見《み》とめ、行《ゆ》きがけの駄賃《だちん》と共《とも》に攫《さら》えこんで、そのまゝ立《た》ち去《さ》ったのである。が、さて差《さ》し当《あた》って何処《どこ》へ行《ゆ》くと云《い》う目途《あてど》もないから、まず差《さ》し当《あた》りひさぐ〳〵で松本《まつもと》へ帰《かえ》ってみようと夜《よ》を日《ひ》についで逃《に》げだした。しかしその途中《とちゅう》でも自分《じぶん》の腕《うで》を試《ため》して見《み》たくてたまらぬ。なれども伊豆《いず》の近《ちか》くでは石川《いしかわ》の追手《おって》が来《こ》んとも計《はか》られぬによってなか〳〵油断《ゆだん》はならぬ。ドン〳〵走《はし》らんばかりに来《き》たのは東海道《とうかいどう》は興津《おきつ》の宿《しゅく》。歩《ある》きながらもフトみると、道《みち》のかたわらに戸田流指南須田軍平《とだりゅうしなんすだぐんぺい》と麗々《れいれい》しい看板《かんばん》がでゝおる。これを見《み》ては腕《うで》が鳴《な》ってこたえられぬ。殊《こと》にこゝまで来《く》ればまず安心《あんしん》と案内《あんない》を乞《こ》うて、やがて対面《たいめん》をした。何様須田《なにさますだ》も一癖《くせ》ありげの面《つら》がまえ。「拙者《せっしゃ》は当場《とうじょう》の場主須田《じょうしゅすだ》軍平《ぐんぺい》、はじめて御意《ぎょい》えまする。さて貴殿《きでん》は何流《なにりゅう》を御修業《ごしゅぎょう》になりました」「フム拙者《せっしゃ》はその……其何《そのな》んでござる一刀流《とうりゅう》の奥儀《おくぎ》を極《きわ》めた佐々木《ささき》……群東斎巌流《ぐんとうさいがんりゅう》と申《もう》すもの」突然流儀《とつぜんりゅうぎ》を尋《たず》ねられて、内心《ないしん》一派《ぱ》を立《た》てようと思《おも》うた源太《げんた》もちょっと言葉《ことば》につまって思《おも》わず一刀流《とうりゅう》と口《くち》が滑《すべ》った。それと共《とも》に源太《げんた》では強《つよ》らしくないから何《な》んとか名《な》を変《か》えようと思《おも》うておったのが、これも思《おも》わず石川《いしかわ》の名《な》をいうたのである。「それは〱、一刀流《とうりゅう》では兼《か》ねて石川群《いしかわぐん》東斎厳流先生《とうさいがんりゅうせんせい》の御名《おんな》は伺《うか》ごうてござるが貴殿《きでん》は佐々木群東斎殿《ささきぐんとうさいどの》でござるか」「ホヽウ、石《いし》川《かわ》でござるか。彼《あ》れも矢張《やは》り伊東《いとう》の門《もん》へまいりましてな、拙者《せっしゃ》などは多少見《たしょうみ》てやった者《もの》でござる。彼《あ》れは群東斎厳流《ぐんとうさいがんりゅう》、拙者《せっしゃ》はその……フム玄東斎岸柳《げんとうさいがんりゅう》と申《もう》すのでござる」さっそくの気転《きてん》、親父《おやじ》の玄道《げんどう》の玄《げん》を取《と》って玄東斎《げんとうさい》、修業《しゅぎょう》をした岸《きし》の柳《やなぎ》をくっ付《つ》けて岸柳《がんりゅう》というた。「ハ、ア、玄東斎岸柳殿《げんとうさいがんりゅうどの》……失礼《しつれい》ながら一刀流《とうりゅう》でははじめてお名《な》を伺《うか》がいまする」「ウム或《あるい》はそうかも知《し》れぬ。拙者《せっしゃ》は日本《にほん》一の達人《たつじん》。一刀流《とうりゅう》は一刀流《とうりゅう》なれども其何《そのな》んでござる……燕《つばめ》と柳《やなぎ》で……ホーそれ〱燕返《つばめがえ》しの剣法《けんぽう》をもって修業《しゅぎょう》いたしたもの。取《と》り敢《あ》えず手《て》の内《うち》はお試合《しあい》の上《うえ》で御覧《ごらん》にいれる」「いかにもお望《のぞ》みによってお手合《てあわ》せをつかまつる。しかし失《しっ》礼《れい》でござれど当場《とうじょう》の規則《きそく》でござれば、まず二三の門弟《もんてい》とお試合《しあい》をねがいたい」「承知《しょうち》いたした。何人《なんにん》なりともお出《だ》し下《くだ》されい」「こゝろえ申《もう》した。……これ岡村《おかむら》、貴公《きこう》お相手《あいて》をいたして見《み》よ」「ハッ」とでたのは古老《ころう》の門弟《もんてい》。やがて支度《したく》におよんでバッと剣《けん》を合《あわ》すと見《み》るまもなく、源太《げんた》の玄東斎《げんとうさい》「お面《めん》ッ」と打《う》ちこむ太刀筋《たちすじ》きまって「まいったッ」「サア須田《すだ》氏《うじ》、お次《つ》ぎをお早《はや》く」「オヽ、それでは高木《たかぎ》、貴公《きこう》お相手《あいて》をせえ。いまの岡村《おかむら》はあまりに油断《ゆだん》が過《す》ぎたのじゃ」「ハッ」と交《かわ》ってでた高木《たかぎ》、これも立《た》つと間《ま》もなく「お面《めん》ッ」「まいったッ」「お次《つ》ぎは……」「今度《こんど》は井上《いのうえ》ッ、貴様《きさま》しっかりやれ、いまの岡村《おかむら》や高木《たかぎ》はなんという無態《ぶざま》だ」須田先生《すだせんせい》少々癇《しょうしょうかん》に触《さわ》った模様《もよう》。井上《いのうえ》はやがてでたが、これもお面《めん》ッポン参《まい》ったでさっそくの引退《いんたい》。みる〳〵内《うち》に片腕《かたうで》とたのんだ数名《すうめい》の門弟《もんてい》はポン〳〵〳〵と埒《らち》もなく打《う》ち負《ま》かされたので須田先生《すだせんせい》はなはだ心細《こころぼそ》いが已《やむ》をえん、今度《こんど》は自《みず》から下《お》り立《た》って立《た》ち向《む》うた。一方《ぽう》ははじめての他流試合《たりゅうしあい》に乗《の》り込《こ》んだ源太《げんた》は勝《か》ち誇《ほこ》って得意《とくい》の色《いろ》は満面《まんめん》に湛《たた》えておる。かくて双方太刀先《そうほうたちさき》を合《あわ》すと、須田《すだ》打《う》ち込《こ》まれないように眼《まなこ》を八方《ぽう》に配《くば》って注意《ちゅうい》をしておる様《さま》であるが、源太《げんた》は極《きわ》めて平気《へいき》で冷《ひや》やかにながめ「須田先生《すだせんせい》、これが一刀流《とうりゅう》の太《た》刀筋《ちすじ》、それッ」と左《ひだ》りの肩口《かたぐち》をポン。しかしこれは道具以外《どうぐはずれ》であるから参《まい》ったとはいえぬ。ヒョロ〳〵となっておると続《つづ》いて「それこそが柳《やなぎ》の枝払《えだはら》い」ポンと今度《こんど》は胴《どう》の上《うえ》、脇《わき》の下《した》の道具《どうぐ》はずれ。先生痛《せんせいいた》いの痛《いた》くないのッて、しかしこれも参《まい》ったとはいわれぬ。またもや顔《かお》を顰《しか》めながらヒョロ〳〵。次《つ》いで足《あし》を払《はら》って「これは柳《やなぎ》の枝《えだ》の先《さき》だ」ポン。いかに何《な》んでも足《あし》を払《はら》われてはたまるまい、たちまち横《よこ》にスッテントンとたおれたが、これも参《まい》ったとはいえぬ。「これは〱失礼《しつれい》つかまつった。どうかお立《た》ち下《くだ》され」ヘト〱になった須田《すだ》、ようやく起《お》き上《あが》って構《かま》えをつけるまもなく「これが燕返《つばめがえ》しの極意《ごくい》だ」ポンと打《う》ったのは須田《すだ》の木剣《ぼくけん》、ところが源太《げんた》の手《て》の冴《さ》えか、また旨《うま》く極《きま》ったのか、その木剣《ぼくけん》が刃《やいば》でゞも切《き》り離《はな》したかのよう、真《ま》ん中《なか》から物《もの》の見事《みごと》に断《た》ちきれた。驚《おど》ろいたのは見《み》ていた門弟《もんてい》だけではなく、須田《すだ》は大変《たいへん》なおどろき。もったる半分《はんぶん》の残《のこ》りを前《まえ》に捨《す》てゝ二間《けん》ばかり飛《と》びすさり、平蜘蛛《ひらぐも》のように平伏《へいふく》をした。「これは〱かゝる大先生《だいせんせい》とも存《ぞん》ぜず前刻《ぜんこく》より失礼《しつれい》の段《だん》、何卒《なにとぞ》御容赦《ごようしゃ》に預《あず》かりとう存《ぞん》ずる。とても〱拙者《せっしゃ》ごとき者《もの》が十人《にん》十二人《にん》一時《じ》にお相手《あいて》をいたしたりとて及《およ》ばぬこと。どうかお座《ざ》にお着《つ》きを願《ねが》いまする」「ハ、、、、これしきのこと左程《さほど》褒《ほ》められてはゝなはだ呆気《あっけ》ない次第《しだい》」「何《ど》うつかまつりまして全《まっ》たくのこと、どうかお急《いそ》ぎでなくば暫《しば》らく当地《とうち》に御滞在《ごたいざい》をお願《ねが》いいたしまする」「されば別《べつ》にいそぐ旅《たび》と申《もう》すのでもないから、しばらくとゞまろう」とこれがため慢心《まんしん》はいよ〱増長《ぞうちょう》をして、こゝに十日《か》余《あま》りも滞在《たいざい》しておるうち、須田軍平《すだぐんぺい》はスッカリ敬服《けいふく》をなし、ついに師弟《してい》の約《やく》を結《むす》んで道場《どうじょう》を捨《す》て、源太《げんた》の玄東斎《げんとうさい》に従《した》ごうて共《とも》に信州《しんしゅう》の松本《まつもと》へいった。

◎矢《や》でも鉄砲《てっぽう》でも受《う》け止《と》める

夫《そ》れから須田軍平《すだぐんぺい》をつれて信州《しんしゅう》の松本《まつもと》へ帰《かえ》った源太《げんた》、さきには柳原賢《やなぎはらけん》八郎《ろう》の金子《きんす》を持《も》って逃《に》げたなれど何分厚顔《なにぶんあつかま》しい性質《せいしつ》であるだけ、それを返《かえ》しさえすればよいという気《き》になって、以前《いぜん》のところへ尋《たず》ねて行《ゆ》くとすでに賢《けん》八郎《ろう》は歿《ぼっ》して今《いま》では其際高弟《そのさいこうてい》であった青山文平《あおやまぶんぺい》が道場《どうじょう》を預《あず》かりこれに押田《おしだ》、柏木《かしわぎ》なぞ師範代《しはんだい》となって相変《あいかわ》らず盛《さか》んにやっておる。これ等《ら》にひさ〴〵で逢《お》うて、さて試合《しあい》を試《ここ》ろみたが元《もと》より昔《むかし》の若先生時代《わかせんせいじだい》とは雲泥《うんでい》の相違《そうい》で青《あお》山《やま》や押田《おしだ》なぞは足元《あしもと》へもよれぬありさま。これを見《み》て悦《よろこ》んだ一同《どう》はたゞちにその師範役《しはんやく》を懇願《こんがん》したので、一時《じ》は指導《しどう》することゝなったが、何分《なにぶん》みずから日本《にほん》一の達人《たつじん》をもって天《てん》狗《ぐ》となっておる彼《か》れ、何日《いつ》までもこんな草深《くさぶか》いところに居《お》りそうな筈《はず》はない。ものゝ一ヶ年《ねん》も経《た》ったころ、ふたゝび此地《このち》をあとに名古屋《なごや》、明石《あかし》、姫路《ひめじ》、広島等《ひろしまとう》の関西地方《かんさいちほう》重立《おもだ》った城下《じょうか》をめぐり、九州路《きゅうしゅうじ》へ渡《わた》って小倉《こくら》に足《あし》をいれ、これから各地《かくち》を経廻《へめぐ》ろうと小倉《こくら》の城下《じょうか》で一両日滞在《りょうじつたいざい》して其処《そこ》こゝと見物《けんぶつ》しておる或日《あるひ》のこと、フト後《うしろ》から声《こえ》をかけたものがある。「オッ、失礼《しつれい》ながら貴郎《あなた》は佐々木先生《ささきせんせい》ではございませんか」思《おも》わぬところで突然《とつぜん》の言《こと》葉《ば》におどろいた玄東斎《げんとうさい》、フトうしろを振《ふ》り向《む》いてみると一人《ひとり》の侍《さむら》い、どこかで見《み》たことのある様《よう》におもうものゝ俄《にわ》かに胸《むね》へ浮《う》かびかねる。「いかにも拙者《せっしゃ》は佐々木玄東斎《ささきげんとうさい》でござるが無恥《ぶしつけ》ながら貴殿《きでん》は何誰《どなた》でござったな」「イヤ、お見忘《みわす》れは御尤《ごもっと》も。拙者《せっしゃ》は当城家老池沢《とうじょうかろういけざわ》兵庫助《ひょうごのすけ》が一子兵太郎《しひょうたろう》と申《もう》すもの。先般《せんぱん》はからず広島表《ひろしまおもて》においてお目《め》にかゝりましたことがございますする」「オ、、広島《ひろしま》の白倉《しらくら》が邸《やしき》で……これは失礼《しつれい》つかまつった」「私《わた》しこそ途中《とちゅう》無恥《ぶしつけ》にお言葉《ことば》を掛《か》けましてまことに申訳《もうしわけ》はございませぬ。して先生《せんせい》には何日当地《いっとうち》へお越《こ》しになりました」「ア、拙者《せっしゃ》は広島表《ひろしまおもて》を出足《しゅっそく》いたして以来《いらい》、長州《ちょうしゅう》の方《ほう》を廻《めぐ》ってようやく昨日《さくじつ》当御城下《とうごじょうか》へまいったばかり」「でございまするか。どうせ暫《しば》らくはお止《と》まりでございましょう」「イヤ〳〵、両三日滞在《りょうにちたいざい》いたしたる上《うえ》、これよりズッと九州路《きゅうしゅうじ》を廻《まわ》って見《み》ようとおもう」「お急《いそ》ぎでなくば暫《しば》らく御滞在《ごたいざい》ねがわしゅう存《ぞん》じまする。実《じつ》は先般広島表《せんぱんひろしまおもて》より帰国《きこく》のうえ、先生《せんせい》の御事《おんこと》を父上《ちちうえ》にもうし上《あ》げましたるところ父上《ちちうえ》におかれても是非御面会《せひごめんかい》をいたしたいと切《せつ》に申《もう》しておりますれば」「それは〳〵。数《かず》ならぬ拙者《せっしゃ》を左程《さほど》までにお思召《ぼしめ》しくださる段辱《だんかたじ》けなくぞんずる」「なお卒爾《そつじ》ながら御宿《おやど》は何《いず》れにお泊《とま》りでございまする」「ナニ、この向《むこ》うの辻《つじ》を右《みぎ》に入《い》った若松屋《わかまつや》というに泊《とま》っておる」「左様《さよう》にございまするか。それではいずれ明朝《みょうちょう》、御意《ぎょい》を得《え》まする」

其儘《そのまま》こゝで袂《たもと》を別《わか》って玄東斎《げんとうさい》はなおも当途《あてど》もなく歩《ある》いておったが、一方兵太郎《ぼうひょうたろう》は邸《やしき》へかえって父兵庫助《ちちひょうごのすけ》に話《はな》しをする、兵庫助《ひょうごのすけ》は兵太郎《ひょうたろう》よりかね〴〵そのことを聞《きい》ておるから太守《たいしゅ》大善太夫《だいぜんたいふ》の耳《みみ》へもいれてあった。しかるに太守《たいしゅ》はいたっての武芸好《ぶげいず》きのことゝて、もし当《とう》城下《じょうか》へみえたならば目通《めどお》りいたさすようにと内命《ないめい》を下《くだ》してあったのである。それがいま城下《じょうか》へきていると聞《きい》たので大《おお》いによろこんで太守《たいしゅ》へ言上《ごんじょう》すると、太守《たいしゅ》にも明朝城内《みょうちょうじょうない》へ召《め》し連《つ》れるようにとの下命《かめい》あったので大《おお》いに待《ま》ちかねて居《お》られるようす。で、この命《めい》に接《せっ》した兵庫助《ひょうごのすけ》、翌日夜《よくじつよ》の明《あ》けるのを待《ま》ちかねて兵太郎《ひょうたろう》を若松屋《わかまつや》につかわし、玄東斎《げんとうさい》にその旨《むね》を伝《つた》えて登城《とじょう》せしめた。

玄東斎《げんとうさい》においても此《こ》のことを聞《きい》て非常《ひじょう》に悦《よろ》こんだ。たゞちに兵太郎《ひょうたろう》の案内《あんない》によって登城《とじょう》すると、太守《たいしゅ》にはすでにお待《ま》ちかねのおりからであるから御機嫌斜《ごきげんなな》めない。いろ〳〵とお言葉《ことば》があってのち、御酒《ごしゅ》をたまわり、やがて剣道《けんどう》のことについてお尋《たず》ねがあった。「ときに佐々木《ささき》とやら、予《よ》が聞《き》きおよぶに其方剣道《そのほうけんどう》にはなか〳〵巧《たく》みなるおもむき。自体流儀《じたいりゅうぎ》は何流《なにりゅう》を学《まな》ぶ」「ハヽッ、おそれながら某《それがし》は以前《いぜん》一刀流《とうりゅう》にござりましたなれども、不肖《ふしょう》ながらその流儀《りゅうぎ》へさらに自《みず》からかんがえましたる燕返《つばめがえ》しと申《もう》すのを雑《まじ》えてござりまする」「なに、燕返《つばめがえ》し。はじめて聞《き》き及《およ》ぶが、いかなるものである」「ハッ、これは空《そら》に翔《かけ》りおりまする燕《つばめ》を落《おと》しましたに初《はじ》まりましたるものにござりますれば、飛道具《とびどうぐ》あるいは速《すみ》やかなる太刀筋《たちすじ》も受《う》けとめ、また敵《てき》の僅《わず》かなる隙《すき》を考《かん》がえ切《き》りこみまする」「ホヽゥ、それは珍《めず》らしい流儀《りゅうぎ》であるが、すると何《なに》か、矢《や》なぞは受《う》けることはできるか」「御意《ぎょい》の通《とお》り矢《や》のごときものは尤《もっと》も安《やす》きことにござりまする。この術《じゅつ》はみずからの口《くち》を以《も》って申《もう》し上《あ》げますは、はなはだ恐《おそ》れ多《おお》くござりまするが、まったく他《た》に真似《まね》のできませぬ神術《しんじゅつ》でござりますれば、これ迄《まで》名《な》あるかたぐに向《むか》いましても未《いま》だ破《やぶ》られましたることもございません。全《まっ》たくの日本《にほん》一にござりまする」「なるほど、それ程《ほど》の技術《ぎじゅつ》なれば予《よ》も一見《けん》いたしたいがどうじゃ」「何時《なんどき》なりとも尊覧《そんらん》に供《きょう》しまする」「しからば是《こ》れにおいて見《み》せえ」「畏《かし》こまりましてござりまする。何卒両《なにとぞりょう》三名《めい》の御人選《ごにんせん》の程《ほど》お願《ねが》いいたしまする」「フムたゞちに召《め》し出《だ》すであろう。しかし前《まえ》もって申《もう》し置《お》くが其方都合《そのほうつごう》によれば予《よ》が召《め》し抱《かか》えるがどうじゃ」「ハッ、あり難《がた》きお言葉《ことば》、数《かず》ならぬ某《それがし》を左程《さほど》まで思召《おぼしめ》しにあずかり、あり難《がた》くぞんじまする」「フム承諾《しょうだく》をいたすか。しからば今弓術《いまきゅうじゅつ》を三名、剣法《けんぽう》を一名、其方《そのほう》と立合《たちあ》いをいたさすにより、弓術《きゅうじゅつ》をもって今申《いまもう》した燕返《つばめがえ》し、また剣法《けんぽう》をもって互角《ごかく》に終《おわ》らばあらためて新《しん》地《ち》五百石《こく》を遣《つか》わそう」「ハヽッ、身《み》に余《あま》る大禄《たいろく》、あり難《がと》うぞんじまする。然《しか》らばさっそく御覧《ごらん》にいれたてまつりまする」とすでに五百石《こく》の侍《さむら》いにでもなった気持《きもち》で待《ま》ち構《かま》えておると、太守《たいしゅ》は弓術《きゅうじゅつ》において佐藤信之進《さとうのぶのしん》、柘木数馬《つげきかずま》および宮本武左衛門《みやもとぶざえもん》を選《えら》ばれた。佐藤《さとう》、柘《つげ》木《き》の両名《りょうめい》は弓術《きゅうじゅつ》をもって仕《つか》えておるもの、また武左衛門《ぶざえもん》は武芸《ぶげい》十八般《ぱん》に堪能《たんのう》とあって日頃《ひごろ》お気《き》を召《め》しておるので、弓術《きゅうじゅつ》の方《ほう》へも選《えら》ばれたが、剣法《けんぽう》の方《ほう》にも武左衛門《ぶざえもん》といま一人《ひとり》は藤《ふじ》田庄左衛門《たしょうざえもん》の二名《めい》である。

さて何《いず》れも召《め》しだしによって御前《ごぜん》へでると、まず佐藤信之進《さとうのぶのしん》から初《はじ》められた。信之進《のぶのしん》は仰《おお》せによって強弓《ごうきゅう》に鏃《やじり》をはずした三本《ぼん》の矢《や》をもち立《た》ち向《むか》うと玄東斎《げんとうさい》は鉄扇片手《てっせんかたて》に突《つ》っ立《た》っておる。やがて矢頃《やごろ》を計《はか》ってビュッと羽音《はおと》をたてゝ飛《と》ぶ矢《や》がアワヤ玄東斎《げんとうさい》の胸板《むないた》三寸《ずん》に当《あた》ったと見《み》る間《ま》に取《と》り直《なお》した鉄扇《てっせん》をもってパチリッと矢《や》は二つに折《お》れて飛《と》び散《ち》った。つゞいて射《い》る矢《や》も三の矢《や》も見事《みごと》に受《う》け止《と》めたので太守《たいしゅ》をはじめ、一同《どう》は暫《しば》らくのあいだは賞讃《しょうさん》の声《こえ》に充《み》ちたが、此《こ》のありさまに慢心《まんしん》しておる玄東斎《げんとうさい》「恐《おそ》れながら御覧《ごらん》の通《とお》りいかなる鬼神《きじん》なりとも首尾《しゅび》よく射当《いあて》るものはございません。日本広《にほんひろ》しといえども某《それがし》以上《いじょう》の達人《たつじん》はございますまい」とさも傲慢《ごうまん》にいうて居《お》るうち、第二番目《だいばんめ》に柘木数馬《つげきかずま》がむこうた。しかしこれも佐藤《さとう》と同様《どうよう》の結果《けっか》。これによっていよ〱鼻《はな》を高《たか》めた彼《か》れは宮本《みやもと》の向《むか》おうとするのを見《み》て「ハヽヽヽ、何人《なんびと》が向《むか》われたとて同《おな》じことでござる。恐《おそ》らく御家中《ごかちゅう》には某《それがし》の身体《からだ》に矢《や》を当《あ》てられる方《かた》はござるまい」と悪《にく》さげな大言《たいげん》。いまゝでは至極《しごく》麗《うる》わしかった太守《たいしゅ》の顔《かお》も曇《くも》りを帯《お》びられた。これにつれて並居《なみい》る家臣《かしん》はいい合《あわ》したように眼《まなこ》を光《ひか》らし、ことに宮《みや》本《もと》の眼《まなこ》は爛々《らんらん》と輝《かが》やいた。やがて玄東斎《げんとうさい》の胸元《むなもと》をグッと睨《にら》み、番《つが》えた矢《や》をビョッと放《はな》せば、どうしたのか佐藤《さとう》、柘木両名《つげきりょうめい》のときには素早《すばや》く動《うご》かした玄東斎《げんとうさい》の右《みぎ》の手《て》は、斜《なな》めに上《あ》げたるまゝ土人形《つちにんぎょう》のように立《た》って動《うご》かぬ。のこる二本《ほん》、三本《ぼん》とも矢継早《やつぎばや》に射《い》たものことぐく胸板《むないた》にあたった。此体《このてい》をみて一同思《どうおも》わずワッとあげたる声《こえ》にはじめて我《わ》れに帰《かえ》った玄東斎《げんとうさい》は「宮本氏《みやもとうじ》とやら卑怯《ひきょう》でござろう。正当《せいとう》の矢《や》なれば何千本何万本《なんぼんなんまんぼん》射《い》られるとも受《う》け損《そん》ずる拙者《せっしゃ》でござらぬ。しかるに卑怯《ひきょう》にも合気《あいき》の法《ほう》をもって某《それがし》の自由《じゆう》をとゞめ其上《そのうえ》にて矢《や》を向《む》けられるは死物《しぶつ》を射《い》るも同然《どうぜん》の仕儀《しぎ》……」「イヤ、お控《ひか》え下《くだ》され。拙者《せっしゃ》は合気《あいき》の法《ほう》を使《つか》おうとしていたしたものではござらぬ。一心凝《しんこ》って貴殿《きでん》の胸許《むなもと》を見《み》つめておったゝめ或《あるい》は自然《しぜん》に行《おこ》なわれたかも計《はか》られねど、またよし殊更《ことさら》らいたしたるものにせよ、貴殿《きでん》は先刻《せんこく》何《なん》ともうされた、みずから日本《にほん》一の武芸《ぶげい》の大達人《だいたつじん》と仰《おお》せられたではござらぬか。大達人《だいたつじん》であれば拙者《せっしゃ》ごとき未熟者《みじゅくもの》がいかに気合《きあい》をかけもうすも、これを防《ふせ》がるゝ法《ほう》はある筈《はず》」「ウ、、しからば此上《このうえ》は剣法《けんぽう》のお相手《あいて》をいたさん。まずお支度《したく》さっしゃい」「いかにもお手《て》合《あわ》せをいたさん」とつゞいて剣法《けんぽう》を闘《たた》かわしたが、これまた宮本《みやもと》のために見事《みごと》なる敗北《はいぼく》となり、ついに御前体不首尾《ごぜんていふしゅび》となって五百石《こく》の知行《ちぎょう》も頂戴《ちょうだい》仕損《しそん》じた結果《けっか》、平助《へいすけ》が武蔵《むさし》に話《はな》したような始末《しまつ》となったのである。

◎風変《ふうがわ》りな駕籠《かご》

話《はなし》は前《まえ》にもどって、武蔵《たけぞう》の武蔵《むさし》は石川群東斎《いしかわぐんとうさい》から佐々木《ささき》の人相《にんそう》をきゝ、暇《いとま》をつげて平助《へいすけ》を供《とも》に江戸表《えどおもて》をあとにして、東海道《とうかいどう》を西《にし》へ〳〵とこゝろざし、小田原宿《おだわらしゅく》もはやすぎて、音《おと》に名高《なだか》い箱根《はこね》八里《り》の山道《やまみち》を二三分登《ぶのぼ》ったと思《おも》うころ道《みち》の行《ゆ》く手《て》の松蔭《まつかげ》に駕籠《かご》を傍《かた》わらにおいて休《やす》んでおる駕籠《かごや》がある。いまし二人《ふたり》の通《とお》るのをみて「モシ、貴郎方《あなたがた》は三島《みしま》へお越《こ》しになるのではございませんか。彼方《あっち》へ帰りますからお安《やす》くまいりますが……」という声《こえ》に武蔵《むさし》はみると、一枚《まい》の半纏《はんてん》に縄《なわ》の帯《おび》を占《し》め、足《あし》は素足《すあし》で草履《ぞうり》も履《は》いておらぬのがたゞ一人《ひとり》おるばかりである。「されば乗《の》ってもよいが、見《み》るところ駕籠《かご》は一挺《ちょう》しかないのみか相棒《あいぼう》がおらぬではないか」「ですからお二人連《ふたりづ》れのくるのを待《ま》っておったんで。一人《ひとり》であれば入《い》らぬ力《ちから》を使《つか》わねばならぬからな」「イヤ、此方《こっち》が二人《ふたり》でお前《まえ》の方《ほう》が一人《ひとり》しかないではないか」「エヽ勿論《もちろん》。これで丁度《ちょうど》釣《つ》り合《あ》いが取《と》れるよ」「ナニ、釣《つ》り合《あ》い……」「ハヽヽヽ、そう吃驚《びっくり》せんでもよいワ。無事《ぶじ》に三島《みしま》の宿《しゅく》まで送《おく》ってやるから」「フームどうしてゆく」「心配《しんぱい》せんでも見《み》ておればわかりまさア。兎《と》に角《かく》乗《の》ってくだんせ」「面白《おもしろ》いことを申《もう》すな……それでは三島《みしま》まで如何程《いかほど》つかわそう」「ナーニ、幾《いく》らでもようございます。まず酒《さけ》さえ飲《の》めれば……」「ホヽー、それでは二人《ふたり》で一貫《かん》やろうか……」「一貫《かん》……エーエ、一貫《かん》あればちょっと飲《の》める……行《や》りましょう。まず貴郎《あなた》は主人《しゅじん》らしいにあって駕籠《かご》のなかへはいってもらおう」「イヤ心得《こころえ》た。して此者《このもの》はどうする」「これは今《いま》ちょっと拵《こし》らえるから」と道《みち》の傍《かた》わらへ走《はし》って行《い》ったとみると、一抱《かかえ》もあろうと思《おも》う一個《こ》の石《いし》を持《も》ちだして、其下《そのした》から綱《つな》を掛《か》け駕籠《かご》の棒《ぼう》の端《はな》へ結《むす》びつけた。「さアお供《とも》の御人《ごじん》、此《こ》の石《いし》へ腰《こし》を掛《か》けて下《くだ》んせ。

釣合《つりあ》いを見《み》てみるから」と駕籠《かご》は棒《ぼう》の一方の端《はな》へ結《ゆわ》えて其中《そのなか》に武蔵《むさし》をのせ、一方は平助《へいすけ》を乗《の》せる石《いし》を吊《つ》り、天秤棒《てんびんぼう》のような工合《ぐあい》としてやがて肩《かた》をいれた。「ヨッ、妙々丁度《みょうみょうちょうど》よいわい……客人《きゃくじん》ボツ〳〵行《ゆ》きますぞ」宙《ちゅう》に担《かつ》いで歩《あゆ》みだした。武蔵《むさし》は駕籠《かご》の中《なか》へはいったものゝ気《き》になってならぬから、ソッと首《くび》をだして覗《のぞ》いてみるとこの有様《ありさま》なので、おどろくより外《ほか》はない。「駕籠屋《かごや》さん、お前《まえ》は大層《たいそう》な力《ちから》であるの」「ハヽヽヽ、これくらいのものを賞《ほ》められてははずかしいわい。丸《まる》ッ切《き》りで五十貫《かん》もないではないかい」

流石《さすが》の武蔵《むさし》も反《かえ》す言葉《ことば》がない。たゞ感心《かんしん》をしておると、委細《いさい》かまわず、サッサと担《かつ》いで行《ゆ》く。ところへ向《むこう》の方《ほう》からきた三挺《ちょう》の籠《かご》、いずれも戻《もど》り道《みち》か客《きゃく》は乗《の》っておらぬようす。だん〳〵近寄《ちかよ》るにつれて、先《さき》の一人《ひとり》は声《こえ》をかけた。「ヤイ新米《しんまい》、貴様誰《きさまた》れに断《こと》わってこの街道《かいどう》を働《はた》らく。ことに見《み》りゃ相棒《あいぼう》もなしに二人《ふたり》の客人《きゃくじん》を乗《の》せるなぞは余《あま》り慾《よく》どうしいぞ。普通《あたりまえ》ならば四人《にん》で担《かつ》ぐところじゃ。なにも云《い》わずと三人前《にんまえ》の賃《ちん》は此方《こちら》へだしねえ」「おれが駕籠《かご》で己《お》れが商売《しょうばい》をしておるのに誰《た》れに断《こと》わる馬鹿《ばか》があるかい。また客人《きゃくじん》を二人担《ふたりかつ》ごと三人担《にんかつ》ごと此方《こっち》の勝手《かって》だ貴様等《きさまら》の世話《せわ》にはならぬぞ」「ナニッ生意気野郎《なまいきやろう》、出《だ》さねえな」「だすべき筋《すじ》がないわい。貴様《きさま》なぞにやる金《かね》があれば宿《しゅく》へ行《い》って一ぱいでも多《おお》く飲《の》もうよ」

「ウヌ勘弁《かんべん》ならねえ、覚悟《かくご》しろッ」と六人《にん》の者等《ものら》が手《て》に手《て》に息杖《いきづえ》持《も》って立《た》ち向《むか》うを、彼《か》の駕籠屋《かごや》は平気《へいき》でビクともする模様《もよう》はなく、肩《かた》もかえねば歩《あゆ》みもとめぬ。其内前《そのうちまえ》に進《すす》んだ一人《ひとり》の男《おとこ》の手首《てくび》を摑《つか》んだと思《おも》えばさっそくの岩石《がんせき》おとし。ヤッと掛《か》けたる掛《か》け声《ごえ》とゝもに、後《あと》につゞいた者等《ものら》に向《むか》って反動《もんどり》うって打《ぶ》っ付《つ》かった。この勢《いき》おいにいさゝか辟易《へきえき》した残《のこ》りの者等《ものら》は多勢《たぜい》を力《ちから》に四方《ほう》から打《う》ちかゝる。武蔵《むさし》は駕籠《かご》の中《なか》からソッとこの様子《ようす》を見《み》ておると「オイ〳〵、つまらぬ真似《まね》をするな。生命《いのち》が入用《いりよう》なれば早《はや》くゆけ。此方《こっち》の客《きゃく》人《じん》が迷惑《めいわく》をすらア」「なにッ」と一時《じ》に打《う》ち下《おろ》した息杖《いきづえ》を右手《みぎて》でバッと払《はら》いて二足三足《あしあし》進《すす》んで、彼《か》れ等《ら》の置《お》いておった駕籠《かご》の側《そば》へと立《た》ち寄《よ》ったが柄《え》に手《て》をかけウンと力《ちから》を入《い》れると軽《かる》くもない山駕籠《やまかご》は持《も》ち上《あ》げられて宙《ちゅう》に浮《う》いた。「サア、貴様等《きさまら》が乱暴《らんぼう》をするなればこい。これをもって受《う》けとめてやる」「ヤッ、マ、待《ま》ってくれ、そいつア己《お》れの商売道具《しょうばいどうぐ》じゃ」「オイ返《かえ》してくれ」「馬鹿《ばか》をいえ、貴様等《きさまら》の来《く》るあいだは離《はな》すものか。さア勝手《かって》にこい」右手《みぎて》にそれを持《も》ったるまゝ、左《ひだ》りの肩《かた》には武蔵《むさし》と平助《へいすけ》の乗《の》った駕籠《かご》と石《いし》の釣《つ》った柄《え》を担《かつ》いで、後《あと》をも見《み》ずにズン〳〵ゆく力《ちから》の程《ほど》をみて、街道中《かいどうちゅう》の荒男《あらおとこ》ともいわれる雲助《くもすけ》も、後《あと》をおう勇気《ゆうき》がなく、ただオーイ〳〵と呼《よ》んでおるばかりであったが、其声《そのこえ》もだん〳〵薄《うす》らいで遠《とお》く彼方《あなた》に反響《こだま》を漏《も》らすのみとなったころ、武蔵《むさし》は駕籠《かご》の中《なか》から声《こえ》をかけた。「駕籠《かご》屋《や》さん、ちょっと一服《ぷく》してはどうだ。大分草臥《だいぶんくたぶれ》たであろう」「イーヤ、まだ〱二三里《り》ばかりしか歩《ある》きませんぜ。今頃《いまごろ》から草臥《くたぶれ》るようでは三島《みしま》の宿《しゅく》はさておいて、この山《やま》だけでも越《こ》されませんぞ」「イヤ、しかし先程《さきほど》から見《み》ておればこの荷物《にもつ》を担《かつ》いで一回《かい》も休《やす》まぬのみか、肩《かた》も代《か》えぬようす。加之《あまつさ》え先刻《せんこく》の手並《てなみ》といいまた其上《そのうえ》一挺《ちょう》の籠《かご》を片手《かたて》にして此《こ》のところまで運《はこ》ばれる怪力《かいりき》、たゞ感服《かんぷく》いたすより外《ほか》はござらぬが、その草臥《くたぶれ》のことも察《さっ》している」「ハヽヽヽ、埒《らち》もない。こんなことを褒《ほ》められては毎日牛《まいにちうし》や馬《うま》が街道筋《かいどうすじ》で働《はた》らいておるのも褒《ほ》めねばなるまい。が、お心《こころ》はあり難《がた》い。しかしマア休《やす》みたい頃《ころ》には勝手《かって》に休《やす》まして貰《もら》いますによって別《べつ》に気《き》を揉《も》んで貰《もら》うにもおよびませんわい」「ハヽ、こりゃ尤《もっと》もの一言《ごん》。なれども此方《このほう》は少《すこ》し休《やす》みたいから、一寸下《ちょっとおろ》してくれ」「アそうか、それなれば己《お》れも序《つい》でに休《やす》もう」「フム、そうしてくれ」

軈《やが》て道《みち》の傍《かた》わらに駕籠《かご》をドッカと下《おろ》すと、中《なか》から待《ま》ちかねたように飛《と》びだした武蔵《むさし》は何《なに》思《おも》うたか、駕籠屋《かごや》の前《まえ》へピタリと座《すわ》った。「前刻来無礼《ぜんこくらいぶれい》の段《だん》は御赦《おゆる》し下《くだ》されたい。御様子《ごようす》を伺《うか》がえば決《けっ》して駕籠《かご》人足《にんそく》ごときをいたされる御人体《ごじんてい》ではなきように見受《みう》けらるゝ。定《さだ》めていずれかの御藩士《ごはんし》とぞんずるが何卒《なにとぞ》お明《あ》かしの程《ほど》をお願《ねが》いもうす」「これはどうもトンデもないことをいわれる。半紙《はんし》か奉書《ほうしょ》かしらぬが見《み》らるゝ通《とお》りの舁夫《かごや》、外《ほか》になんにも知りませんじゃ、ハヽヽヽ」「イヤ〳〵、深《ふか》き御仔細《ごしさい》あられることゝ存《ぞん》ずる。ついては拙者《せっしゃ》こと豊前小倉《ぶぜんこくら》の藩士宮本武左衛門《はんしみやもとぶざえもん》が一子《し》、同苗武蔵《どうみょうむさし》と申《もう》すものにござれば何卒御本名《なにとぞごほんみょう》をうけたまわりとうぞんじまする」という顔《かお》を暫《しば》らくながめておった駕籠屋《かごや》、いまゝでの態度《たいど》はにわかに改《あら》たまった。「アッ、さては近頃《ちかごろ》うけたまわる二刀流《とうりゅう》の宮本氏《みやもとうじ》でござったか。なにを隠《かく》そう拙者《せっしゃ》ことは紀州和歌山《きしゅうわかやま》の藩士関口弥太郎《はんしせきぐちやたろう》と申《もう》す者《もの》」「ハヽッ、これは〳〵かね〴〵御高名《ごこうみょう》を伺《うかが》いおりましたる関口先生《せきぐちせんせい》にござりましたか。何卒無礼《なにとぞぶれい》の段《だん》は平《ひら》に御《ご》容赦《ようしゃ》」「アイヤお手《て》をあげられたい。今日《こんにち》はたゞ駕籠担《かごかき》の弥太郎《やたろう》、御斟酌御無用《ごしんしゃくごむよう》、して宮本氏《みやもとうじ》にはこれより御帰国《ごきこく》と見受《みう》け申《もう》すが察《さっ》するところ、すでに御修業《ごしゅぎょう》もおわり、これよりお国《くに》へ錦《にしき》を飾《かざ》らるゝことゝ存《ぞん》ずるが、関口弥太郎《せきぐちやたろう》およばずながら武運《ぶうん》の御長久《ごちょうきゅう》を祈《いの》りまするぞ」「ハヽッ、御芳志千万辱《ごほうしせんばんかたじけ》のうござれど、未熟《みじゅく》の拙者到底修業《せっしゃとうていしゅぎょう》をおわるなぞとは思《おも》いもよりませぬ。このたびの帰国《きこく》は実《じつ》はこれ〳〵斯様《かよう》な次第《しだい》」と父武左衛門横死《ちちぶざえもんおうし》の一条《じょう》から佐々木玄東斎《ささきげんとうさい》のことを委《くわ》しく語《かた》って「されば彼《か》れ玄東斎《げんとうさい》は不倶戴天《ふぐたいてん》の仇《あだ》なればいずこに潜《ひそ》むとも討《う》ちとるべき決心《けっしん》にござりまする」「ナニ佐々木《ささき》玄東斎《げんとうさい》……おまち召《め》され……何方《いずかた》にてか顔《かお》を合《あわ》したようにぞんずるが……オーそれ〳〵、拙者先年《せっしゃせんねん》、播州姫路《ばんしゅうひめじ》の城下《じょうか》へまいったる際《さい》、一二回《かい》手《て》合《あ》わせをつかまつった事《こと》がござるが、彼《か》れなか〳〵狡獪《こうかい》なる奴《やつ》にござれば余程《よほど》御注意《ごちゅうい》をなさらねばなりませぬぞ。ことに燕返《つばめがえ》しともうす一手《て》、油断《ゆだん》がなりかねますぞ。かれ身窮《みきわ》まれば忽《たち》まちこれを出《だ》しまするがため、相当《そうとう》の方々《かたがた》ですらしば〳〵これによって思《おも》わぬ不覚《ふかく》を取《と》ることは珍《めず》らしくござらぬ」「御親切《ごしんせつ》なる御注意《ごちゅうい》あり難《がた》くぞんじまする。つきましてはその燕返《つばめがえ》しとやらはいかなる太刀筋《たちすじ》でござりまする。また是《こ》れを防《ふせ》ぐにはいかなる法《ほう》によれば宜《よろ》しゅうござりまする」「されば彼《か》れの得意《とくい》はこの法《ほう》によって足《あし》を薙《な》ぎ、股《もも》を切《き》り、胴《どう》を断《た》つの三段《だん》と別《わか》ってござる。これを防《ふせ》ぐには剣《けん》をもって身《み》を囲《かこ》うか、身体《しんたい》を宙《ちゅう》に飛《と》ばすの二者《しゃ》より外《ほか》に道《みち》はござるまい。なれども剣《けん》をもって身《み》を拒《ふせ》ぐはゝなはだ危険《きけん》にいたして不利《ふり》なる剣法《けんぽう》かと察《さっ》せらるゝ、と申《もう》すは彼《か》れの刃先《はさき》鋭《する》どきことは不思議《ふしぎ》なる程《ほど》にて拒《ふせ》ぐ剣《つるぎ》を両断《りょうだん》いたさじとも計《はか》られぬ。ことにこの法《ほう》はたゞ自身《じしん》を拒《ふせ》ぐに止《とど》まって敵《てき》を切《き》るに不利《ふり》なることは今更《いまさら》もうす迄《まで》もなければ貴殿《きでん》のごときは身《み》を軽《かる》く宙《ちゅう》にとぶ稽古《けいこ》をされる方《ほう》が宜《よろ》しかろうとぞんずる」「ハーッ、何《なに》かと辱《かたじ》けのう存《ぞん》じまする。つきましては先生《せんせい》、まことに無躾《ぶしつけ》ではございますなれども一手御教授《てごきょうじゅ》の程《ほど》お願《ねが》いをいたしまする」「ホヽウ面白《おもしろ》かろう支度《したく》さっしゃい」

此処《ここ》で弥太郎《やたろう》から何《なに》かと武道《ぶどう》の参考《さんこう》となるべきこと、注意《ちゅうい》すべきこと等《とう》を親切《しんせつ》に教《おそ》わって袂《たもと》を別《わか》ち、一まず国許《くにもと》へ帰《かえ》った。

◎心苦《こころぐる》しい勝負《しょうぶ》

故郷《きょう》へ帰《かえ》った武蔵《むさし》は、まず亡《な》き父《ちち》の仏事供養《ぶつじくよう》をすましてのち城中《じょうちゅう》へ伺候《しこう》して太守大膳太夫《たいしゅだいぜんだいふ》へ拝謁《はいえつ》し、仇討《あだう》ち出立《しゅったつ》の儀《ぎ》を願《ねが》いいれた。太守《たいしゅ》にはいろ〳〵お話《はな》しがあった上《うえ》「時《とき》に聞《き》きおよぶに其方武術《そのほうぶじゅつ》なか〳〵に上達《じょうたつ》いたしたるのみならず、別《べつ》に二刀流《とうりゅう》とやらを編《あ》みだしたと申《もう》すが、そうであるか」「ハハッ、不束《ふつつか》なるものにござりまする」「イヤ〳〵、其方《そのほう》の二刀流《とうりゅう》に向《むこ》うては容易《ようい》に打《う》ち破《やぶ》れぬと聞《きい》ておる。ついては一応予《おうよ》の前《まえ》において見《み》せてくれ」「恐《おそ》れいりまする。しからば未熟《みじゅく》ながら御覧《ごらん》に入《い》れ奉《たてまつ》りまする。どうか相手《あいて》の方《かた》をお選《えら》びの程願《ほどねが》い上《あ》げまする」

軈《やが》て選《えら》び出《だ》されたのは藤田庄左衛門《ふじたしょうざえもん》、これは武左衛門《ぶざえもん》の死後《しご》一藩《はん》の師範役《しはんやく》となったるもので、神影流《しんかげりゅう》の達人《たつじん》として有名《ゆうめい》なる人《じん》、手頃《てごろ》の木剣《ぼくけん》を手《て》に持《も》って支度万端《したくばんたん》整《ととの》うておるところへ、武蔵《むさし》は持《も》ちなれた二本《ほん》の剣《けん》を左右《さゆう》の手《て》にして進《すす》みいでた。「何分弱輩者《なにぶんじゃくはいもの》。お手柔《てやわら》かにお願《ねが》いいたしまする」と頭《かしら》を下《さ》げるに次《つい》で藤田《ふじた》も一礼《れい》をすまし、双方《そうほう》気合《きあい》を計《はか》って立《た》ち上《あが》った。が何分達人《なにぶんたつじん》と達人《たつじん》の仕合《しあい》であるから寸分《すんぶん》の隙《すき》もありそうな筈《はず》がない。暫《しば》らくはたがいに見合《みあ》っておるばかりで少《すこ》しも動《うご》かぬ、と見《み》る間《ま》に藤田《ふじた》はビューッと横《よこ》にはろうた一刀《とう》、アワヤ武蔵《むさし》の胴中《どうなか》を手酷《てひど》く打《う》ったと思《おも》いのほか右剣《うけん》をもってカチリと受《う》けとめすかさず左剣《さけん》を延《の》して其面上《そのめんじょう》に臨《のぞ》もうとするを、藤田《ふじた》もさるものたゞちに身《み》をかわしてこれを避《さ》け、ふたゝび太刀《たち》取《と》り直《なお》して真向《まっこう》より打《う》ち下《おろ》す。武蔵《むさし》は其太刀《そのたち》先《さ》きを横《よこ》に払《はろ》うて小手《こて》に目《め》を付《つ》くれば、退《し》さったりと藤田《ふじた》は鋭《する》どく払《はら》うという風《ふう》に数十合《すうごう》のあいだは電光石火《でんこうせっか》と闘《たたか》う内《うち》、武蔵《むさし》は機会《きかい》を計《はか》って藤田《ふじた》の太刀《たち》をば得意《とくい》の十字《じ》に捲《ま》きこんだ。これに驚《おど》ろいた藤田庄《ふじたしょう》左衛門《ざえもん》、太刀《たち》持《も》ち直《なお》そうと満身《まんしん》の力《ちから》をこめ、引《ひ》けども突《つ》けども大盤石《だいばんじゃく》の様《よう》で、ピリ〱動《うご》きもせぬありさま。今更《いまさ》らながら舌《した》を捲《まい》て、全身汗《ぜんしんあせ》びたしとなって目《め》を白黒《しろくろ》させておると太守《たいしゅ》はゝるかに声《こえ》をかけられた。「両名共天晴《りょうめいともあっぱ》れである。太刀《たち》を収《おさ》めて近《ちこ》うまいれ」

最早《もはや》かくなっては勝目《かちめ》は充分武蔵《じゅうぶんむさし》にあることはいうまでもない。太守《たいしゅ》においても此事《このこと》を知《し》っておる。なれどもこの席上《せきじょう》で勝敗《しょうはい》を定《さだ》めることは日頃《ひごろま》負けぬ気《き》の藤田《ふじた》に対《たい》して面白《おもしろ》からん感情《かんじょう》を抱《いだ》かさしむるものと思《おも》われた。藤田《ふじた》は当時小笠原家唯一《とうじおがさわらけゆいいつ》の武道師範役《ぶどうしはんやく》である。したがって並居《なみい》る諸臣《しょしん》は概《おおむ》ねその門弟《もんてい》であるから、いかに武蔵《むさし》が強《つよ》いにしろ門弟《もんてい》の面前《めんぜん》で敗《おく》れを取《と》らすことは藤田自身《ふじたじしん》が面目《めんぼく》を失《うしな》うのみか、武蔵《むさし》とのあいだにも面白《おもしろ》からぬことが生《しょう》ずるであろうと察《さっ》せられたのであった。また武蔵《むさし》においても父存生中《ちちぞんじょうちゅう》から藤田《ふじた》の性癖《せいへき》を、うすく\〵聞《き》かぬでもない。日頃父《ひごろちち》が手練《しゅれん》が彼《か》れの上《うえ》にあるのを嫉《ねた》んで居《お》ったことも知《し》っておる。しかしいま太守《たいしゅ》の命令《めいれい》として彼《か》れと立合《たちあ》い、二刀流《とうりゅう》の奥儀《おくぎ》を見《み》せよと云《い》われたのであるから否《いな》むわけにはゆかぬ。で已《やむ》をえずこれに向《むこ》うたのであるが、二刀流《とうりゅう》の奥儀《おくぎ》とするところは十字止《じどめ》に外《ほか》ならぬのであれば是非《ぜひ》ともこれを御覧《ごらん》に入《い》れねばならぬのはいう迄《まで》もない。ところがこの十字止《じどめ》は敵《てき》に対《たい》するほとんど最後《さいご》の太刀筋《たちすじ》であって、この上《うえ》は敵《てき》の面上《めんじょう》にむかうか或《ある》いは胴《どう》を打《う》つか兎《と》に角敵《かくてき》を倒《たお》すための変化《へんか》より他《ほか》に道《みち》がないのである。が今《いま》ここで敵《てき》をたおせば将来害《しょうらいがい》こそあれ利《り》とするところはないのであって見《み》れば、このうえ進《すす》んで打《う》つことは考《かん》がえものである。さればというて初《はじ》めて太守《たいしゅ》に御覧《ごらん》にいれた二刀流《とうりゅう》、それがその奥儀《おくぎ》とする太刀筋《たちすじ》にまで及《およ》ぼしておって、しかも殊更《ことさら》に勝《かち》を敵《てき》に譲《ゆず》るのは武蔵《むさし》の心中《しんちゅう》まことに心苦《こころぐる》しゅう感《かん》ぜられた。で心《こころ》の内《うち》で何《ど》うすればよかろうと考《かん》がえておるおりから中止《ちゅうし》の下知《げち》に接《せっ》したので非常《ひじょう》に悦《よろ》こんだのである。悦《よろ》こんで藤田《ふじた》と丶もに太刀《たち》を収《おさ》め、身仕度《みじたく》をなおして御前《ごぜん》へ平伏《へいふく》する。「両人《りょうにん》とも見事《みごと》なる太刀筋《たちすじ》、天晴《あっぱ》れである。宮本《みやもと》が二刀流《とうりゅう》といえば天下《てんか》に敵《てき》するものなしと聞《き》く。しかるにこれと戦《たた》かいよく数十合《すうごう》にわたってなお勝敗《しょうはい》を決《けっ》せぬ藤田《ふじた》の手《て》の内《うち》も立派《りっぱ》であれば、勇猛《ゆうもう》なる藤田《ふじた》の太刀《たち》を見事《みごと》に受《う》けて動《うご》かさぬ宮本《みやもと》の二刀流《とうりゅう》も鮮《あざ》やかである。今日《こんにち》の勝負《しょうぶ》はいずれ劣《おと》らぬものであって、勝《か》ち負《ま》けはないぞ」「ハッ、恐《おそ》れ入《い》りましてござりまする」「なお宮本《みやもと》に尋《たず》ねるが、其方《そのほう》のごとき早業《はやわざ》があれば飛《とび》くる矢《や》を受《う》け止《と》めることができるか」「さようでござりまする。いまだ左様《さよう》なることを致《いた》したることはございませねど、大抵《たいてい》は受《う》けとめ得《え》らる丶こと丶存《ぞん》じまする」「フム、そうであろう。今申《いまもう》し聞《き》かすが其方《そのほう》の父《ちち》、武左衛門《ぶざえもん》を撃《う》ちし佐々木《ささき》と申《もう》すものも、燕返《つばめが》えしとやらの法《ほう》をもってこれを受《う》けとめたことがある。其方《そのほう》一応《おう》試《ため》してみよ」「ハッ、畏《かし》こまりましてござりまする」「これ佐藤《さとう》、弓《ゆみ》をもって宮本《みやもと》に向《むか》ってみよ」

「ハッ」

弓術師範《きゅうじゅつしはん》の佐藤信之進《さとうのぶのしん》、仰《おお》せによって鏃《やじり》の抜《ぬ》いた矢《や》を番《つが》えてやがて武蔵《むさし》に射《い》かけるを、手練《しゅれん》の早業《はやわざ》をもって瞬《また》たくうちに三本《ぼん》とも打《う》ち落《お》とした。太守《たいしゅ》にはいよ〳〵感《かん》ぜられて「それ程《ほど》の腕《うで》があればもうし分《ぶん》はあるまい。敵討《かたきうち》の儀《ぎ》は許《ゆる》すであろう」「ハヽッ、あり難《がと》う存《ぞん》じまする」「首尾《しゅび》よく望《のぞ》みを遂《と》げてまいれ。其方《そのほう》の帰《かえ》りを待《ま》っておるぞ」「ハヽッ、数《かず》ならぬ身《み》をそれ程《ほど》にまで思召《おぼしめ》し下《くだ》さるゝ段《だん》、身《み》にあまりましたる光栄《こうえい》。何《な》んともお受《う》けの言《こと》葉《ば》もございません」「して是《これ》より何《いず》れへまいる……心当《こころあた》りがあるか」「左様《さよう》にございまする。さし当《あた》って何《いず》れともございませねど、聞《き》き及《およ》びまするに彼《か》れ岸柳《がんりゅう》中国筋《ちゅうごくすじ》に門弟《もんてい》のもの、其処此処《そこここ》にこれあるやのおもむき。従《した》がって或《ある》いはこの方面《ほうめん》に潜《ひそ》みおるかと存《ぞん》じまする」「フム、しからば中国筋《ちゅうごくすじ》を心《こころ》がくると申《もう》すか」「ハッ、仰《おお》せのとおり長州《ちょうしゅう》より漸次《ぜんじ》東《ひがし》に相向《あいむか》おうかと心得《こころえ》まする」「そうであるか、何分《なにぶん》しらぬ他国《たこく》へまいることにあれば何《なに》かと心《こころ》をいたせ。なお苦《くる》しきことあらば使《つか》いを以《も》って申《もう》しいでよ。予《よ》が身《み》に叶《かな》うことにあれば聞《き》いて取《と》らすぞ」「ハヽッあり難《がと》うぞんじまする」「一日《にち》も早《はや》く本望《ほんもう》を遂《と》げてまいれ」といろ〳〵厚《あつ》きお言葉《ことば》のあったのち、かねて秘蔵《ひぞう》せられておった来国光《らいくにみつ》の名刀及《めいとうおよ》び路用《ろよう》として二百両《りょう》の金子《きんす》を下《さ》げ渡《わた》されたので、武蔵《むさし》はいよ〳〵君恩《くんおん》の厚《あつ》きを身《み》に感《かん》じ、万々御礼《ばんばんおれい》を申《もう》し上《あ》げたのち、御前《ごぜん》を罷《まか》り下《さ》がった。

◎日本《にほん》一と世界《せかい》一

太守《たいしゅ》からあらためて仇討《あだう》ちの許《ゆる》しをえた武蔵《むさし》、旅《たび》の支度《したく》もぬかりなく調《とと》のえ、その翌朝《よくちょう》小倉《こくら》の浜《はま》から船《ふね》にのり、長州赤間《ちょうしゅうあかま》の関《せき》へと向《むか》う海上《かいじょう》、わずか一里《り》のあいだであるが、乗《の》り合《あ》う面々《めんめん》はいずれも話《はな》し相手《あいて》を求《もと》めておる。そのうち武蔵《むさし》の隣《とな》りに座《ざ》を占《し》めた一人《ひとり》の商人《しょうにん》体《てい》の男《おとこ》、武蔵《むさし》に向《むこ》うて口《くち》を開《ひら》いた。「お見受《みう》け申《もう》せばお武家様《ぶけさま》には矢張《やは》り御修業《ごしゅぎょう》のための御廻国《ごかいこく》でございますか」「ウム拙者《せっしゃ》か、拙者《せっしゃ》はその……フムそうだ、いかにも武術修業《ぶじゅつしゅぎょう》をいたすものである」「でござりましょう。此節《このせつ》は私共《わたしども》の御城下《ごじょうか》へも貴方《あなた》がたのような方《かた》が多《おお》く見《み》えられまするが、どうも御修業《ごしゅぎょう》が流行《はやる》と見《み》えますな」「ハヽヽ、修業《しゅぎょう》が流行《はやる》とい う訳《わけ》でもあるまい……しかし何《なに》か其方《そのほう》の国《くに》へは多《おお》くまいると申《もう》すか」「ヘエ〳〵、何分御《なにぶんご》城下《じょうか》へ立派《りっぱ》な先生《せんせい》が出来《でき》たものでございますから、三日《みっか》にあげず修業《しゅぎょう》の方《かた》が見《み》えまして、其《その》……何流試合《なにりゅうしあい》とかを申《もう》し込《こ》みますが、誰《た》れも勝《か》ったものがございませんそうで、ヘイ、まったく日本《にほん》一だとか申《もう》すことでございまする」「ナニ三日《みっか》にあげず他流試合《たりゅうしあい》を申《もう》し込《こ》む者《もの》あるとか」「左様《さよう》〱、其他流試合《そのたりゅうしあい》とかで余程忙《よほどいそ》がしいようでございまする。しかしその先生《せんせい》に向《むか》いましては誰《た》れも彼《か》れも竹刀《しない》を持《も》ったまゝ立《た》ち竦《すく》んで仕舞《しまい》まして丸《まる》で猫《ねこ》の前《まえ》の鼠《ねずみ》か、蛇《へび》の前《まえ》の蛙《かわず》のようじゃと申《もう》すことで……」「フーム、中々立派《なかなかりっぱ》な先生《せんせい》であるらしいの。して其方《そのほう》はいずれの御城下《ごじょうか》でまた其先生《そのせんせい》とやらは何《な》んと申《もう》される方《かた》である。存《ぞん》じておるか」「ヘッ、私《わた》しは萩《はぎ》の御城下《ごじょうか》、三好屋《みよしや》と申《もう》しまする呉服屋《ごふくや》の店《みせ》の者《もの》でござりまするが、その先生《せんせい》のお宅《たく》へ近頃出《ちかごろで》入《い》りをいたして居《お》りますのでよく存《ぞん》じております。先生《せんせい》のお名《な》前《まえ》は有馬様《ありまさま》と申《もう》されまして、流儀《りゅうぎ》は……戸棚流《とだなりゅう》とやらの名人《めいじん》やそうで」「ナニ戸棚流《とだなりゅう》の有《あり》馬《ま》……ハヽヽ、そりゃ戸田流《とだりゅう》の有馬喜右衛門《ありまきえもん》ではないか」「ヘエ〱なんでも戸棚《とだな》か戸《と》田《だ》か何方《どちら》かでござります。してお武家様《ぶけさま》には御存知《ごぞんじ》で……」「有馬喜右衛門《ありまきえもん》ならば知《し》って居《お》るどころではない、ありゃ拙者《せっしゃ》の門弟《もんてい》じゃ」「ヘー、しますると貴郎《あなた》が有馬様《ありまさま》のお弟子《でし》で……左様《さよう》なればひさ〲で御面会《ごめんかい》なさいませ。先生《せんせい》はお悦《よろ》こびでございましょう」「されば逢《お》うてやってもよい。其方《そのほう》の話《はな》しによると大分腕《だいぶんうで》が上《あが》っておるようであるの」「ヘエ……しかしお武家様《ぶけさま》、失礼《しつれい》ながら何方《どちら》がお師匠様《ししょうさま》で……」「有馬《ありま》は拙者《せっしゃ》の門人《もんじん》じゃ」「ヘーン、あの日本一《にっぽん》の……では貴郎《あなた》は世界一《せかい》のお腕前《うでまえ》でございますな」「そうじゃ、有馬《ありま》が日本一《にっぽん》と申《もう》せば拙者《せっしゃ》は世界一《せかい》じゃの、したが其方《そのほう》これから城下《じょうか》へ帰《かえ》るのか」「ヘエ、九州《きゅうしゅう》路《じ》の用事《ようじ》が片付《かたづ》きましたから最早帰《もはやかえ》る筈《はず》で……」「ウム、どうじゃ拙者《せっしゃ》は萩《はぎ》の城下《じょうか》は未《いま》だ存《ぞん》ぜんによって、其方案内《そのほうあんない》をいたしてはくれぬか」「そりゃお安《やす》い御用事《ごようじ》でございますが……しかしお武家《ぶけ》、お寄《よ》りにならぬほうが宜《よろ》しゅうございましょう」「なんと申《もう》す」「さ、御立腹《ごりっぷく》になっては恐《おそ》れ入《い》りまするが、有馬《ありま》の先生《せんせい》にお逢《あ》いにならぬほうが宜《よろ》しゅうございましょう。迂闊《うかつ》に已《お》れの門弟《もんてい》だなぞと高言《こうげん》なされて、万《まん》一先生《せんせい》かまた門弟《もんてい》の耳《みみ》へでも這入《はい》っては大変《たいへん》でございます。何《なに》がさて相手《あいて》は日本一《にっぽん》の先生《せんせい》でございますぜ。失礼《しつれい》ながら貴郎方《あなたがた》のお弟子《でし》になるような御人《ごじん》とは違《ちが》います。多分《たぶん》お人違《ひとちが》いでございましょうから」「ハ、、、、其儀《そのぎ》ならば心配《しんぱい》いたさずともよい。戸田流《とだりゅう》の有馬喜右衛門《ありまきえもん》と申《もう》せば二人《ふたり》はないから、拙者《せっしゃ》の門弟《もんてい》に間違《まちが》いはあるまい」「ヘッ、貴郎《あなた》がお間違《まちが》いのうても、先方《せんぽう》が違《ちが》えば危《あぶ》のうございますぜ。万《まん》一先生《せんせい》が御立腹《ごりっぷく》になって、無礼《ぶれい》な奴《やつ》とかなんとか申《もう》された末《すえ》スパリッとやられたら生命《いのち》はございますまい。まアお見合《みあわ》せなさいませ」「なんでもよいから、城下《じょうか》まで案内《あんない》いたしてくれ。其方《そのほう》も帰《かえ》るとすれば道連《みちづ》れがあってよいではないか」

「ヘッ、それはそうでございますが……其何《そのな》んでございます、万《まん》一お間違《まちが》いがあっても存《ぞん》じませんが宜《よろ》しゅうございますか」「フム、決《けっ》して心配《しんぱい》いたすな」「それなれば兎《と》も角《かく》もお供《とも》をいたしましょう」と話《はな》しの内《うち》にようやく船《ふね》は赤間《あかま》の関《せき》に着《つ》いたので、二人《ふたり》は道連《みちづ》れとなって、萩《はぎ》の城下《じょうか》へ向《む》うたが何分《なにぶん》二十三四里《り》の道程《どうてい》、途中《とちゅう》で一泊《ぱく》をせねばならぬが、これについて三好屋《みよしや》の店《みせ》のものは心配《しんぱい》そうに武蔵《むさし》にいうた。「お武家様《ぶけさま》、今晩《こんばん》の泊《とま》りは普通《ふつう》でございますれば湯町《ゆまち》でございますが、途中《とちゅう》は此節物騒《このせつぶっそう》でございますによって少《すこ》し早《はよ》うございますけれども西市泊《にしいちどま》りといたしましょう」「それは都合《つごう》でいずれへ泊《とま》るもよいが、物騒《ぶっそう》とは何事《なにごと》である」「ヘッ、外《ほか》ではございません。その湯町《ゆまち》の西《にし》の方《ほう》に一位《い》ヶ嶽《だけ》ともうす山《やま》がございまする。その山《やま》に此節《このせつ》……その……化物《ばけもの》が棲《す》んでおりまして毎夜夕方《まいよゆうがた》になりますと、街道筋《かいどうすじ》へ出《で》てまいりますので……ヘイ、日《ひ》が暮《く》れますれば誰《た》れも表《おもて》へ出《で》る者《もの》がございません程《ほど》ですから」「ホヽウ化物《ばけもの》が出《で》ると申《もう》すか。多分狐狸《たぶんこり》の類《たぐ》いであろう」「イヤところが狐《きつね》や狸《たぬき》でございますれば只《た》だ人《ひと》を化《ばか》すだけでございますが、この化物《ばけもの》をみれば命《いのち》が助《たす》からぬと申《もう》すことで、誰《た》れもみた者《もの》がございません」「ハヽヽヽ、世《よ》の中《なか》に左様《さよう》のことがあるべき筈《はず》はない。拙者《せっしゃ》も両刀《りょうとう》の手前《てまえ》、左様《さよう》なことを耳《みみ》にいたして殊更《ことさら》宿《やど》を控《ひか》えることは出来《でき》かねる。外《ほか》のことなれば兎《と》に角《かく》、左様《さよう》な儀《ぎ》であれば是非湯町泊《ぜひゆまちどま》りといたそう」「ヘエッ、そりゃ両刀《りょうとう》の手前《てまえ》かも存《ぞん》じませんが、悪《わる》いことは申《もう》しあげません。今晩《こんばん》は西市《にしいち》でお泊《とま》りなさいませ」「イヤ〱聞《きい》た上《うえ》は足《あし》を止《と》める訳《わけ》には相《あい》ならぬ。どうあろうともその化物《ばけもの》とやらを見究《みきわ》め、其場《そのば》において仕止《しと》めてくれる。なにも心配《しんぱい》いたすことはあるまい」

「ヘッ、尤《もっ》ともお武家様《ぶけさま》には有馬先生《ありませんせい》のお師匠《ししょう》さまと仰《おお》せられる程《ほど》でござりますれば万々《ばんばん》お間違《まちが》いはござりますまいが、私《わた》しは御覧《ごらん》の通《とお》り商売人《しょうばいにん》のことで化物《ばけもの》ということを聞《き》くだけでも身《み》の毛《け》がゾッといたしますれば、まことに勝手《かって》ではございますれど、西市《にしいち》でお別《わか》れをいたしますから」「それなれば已《やむ》をえん勝手《かって》にいたせ。拙者《せっしゃ》は湯町《ゆまち》とやらまで参《まい》るぞ。しかし道《みち》はこの街道《かいどう》に沿《そ》うて行《ゆ》けば迷《まよ》うようなことはあるまいな」「ヘエ〱萩《はぎ》の御城下《ごじょうか》まで一筋道《すじみち》でございまする……が御身《おんみ》をお気付《きつ》けられなさいませ」「オヽ万事心得《ばんじこころえ》ておる」

軈《やが》て西市《にしいち》に着《つ》いたのが七ツ半頃《はんごろ》。七ツといえば今《いま》の四時《じ》で、七ツ半《はん》は五時《じ》である。「モシお武家様《ぶけさま》、私《わた》しはこゝでお別《わか》れをいたしますから、御無事《ごぶじ》で」「オヽこゝが西市《にしいち》か。しからば湯町《ゆまち》までは如何程《いかほど》あるな」「左様《さよう》でございまする。これから地吉《ぢよし》と申《もう》すところを過《す》ぎまして其次《そのつ》ぎでございますによって……ザット四里《り》でございましょう」「フヽム、イヤ四里《り》くらいならば是《こ》れからブラ〱まいれば時刻《じこく》も丁度《ちょうど》よかろう」「へ、、、、化物《ばけもの》の時間《じかん》でございますか……併《しか》しこれまで退治《たいじ》に行《い》って返《かえ》って退治《たいじ》されたお武士《さむらい》が沢山《たくさん》あるそうでございますから御注意《ごちゅうい》なさいませ」「ハ、、、、その心配《しんぱい》は無用《むよう》である」「では最早《もはや》お止《と》めはいたしません。私《わた》しはこれで御免《ごめん》を蒙《こう》むります」「フム、勝手《かって》にいたせ」と武蔵《むさし》はこゝから只《た》だ一人《ひとり》、街道《かいどう》に沿《そ》うて急《いそ》ぎもせず、ブラリ〱と進《すす》んで行《ゆ》く。

◎俄《にわか》に飛《と》び出《だ》した白《しろ》い影《かげ》

今《いま》の時間《じかん》に直《なお》して午後《ごご》の五時《じ》ごろから、四里《り》の道《みち》を急《いそ》ぎもせず歩《あゆ》んだ武蔵《むさし》目的《もくてき》の湯町《ゆまち》へ着《つ》く頃《ころ》は早《はや》くも九ツ時《とき》（今《いま》の十二時《じ》）と覚悟《かくご》はしておる。やがてだん〱進《すす》んで行《ゆ》く内《うち》、何時《いつ》しか日《ひ》もトップリと暮《く》れて見渡《みわた》す限《かぎ》り火《ひ》の気《け》一ツもみえぬ。ようやく星明《ほしあかり》に辿《たど》りたどってある松並木《まつなみき》へかゝったと思《おも》うころ、にわかに行《ゆ》く手《て》に当《あた》ってバッと一団《だん》の青白《あおじろ》い火《ひ》が燃《も》えた。こんなことには兼《か》ねて覚悟《かくご》の上《うえ》である。さては妖怪変化《ようかいへんげ》油断《ゆだん》はならぬと、右手《めて》に鉄扇《てっせん》シッカリ握《にぎ》り、四方《あたり》に眼《まなこ》をキッと注《そそ》ぐおりしも、何辺《いずこ》よりか、バラ〱と飛《と》び出《だ》した数個《すうこ》の白《しろ》い影《かげ》、武蔵《むさし》の身辺《しんぺん》をクルリと取《と》りまいて、其内《そのうち》の一ツは声《こえ》をあげた。「ヤイ待《ま》て、こゝは噂《うわさ》の高《たか》い三町《ちょう》松原《まつばら》、われ〳〵の縄張《なわば》り内《うち》と知《し》ってきたかは知《し》らぬが、たゞは通《とお》すことならぬ。身《み》ぐるみぬいで死《くた》ばってしまえッ」というが早《はや》いか、おの〳〵大刀《だんびら》抜《ぬ》きつれて今《いま》にも振《ふ》り下《おろ》そうとしておる。「さては妖怪変化《ようかいへんげ》と聞《き》きしに物取《ものと》りの類《たぐ》いであったか。悪《にく》い奴《やつ》ッ、世間《せけん》のため許《ゆる》すことあいならん」と持《も》ったる鉄扇中段《てっせんちゅうだん》にかまえ、寄《よ》らば打《う》たんと睨《にら》んだ時《とき》、彼《か》の一団《だん》は「それッ畳《たた》んでしまえッ」と八方《ぽう》から切《き》りこんだ。これをみた武蔵《むさし》、はやくも身《み》を交《かわ》したと思《おも》う間《ま》もない、前《まえ》に廻《まわ》った一人《ひとり》の脳天《のうてん》、握《にぎ》り固《かた》めた鉄扇《てっせん》で力《ちから》を極《きわ》めて打《う》ったから、一たまりもあろう筈《はず》がない。キャッというたが此《こ》の世《よ》のわかれ、みるみる血《ち》を吐《は》いて平駄《へた》ばってしまう。続《つづ》いて左《ひだ》り側《がわ》にいた奴《やつ》、今《いま》しも一太刀《たち》切《き》り損《そん》じ、失敗《しまっ》たと刀《かたな》持《も》ち直《なお》そうとする利腕《ききうで》を、左手《ゆんで》延《のば》して摑《つか》むと同時《どうじ》、空《そら》を目掛《めが》けてハッシと投《な》げれば、遥《はる》か高《たか》い松《まつ》の枝《えだ》に引《ひ》っかゝったか、上《うえ》の方《ほう》で「助《たす》けてッ」と吐鳴《どな》っておる。この隙《すき》に乗《じょう》じて右側《みぎがわ》の一人《にん》「ウヌッ」と切《き》りこんでくるを、鉄扇《てっせん》の先《さき》で脾腹目《ひばらめ》がけてスックと突《つ》けば、さっそくの当身《あてみ》にこれも血《ち》を吐《は》いて平伏《へた》ばった。のこった奴等《やつら》は「ウヌ兄弟《きょうだい》の敵《かたき》ッ」と刃先《はさき》揃《そろ》えなおも執念《しゅうね》く切《き》ってかゝるを、バッと足《あし》をあげた武蔵《むさし》、一人《ひとり》の奴《やつ》の跨《また》を目《め》がけてウンと蹴《け》れば、睾丸《きんだま》をしたゝかに蹴《け》られて忽《たち》まちに往生《おうじょう》、また一人《ひとり》はこれと同《どう》時《じ》に首筋《くびすじ》摑《つか》んでウンと締《し》められ、これも両眼《りょうがん》飛《と》びだして見《み》る影《かげ》もないお駄仏《だぶつ》。いま一人《ひとり》は手強《てづよ》き当身《あてみ》、反《かえ》す鉄扇《てっせん》に一人《ひとり》の鼻柱《はなっぱしら》、其《その》あいだに左《ひだり》の手《て》で一人《ひとり》を摑《つか》んで地上《ちじょう》に烈《はげ》しく叩《たた》き付《つ》けるという、まったく飛鳥《ひちょう》の働《はた》らきに、いまゝで多勢《たぜい》を力《ちから》に切《き》りこもうとして居《お》った他《た》の二人《ふたり》のもの、こりゃ敵《かわ》わぬと韋駄天走《いだてんばし》りに逃《に》げようとする時《とき》、ウンと掛《か》けたる武蔵《むさし》の気《き》合《あい》は免《のが》れるに道《みち》なく、走《はし》りかけたまゝ立《た》ち佇《すく》んで、一寸先《すんさき》も動《うご》くことはできぬ。此体《このてい》ながめてニッコと笑《わろ》うた武蔵《むさし》、最早《もはや》此《こ》の他《た》に敵《てき》は無《な》いと見《み》たか「ハヽヽヽ、逃《に》げたくとも走《はし》れまい。こゝへ来《こ》い生命《いのち》は取《と》らぬぞ」という声《こえ》に恐《おそ》る〳〵引《ひ》っ返《かえ》した二人《ふたり》のもの、平蜘《ひらぐ》蛛《も》の様《よう》に平駄張《へたば》った。「ドどうぞ生命《いのち》ばかりは御助《おたす》けを……」「フム許《ゆる》さぬでもない。しかし其方等《そのほうら》はこれ計《ばか》りの仲間《なかま》ではあるまい。どうじゃ偽《いつわ》りを申《もう》せば助《たす》けぬぞ」「ヘッ、今《こん》晩《ばん》こゝに張《は》っておりましたのは我《わ》れ〳〵九人《にん》でございました」「イヤ、こゝは九人《にん》と致《いた》したところで、聞《き》けば一位《い》ヶ嶽《だけ》の化物《ばけもの》とやら申《もう》す程《ほど》であれば其山《そのやま》には同類《どうるい》がおるであろう」「ヘッ如何《いか》にもございまする。巨魁《かしら》をはじめ外《ほか》に三十人《にん》ばかりは」「オヽそうであろう。どうじゃその棲家《すみか》へ案内《あんない》をいたせ」「ヘッ、お言葉《ことば》ではございますが、山《やま》には随分強《ずいぶんつよ》いものもおりまする」「ハヽヽヽ如何《いか》に強《つよ》い者《もの》がありともそれに恐《おそ》れる此方《このほう》ではないわい。どうじゃ案内《あんない》いたすか」「ヘッ、こればかりはお許《ゆる》しを願《ねが》いまする。もしそんなことが巨魁《かしら》に知《し》れましたなればわれ〳〵二人《ふたり》の生命《いのち》はございません」「案内《あんない》いたさぬか、夫《そ》れでは已《やむ》をえん。最早汝等《もはやなんじら》も助《たす》けることはならぬによって捻《ひね》り潰《つぶ》す」「ア、モシちょッ、一寸《ちょっと》、イ、いたしまする」と話《はな》しのおりから、先程松《さきほどまつ》の枝《えだ》に投《な》げ上《あ》げられた一人《ひとり》の賊《ぞく》、漸《よう》やく枝《えだ》を伝《つと》うて下《お》りてきて、窃《ひそ》かに様子《ようす》を窺《うか》がうと当《とう》の相手《あいて》は両人《りょうにん》の者《もの》に向《むこ》うて話《はな》しに余念《よねん》のない有《あり》様《さま》。ニッタリと微笑《ほほえ》んで手《て》をさぐりながら落《お》ちたる刀《かたな》を拾《ひろ》い、声《こえ》を目《め》あてに忍《しの》び寄《よ》り武蔵《むさし》の後《うし》ろからサッと斬《き》りつけると、身体《しんたい》に一寸《すん》の油断《ゆだん》もない武蔵《むさし》、太刀風《たちかぜ》三寸《ずん》にして早《はや》くも身《み》を交《かわ》したから刀《かたな》は勢《いき》おい余《あま》って其前《そのまえ》に頭《かしら》を下《さ》げておった一人《にん》の者《もの》の肩口《かたぐち》から背中《せなか》へかけてスパリと切《き》ったようす。アッという仲間《なかま》の声《こえ》に、しまったと刀取《かたなと》り直《なお》す暇《ひま》もなく飛《と》びかゝった武蔵《むさし》、利腕《ききうで》とるよと見《み》るまもなく、さっそくの車《くるま》おとし、力《ちから》一杯大地《ばいだいち》に叩《たた》き付《つ》けられたので是《これ》また二言《ごん》と立《た》たず倒死《くたば》った。後《あと》にのこった一人《にん》、この体《てい》を見《み》てガタ〳〵慄《ぶる》いで、たゞお助《たす》け〳〵と独《ひと》り言《ごと》のようにいうておるばかり、他《た》に言葉《ことば》さえ出《だ》し兼《か》ねておる。是《こ》れをニヤリと見《み》た武蔵《むさし》「ホヽウ、其方《そのほう》は助《たす》けてやるが、一位《い》の山《やま》とやらへ案内《あんない》いたせ。

途中《とちゅう》で逃《に》げるようなことがあれば許《ゆる》さぬぞ」「メ、滅相《めっそう》もない、決《けっ》して逃《に》げはいたしません」「では立《た》てッ」「ヘエッ、そ、その……少々《しょうしょう》抜《ぬ》けましたので……」「ナニ抜《ぬ》けた。何《なに》が抜《ぬ》けたと申《もう》す」「ヘッ、その……足《あし》が……足《あし》が立《た》てません……」「ハヽヽヽ、泥棒《どろぼう》に似合《にあ》わぬ気《き》の少《ちいさ》い奴《やつ》である。それ立《た》たしてやろう」と腰骨《こしぼね》をポンと蹴《け》って「さア何《ど》うじゃ立《た》てるであろう」「ヘヽヽヽ、お蔭様《かげさま》で……」「フウ、しかし此《こ》の暗《くら》さでは歩《ある》くこともできまい。先程《さきほど》此《こ》のところに何《なに》か怪《あや》しい色《いろ》の火《ひ》を燃《も》やしておったが、あれは何《な》んじゃ」「ヘッ、あれは化物《ばけもの》の火《ひ》にいたしまする焼酎《しょうちゅう》を燃《た》きましたので」「フム、まだあるであろう」「ございまする」「しからば夫《そ》れを松明《たいまつ》の代《かわ》りに点《とも》してゆけ」「畏《かし》こまりました」と小賊《こぞく》は松《まつ》の根方《かた》に置《お》いてあった焼酎《しょうちゅう》を用意《ようい》の布裂《ぬのぎれ》に湿《した》して火《ひ》を点《とも》し、先《さき》に立《た》って一位《い》ヶ嶽《だけ》に向《むこ》うた。

此《こ》の一位《い》ヶ嶽《だけ》というのは、長州《ちょうしゅう》でも有名《ゆうめい》な鍋堤山《なべどてさん》の連山《れんざん》であまり高山《こうざん》というのでもないが崎嶇《きく》たる岩石《がんせき》は自然《しぜん》の要害《ようがい》をなし、賊《ぞく》の山塞《さんさい》にするような岩窟《がんくつ》は処々《ところどころ》にある。武蔵《むさし》は小《こ》賊《ぞく》に案内《あんない》させて行《ゆ》く途中《とちゅう》この山塞《さんさい》の模様《もよう》を聞《き》きはじめた。「貴様等《きさまら》の棲家《すみか》は山《やま》の何《ど》の辺《へん》にある」「ヘッ、その何《な》んでございます。山《やま》の中程《なかほど》にある窟《いわや》の中《なか》で……」「窟《いわや》の中《なか》……そこにその巨魁《かしら》とかいうものと一所《しょ》におるのか」「巨魁《かしら》は別《べつ》でございます。幾《いく》つも窟《いわや》がございます内《うち》、巨魁《かしら》の窟《いわや》と、私共《わたしども》のおる窟《いわや》と、品物《しなもの》を入《い》れて置《お》きます窟《いわや》と、其他《そのほか》……その……楽《たの》しみの者《もの》も入《い》れておきます窟《いわや》と……」「これ待《ま》て、楽《たの》しみのものとは何《な》んじゃ」「ヘッそれがその……へヽヽ楽《たの》しみでございます」「されば其楽《そのたの》しみとは何《なに》を申《もう》すのじゃ」「その何《な》んでございます、美《うつく》しい奴《やつ》を……」「フムしからば女《おんな》でも掠奪《かどわか》していれておると申《もう》すか」「ヘッ、ま、早《はや》くいえばそんなもので……」「遅《おそ》くいうても同《おな》じことではないか。なお其《そ》れ程《ほど》の山塞《さんさい》なれば何《いず》れ間道《かんどう》もあろう。其外《そのほか》……」と委《くわ》しく様子《ようす》を聞《き》き正《ただ》した上《うえ》「しからば此《こ》の方《ほう》を縛《しば》った体《てい》にいたし、生擒《いけど》ってまいったと巨魁《かしら》の前《まえ》へ連《つ》れてまいれ」「ヘッ、畏《かし》こまりました……が、それでは貴郎《あなた》を縛《しば》ってまいりますので……」「まことに縛《しば》るのではない。縛《しば》った体《てい》にいたし、両手《りょうて》を後《うし》ろへ廻《まわ》して紐《ひも》の端《はし》を持《も》っておるから貴様《きさま》は後《うし》ろについてくればよいのじゃ」「ヘッ、では何《ど》うありましょうとも私《わた》しの生命《いのち》は御助《おたすけ》を願《ねが》いまする」「貴様《きさま》ごとき者《もの》の生命《いのち》をとったところで致《いた》し方《かた》がない。赦《ゆる》してやるから間違《まちが》いなく案内《あんない》をいたせ」「畏《かし》こまりました」とおい〱山《やま》に登《のぼ》って行《ゆ》くうち、軈《やが》て一つの谷間《たにま》を指《ゆび》さして立《た》ち止《どま》った。「モシ、この道《みち》を真《ま》っ直《す》ぐにまいりますと、入口《いりくち》がございますが、夜分《やぶん》は固《かた》く閉《と》じまして誰《た》れも出這入《ではい》りはいたしません」「しからば何《いず》れからまいる」「ヘッ、この谷間《たにま》をおりますと裏口《うらぐち》へ出《で》ますので、仲間《なかま》の者《もの》はこゝから参《まい》ります」「しからば夫《そ》れからまいれ。しかしまだ遠《とお》いか」「ナーニ、この谷《たに》を下《お》りますと直《す》ぐでございます」「フム、その入口《いりくち》へまいらば知《し》らせよ。紐《ひも》の用意《ようい》をいたすから」「畏《かし》こまりました」とその案内《あんない》によって谷間《たにま》に下《お》り、叢《くさむ》らを分《わ》けて行《ゆ》くこと暫《しば》らく、やがて立《た》ち止《ど》まった彼《か》れ、手真似《てまね》をもって恐《おそ》る〳〵右手《みぎて》の方《かた》に指《ゆび》ざして夫《そ》れらしく合図《あいず》をした。

◎命《いのち》の代《かわ》りに片耳《かたみみ》

小賊《こぞく》の相図《あいず》によってそれと覚《さと》った武蔵《むさし》、一筋《すじ》の紐《ひも》を出《だ》して胸《むね》から後《うし》ろへ廻《まわ》し、後《うし》ろへ廻《まわ》した両手《りょうて》で其端《そのはし》を握《にぎ》り、さも縛《しば》られたらしい風《ふう》に装《よそお》うた。小賊《こぞく》はこの体《てい》を見《み》てやがて右側《みぎがわ》の山《やま》の裾《すそ》に立《た》ち、一言《こと》二言《こと》合図《あいず》らしい言葉《ことば》を出《だ》したと思《おも》うと俄《にわ》かに一道《どう》の火光《あかり》がパッと照《て》らして、岩《いわ》と見《み》えた一枚《まい》の扉《とびら》が音《おと》もなくスッと開《ひら》いたと見《み》ると此処《ここ》は窟《いわや》の入《い》り口《くち》で、中《なか》から出《で》て来《き》た一人《ひとり》の小賊《こぞく》が片手《かたて》に手燭《てしょく》を持《も》ち、いましも武蔵《むさし》を連《つ》らってきた小賊《こぞく》を眺《なが》めておる。「オッ松蔵《まつぞう》ではないか。今夜《こんや》は早《はや》かったな。どうじゃ宜《よ》い仕事《しごと》があったか」

「オヽ吉松《きちまつ》、宜《よ》い仕事《しごと》のなんので、憚《はばか》んながら巨魁《かしら》に悦《よろ》こんで貰《もら》おうと思《おも》うて楽《たの》しんで戻《もど》った。どうじゃ巨魁《かしら》は……」「ウン、今日休《きょうやす》みよ。奥《おく》で酒宴《さかもり》の最中《さいちゅう》じゃ。して手前一人《てまえひとり》か」「外《ほか》の奴等《やつら》は例《れい》のところにまだ張《は》っておるが、おらア此《こ》んな土産《みやげ》を持《も》って先《さき》へ戻《もど》ったのじゃ」「ナニ、土産《みやげ》だと……こりゃザブじゃないか、こんなものを連《つ》らってきては危《あぶ》ないぜ」「ハヽヽヽ大丈夫《だいじょうぶ》、懐中《ふところ》は暖《ぬく》い上《うえ》、事《こと》によれば頭領《かしら》の片腕《かたうで》になるかも知《し》れぬ。ナーニ罷《まか》りちがえば大勢《おおぜい》で打《ぶ》ち切《き》ればそれまでよ」「それもそうじゃな。いずれシッカリ褒美《ほうび》はでるだろう」「ハッ〱〱羨《うら》やましいだろう。久《ひさ》しぶりで美《うま》い酒《さけ》も飲《の》めら」と話《はな》しの隙《すき》を考《かん》がえた武蔵《むさし》、手早《てばや》く手燭《てしょく》を引《ひ》っ奪《たく》り、アッという間《ま》にウンと手強《てづよ》く当身《あてみ》を入《い》れた。此体《このてい》にギョッとした案内《あんない》の松蔵《まつぞう》、呆《ぼん》やり立《た》っておるのを小声《こごえ》で「貴様《きさま》は心配《しんぱい》せずともよい。後《あと》を出悪《でにく》いように確《しっ》かり立《た》てゝおけ」「ヘエッ、ド、何《ど》うか私《わた》しの生命《いのち》だけは……」「安心《あんしん》しろッ、さ、早《はや》く頭領《かしら》の居間《いま》へ案内《あんない》せい」「ヘエッ、畏《かし》こまりました」とふたゝび武蔵《むさし》は松《まつ》蔵《ぞう》に縛《しば》られた体《てい》となって奥深《おくぶか》く進《すす》んでゆく。

　話《はな》し代《かわ》って山塞《さんさい》の奥《おく》には山賊《さんぞく》の張本阿蘇沼太郎《ちょうほんあそぬまたろう》という奴《やつ》、いましも諸々《しょしょ》から掠奪《かどわか》した表貌《みめ》よき女《おんな》を数人《すうにん》かたわらに侍《はべ》らせ、手下《てした》の内《うち》の四天王《てんのう》といわれた蟒《うわばみ》の三吉《きち》、狼《おおかみ》の九蔵《ぞう》、雷《いかづち》五郎《ろ》蔵《ぞう》、逆鋒金太《さかほこきんた》なぞをはじめ山塞《さんさい》にのこった三十名許《めいばか》りのものと酒宴《しゅえん》の真《ま》ッ最中《さいちゅう》。其処《そのところ》へはいってきたのは今《いま》の松蔵《まつぞう》である。「お頭領《かしら》たゞいま……」「オッ、松蔵《まつぞう》ではないか、どうした、今夜《こんや》は馬鹿《ばか》に早《はや》いの。よい鳥《とり》でもあったか。して外《ほか》の奴等《やつら》はどうした」「ヘッ、皆《みな》の奴等《やつら》はまだ街道《かいどう》に張《は》っておりますが、実《じつ》はちょっと宜《よ》い鳥《とり》がございましたので先《ま》ず送《おく》ってまいりました」「ナニ、よい鳥《とり》があった、それは御苦労《ごくろう》、さアこゝへ出《だ》してみろ。品《しな》はなんじゃ」「ヘッ、二十前後《はたちぜんご》のザブでございますが……」「ナニ、ザブじゃ……」「ヘッ、ところが懐中《ふところ》は暖《ぬく》そうでございますし、バラして仕舞《しま》うも可愛《かあい》そうと存《ぞん》じまして縛《しば》り上《あ》げてまいりました。軈《やが》ては頭領《かしら》のお間《ま》に合《あ》うと存《ぞん》じまして」「フーム、兎《と》に角《かく》これへ連《つ》れてこい。どこに置《お》いてある」「ヘッ、この入口《いりくち》にございますれば、直《す》ぐ引《ひ》っ張《ば》ってまいります」と一礼《れい》して此間《このま》を出《で》たかと思《おも》うと間《ま》もなく武蔵《むさし》を連《つ》れてふたゝび出《で》た。武蔵《むさし》は手《て》を後《うし》ろに廻《まわ》したまゝ顔《かお》を俯《うな》だれておる。松蔵《まつぞう》は得意《とくい》らしく頭領《かしら》を見《み》あげた。「ヘエ頭領《かしら》これでございます。懐中《ふところ》には少《すく》なくも百や二百の金《かね》はある様子《ようす》……」「フム、なか〱立派《りっぱ》な風《ふう》をしておるな……ヤイ若《わか》いの、面《つら》を揚《あ》げてみい。話《はな》しと都合《つごう》によりゃ生命《いのち》は助《たす》けてやらぬでもない」「オイなんとか返事《へんじ》をせんかい。面《つら》を見《み》せろッてのに解《わか》らぬか」

「コレ蟒《うわばみ》、彼奴《きゃつ》の面《つら》を揚《あ》げさしてみい」「ヘッ」とそばに居《お》った蟒《うわばみ》の三吉《きち》は武蔵《むさし》の側《そば》により、両手《りょうて》をだして其顔《そのかお》に掛《か》けようとした時《とき》、待《ま》ち構《かま》えた武蔵《むさし》、スックと立《た》って蟒《うわばみ》の片腕《かたうで》と帯《おび》の結《むす》び目《め》を両手《りょうて》に取《と》って、頭領目《かしらめ》がけてドスンと投《な》げつけた。不意《ふい》に人玉《ひとだま》を喰《くら》った頭領《かしら》、はずみを受《う》けて仰《あお》むけにたおれる。其上《そのうえ》に蟒《うわばみ》が折《お》り重《かさ》なったので二人共《ふたりとも》、暫《しば》らくはモガ〳〵しておるが驚《おど》ろいたのは他《た》の手下《てした》のめん〳〵、スワと立《た》ち上《あが》ったものゝ酒宴《しゅえん》の場《ば》所《しょ》であるから、得物《えもの》は充分《じゅうぶん》にない。それッと自分《じぶん》の窟《いわや》へ取《と》りに走《はし》ろうとするけれども武蔵《むさし》は入口《いりくち》におる為《た》めにそれも叶《かな》わぬ。たゞウロ〳〵と魔誤《まご》ついておるところを最初《さいしょ》から覚悟《かくご》で乗《の》り込《こ》んだ武蔵《むさし》、夫《そ》れを手玉《てだま》にとって片《かた》ッ端《ぱし》から摑《つか》んでは投《な》げ投《な》げては摑《つか》むというありさまに、ドスン〳〵と勢《いき》おいに任《まか》して拊《は》りとばすと、みる〳〵二十余人《よにん》は頭《あたま》を破《わ》られて死《し》ぬのもあれば、急所《きゅうしょ》を打《う》たれて気絶《きぜつ》するのもある騒《さわ》ぎ。残《のこ》ったものは訳《わけ》もなくワア〳〵騒《さわ》いでおると、やがて起《お》きあがった頭領《かしら》の阿蘇沼《あそぬま》と四天王《てんのう》の蟒《うわばみ》の三吉《きち》。阿蘇沼《あそぬま》は鴨居《かもい》にかけた長刀《なぎなた》を、蟒《うわばみ》はそばにあり合《あわ》した刀掛《かたなか》けの刀《かたな》を手《て》に取《と》って左右《さゆう》から詰《つ》めよった。この様《さま》をみて稍力《ややちから》をえた残賊《ざんぞく》どもゝ手当《てあた》り次第皿小鉢等《しだいさらこばちなど》を手《て》に〳〵取《と》って打《う》ちつけて構《かま》える。しかしこんなことにはビクともする武蔵《むさし》ではない。かたわらの一人《にん》を引《ひ》ッ摑《つか》んで阿蘇沼目《あそぬまめ》がけて投《な》げつけた。阿蘇沼《あそぬま》も山賊《さんぞく》の張本《ちょうほん》とまでなった奴《やつ》、最初《さいしょ》は不意《ふい》のためにおもわぬ不覚《ふかく》をとったが、ふたゝび夫《そ》れを繰《く》り返《かえ》す程《ほど》の馬鹿《ばか》ではない。さっそく身《み》を交《かわ》して持《も》ったる長刀《なぎなた》でするどく武蔵《むさし》の足《あし》をはらおうとしたが、これよりも早《はや》く武蔵《むさし》の手《て》は蟒《うわばみ》三吉《きち》の襟《えり》にかゝって捻《ね》じ伏《ふ》せたから、長刀《なぎなた》の刃先《はさき》は思《おも》わずも蟒《うわばみ》の臀部《でんぶ》から腰車《こしぐるま》にかけて深《ふか》くも切《き》りこんだ。この不意《ふい》の痛手《いたで》にアッと悲鳴《ひめい》をあげた三吉《きち》の声《こえ》におどろいた阿蘇沼《あそぬま》、失敗《しまっ》たッと長刀《なぎなた》を引《ひ》こうとする隙《すき》を嗛《すか》さず手許《てもと》に打《う》ちいった武蔵《むさし》、持《も》った鉄扇《てっせん》に力《ちから》をこめ、その利腕《ききうで》をハッシと打《う》てば、両手《りょうて》痺《しび》れて長刀《なぎなた》ガラリとおとす。つゞいて肩口《かたぐち》を力《ちから》に任《まか》せて打《う》ちすえた勢《いき》おい、あまりに凄《すさ》まじかったゝめか、ピシャッと座《すわ》ったまゝ目《め》を白黒《しろくろ》にさせておるのみで再《ふた》たび立《た》ちあがることも出来《でき》ぬようす。この様《さま》をみてカラ〳〵と笑うた武蔵《むさし》は大口《おおぐち》開《あ》いて「のこった奴等《やつばら》は此方《このほう》に刃向《はむか》うと思《おも》えば何時《なんどき》にても相手《あいて》をいたしてやる。それとも改心《かいしん》いたすとあれば生命《いのち》だけは助《たす》けんでもない。さアどうじゃ」と突《つ》っ立《た》ったが、目前《もくぜん》に凄《すさ》まじい様《さま》を見《み》て片隅《かたすみ》に立《た》ちすくみ、慄《ふる》えておった数人《すうにん》の残賊《ざんぞく》おそる〳〵武蔵《むさし》の前《まえ》へ這《は》いよった。「ド、どうぞ生命《いのち》ばかりはお助《たす》けをねがいまする」「助《たす》けんでもない。しかし今後《こんご》相《あい》変《か》わらず悪事《あくじ》をいたすか、たゞしは改心《かいしん》をするか」「ヘッ、もう決《けっ》して箇様《かよう》なことはいたしません」「フム、せんとあれば助《たす》けてやる。なれども一度《た》び染《し》みこんだ悪事《あくじ》は容易《ようい》に改《あら》たまるものではあるまい。されば今後《こんご》の見《み》せしめに汝等《なんじら》の手首《てくび》を切《き》りおとす」「ヘエッ手《て》首《くび》ッ、これを切《き》られましては今後何《こんごなに》をすることもできません、どうか是《こ》ればかりは……」「フム、それも尤《もっ》ともである。しからば片耳《かたみみ》を一人《ひとり》ずつ落《おと》すによって左様思《さようおも》え。してもしも今後悪事《こんごあくじ》を働《はた》らくようのことがあれば今日《こんにち》のことを思《おも》い出《だ》すようにいたせ。又《ま》たふたゝび斯様《かよう》の悪事《あくじ》をもって此方《このほう》の目《め》に止《とどま》らば其時《そのとき》こそは生命《いのち》は許《ゆる》さぬぞ」「ヘエッ、片耳《かたみみ》……耳《みみ》を落《おと》されましては今後何事《こんごなにごと》も聞《き》くのに差支《さしつか》えますからどうかこればかりは」なぞと泣《な》きつくのを「馬鹿《ばか》なことを申《もう》すな。左様《さよう》のことを聞《き》いておっては際限《さいげん》がない。それへ直《なお》れ」という内《うち》に蟒《うわばみ》の三吉《きち》が持《も》っておった刀《かたな》を拾《ひろ》い取《と》り、スパリ〳〵と打《う》ちおとすと此時《このとき》まで肩口《かたぐち》おさえて平駄張《へたば》っておった阿蘇沼太郎《あそぬまたろう》、漸《ようや》くに口《くち》をひらいて苦《くる》しそうに声《こえ》をだした。

「お武家《ぶけ》、お武家《ぶけ》……彼奴等《あいつら》に穏《おだ》やかな御処分《ごしょぶん》あり難《がと》う存《ぞん》じまする。この阿蘇沼太郎《あそぬまたろう》も今《いま》という今《いま》、最早《もはや》スッカリ前非《ぜんぴ》を後悔《こうかい》いたしました。つきましてはどうせ満足《まんぞく》には死《し》なれぬと覚悟《かくご》いたしておりました私《わたし》、お武家《ぶけ》のような方《かた》の手《て》にかゝれば本望《ほんもう》。どうぞ御慈悲《ごじひ》にスッパリとお願《ねが》いをいたしまする」「イヤ流石《さすが》は悪《あ》しきことゝはいえ頭領《かしら》となる程《ほど》のもの、よくいうた。鳥《とり》の将《まさ》に死《しな》んとする其声《そのこえ》や悲《かな》し、人《ひと》の将《まさ》に死《しな》んとする其言《そのげん》やよしとか、いかにも望《のぞ》み通《どお》りにいたしてやる」「へヽッ、あり難《がと》うぞんじまする。尚《なお》このうえ願《ねが》われますれば迷途《めいど》の土産《みやげ》にお武家《ぶけ》のお名前《なまえ》を伺《うか》がいとう存《ぞん》じまする」「ウム、此方《このほう》は豊前小倉《ぶぜんこくら》の浪人《ろうにん》、宮本武蔵政名《みやもとむさしまさな》と申《もう》すものである」「エッさては貴郎《あなた》は宮本《みやもと》さまでござりまするか、さすれば敵《かたき》をお覘《ねら》いでございましょう」「フム、どうしてそれを知《し》っておる」「外《ほか》ではございませぬ。貴郎《あなた》の敵《かたき》としておられる佐々木《ささき》なんとかいう先生《せんせい》の門弟《もんてい》、柏木彦助《かしわぎひこすけ》という人《ひと》、仔細《しさい》あって二月《つき》ばかり以前《いぜん》、このところに足《あし》を止《とど》めておりましたが、其者《そのもの》の話《はな》しに聞《き》きおよびましたので……なお右柏木《みぎかしわぎ》をはじめ青木《あおき》とやら申《もう》す人等《じんら》は貴郎《あなた》が佐々木先生《ささきせんせい》を敵《かたき》として付《つ》け覘《ねら》うということを聞《き》きこみ、先生《せんせい》のために折《おり》があれば貴郎《あなた》を討《う》とうといたしておりますから、御注意《ごちゅうい》なさりませ」「なんと申《もう》す、柏木《かしわぎ》とやら、また青木《あおき》とやら申《もう》す者等《ものら》は拙者《せっしゃ》を討《う》とうといたしおるとか」「いずれも一面《めん》の識《しき》もない者《もの》……」「フーム、イヤよいことを聞《き》いた。辱《かた》じけないぞ。してその柏木《かしわぎ》とやらは何《いず》れへまいったか存《ぞん》じおらぬか」「確《しか》とは申《もう》しあげかねますが、萩《はぎ》の城下《じょうか》に知人《ちじん》があるとか申《もう》しておりましたれば、多分其方《たぶんそのほう》へ赴《おも》むいたことゝ存《ぞん》じまする……」「ナニ、萩《はぎ》に知人《ちじん》があるとか。それは丁度《ちょうど》よい。いずれ遇《お》うた上《うえ》で利害《りがい》を説《と》いてやろう」「アッ苦《くる》しい……モ最早《もはや》……詞《ことば》も出《だ》しかねる……ド何《ど》うか……スッパリお願《ねが》い……」「ウム、こゝろえた。さらば覚悟《かくご》をしろ」と阿蘇沼《あそぬま》の首《くび》を打《う》ちおとし、残《のこ》った手下《てした》に案内《あんない》せしめて、掠《かす》め取《と》った財宝《ざいほう》、掠奪《かどわか》された婦人《ふじん》を調《しら》べてみると、財宝《ざいほう》は山《やま》のように、また婦人《ふじん》は十数人《すうにん》もあったから「貴様等《きさまら》この金《かね》と婦人《ふじん》を湯町《ゆまち》まで送《おく》ってゆけ」「ヘッ、湯町《ゆまち》へ行《ゆ》けば何《ど》ういたしますので……」「取《と》り敢《あ》えず代官所《だいかんしょ》へ届《とど》けた上《うえ》、それぐ処分《しょぶん》せねばなるまい」「メ、滅相《めっそう》な、そうなりますと私共等《わたしどもら》は生命《いのち》はございますまい」「イヤ〱生命《いのち》は助《たす》けるように計《はか》ろうてやる心配《しんぱい》するな」「ヘッ……でも……」「嫌《いや》だといえば已《やむ》をえん。此《こ》のところにおいて打《ぶ》ち切《き》るぞ」「マ、マ、お待《ま》ち下《くだ》さいませ、それなればお言葉《ことば》にしたがいまする」「しからば早《はや》くいたせ」とこゝで各々《おのおの》に背負《せお》わせ、婦人《ふじん》を前《まえ》に立《たて》てゝ山《やま》を下《くだ》ってくると、夜《よ》は何時《いつ》しか明《あ》けそめて、明《あ》けの鐘《かね》が何《いず》れかの寺《てら》からかすかに響《ひびき》を伝《つた》える頃《ころ》であった。

◎二度吃驚《どびっく》り

此《こ》に西市《にしいち》の駅《えき》に泊《とま》った三好屋《みよしや》の店《みせ》のもの、翌《あ》くれば萩《はぎ》の城下《じょうか》まで十四里《り》の長程《ちょうてい》、早立《はやだ》ちにせずばなるまいと、東《ひがし》も白《しら》まぬ内《うち》から宿《やど》を立《た》ち、スタ〳〵道《みち》を急《いそ》いで行《ゆ》くうちに、地吉《じよし》の宿《しゅく》で夜《よ》が明《あ》けそめた。これなれば最早安心《もはやあんしん》、化物《ばけもの》も街道《かいどう》にはおるまいと、わずかに胸《むね》を撫《な》でゝなおも歩《あゆ》みを運《はこ》んで、はるかに湯町《ゆまち》の甍《いらか》を望《のぞ》む三町松原《ちょうまつばら》へかゝったとき、何気《なにげ》なく行《ゆ》く手《て》を見《み》るとこれは大変《たいへん》、なにとは知《し》らず、異形《いぎょう》の服装《ふくそう》をした怪《あや》しの者等《ものら》、ところ〴〵に横《よこ》たわって此方《こなた》を窺《うか》ごうておるありさまに、根《ね》が商人育《しょうにんそだ》ちの臆病《おくびょう》もの、にわかに怕気《おじけ》がついて元来《もとき》し道《みち》へ駆《か》け戻《もど》ろうとするとたん、右足《みぎあし》の草鞋《わらじ》の紐《ひも》の解《ほど》けたのを、左《ひだ》りの足《あし》で思《おも》わず踏《ふ》んだから、アッと倒《たお》れた拍子《ひょうし》に吃驚《びっくり》してそのまゝ前後不覚《ぜんごふかく》となってしもうた。さて其後《そのご》はどうしたか暫《しば》らくはしらぬが、やがてのこと、口中《こうちゅう》たゞならぬ苦味《にがみ》を覚《おぼ》え、誰《た》れか高《たか》らかに呼《よ》んだと思《おも》うと僅《わず》かに我《わ》れに返《かえ》った。見《み》ると身《み》は何時《いつ》の間《ま》に運《はこ》ばれたか、見《み》もしらぬ白洲《しらす》の真《ま》ッたゞ中《なか》にあって、側《そば》には医者《いしゃ》らしいのが茶碗《ちゃわん》を持《も》ち控《ひか》えて居《お》る外《ほか》、正面《しょうめん》の縁側《えんがわ》には役人《やくにん》らしいのが両三名《りょうめい》此方《こなた》を見《み》て居《お》る。今《いま》しも気《き》のついた模様《もよう》を見《み》た一人《ひとり》の役《やく》人《にん》、キッとなって言葉《ことば》をかけた。「是《こ》れ、それなる町人《ちょうにん》、気《き》がついたか。此処《ここ》は湯町《ゆまち》の代《だい》官所《かんしょ》であるぞ。いま此方《このほう》の尋《たず》ねること包《つつ》まず申《もう》せ」と思《おも》わざる詞《ことば》に吃驚《びっくり》した彼《か》れ「ヘエッ、私《わた》しは何時《いつ》の間《ま》にこゝへまいりました」「フム、イヤいまに相解《あいわか》るであろう。して其《その》方《ほう》は何《いず》れの者《もの》であって、なんと申《もう》す」「ヘッ、私《わた》しは萩《はぎ》の御城下《ごじょうか》、呉服商《ごふくしょう》三好屋《みよしや》市兵衛《いちべえ》の手代《てだい》嘉助《かすけ》と申《もう》すものでございまする」「確《しか》と相違《そうい》ないな。して其方《そのほう》は昨日来《さくじつらい》いずれからいずれへまいった」「ヘエ、私《わた》しは此程来主人《このほどらいしゅじん》の命《めい》によりまして九州路《きゅうしゅうじ》へ商用《しょうよう》のためにまいり、昨日赤間《さくじつあかま》の関《せき》より西市《にしいち》に帰《かえ》りましてございまする」「フーム、しからば先程《さきほど》彼《か》の三町《ちょう》松原《まつばら》に倒《たお》れてありしは如何《いかが》いたした」「ヘッ、まったくお恥《はず》かしい次第《しだい》でございまする」「ナニ、恥《はず》かしい次第《しだい》、なにが恥《はず》かしい、包《つつ》まず申《もう》して見《み》よ」「ヘッ、実《じつ》は昨今《さくこん》三町松原《ちょうまつばら》に化物《ばけもの》がでると申《もう》す噂《うわ》さがございまするため、昨夜湯町《さくやゆまち》までまいる筈《はず》でございましたが、その……何分気味《なにぶんきみ》が悪《わる》いため西市泊《にしいちどま》りといたしました」「フム」「しかし今日中《こんにちちゅう》に萩《はぎ》の御城下《ごじょうか》まで帰《かえ》りますには何分道程《なにぶんみちのり》が十四里《り》もございますので、聊《いさ》さか早立《はやた》ちをいたしまして、ようく松原《まつばら》までまいりますると、ゆく手《て》に怪《あや》しげなるものが此方《こなた》を窺《うか》ごうて居《お》るようすでございます」「フン〱それで其方《そのほう》が其者《そのもの》を退治《たいじ》したともうすか」「メッ、滅相《めっそう》もない……実《じつ》のところは……そのなんでございます……」「どういたしたと申《もう》す」「ヘッ、エーその……少々気味《しょうしょうきみ》の悪《わる》いものでございますから、逃《に》げようといたしますると、其者等《そのものら》は私《わた》しの足《あし》を引《ひ》っ張《ぱ》りましたので逃《に》げられません。おもわず倒《たお》れたままでは覚《おぼ》えておりまするが、其《その》後《ご》のことは如何《いか》にいたしましたやら……」「ハヽヽヽ、それに相違《そうい》ないか」「毛頭偽《もうとういつわ》りはございません」「しからば其方《そのほう》に尋《たず》ねるが、其方《そのほう》が松原《まつばら》において見《み》たりという怪《あや》しきものは何者《なにもの》とおもう」「ヘッ、何分心《なにぶんこころ》が落《お》ちつきませぬ際《さい》でございましたるため、確《しか》とは存《ぞん》じませぬが……多分怪物《たぶんばけもの》と……」「ハヽヽヽ、何をもうす。左様《さよう》なものではない。白衣《びゃくい》を着《き》たる賊共《ぞくども》の討《う》たれたる死骸《しがい》であったぞ」「ヘーッ、賊《ぞく》の死骸《しがい》……さてはあのお武家《ぶけ》が……」「これ、其方《そのほう》なにか……其儀《そのぎ》について心当《こころあた》りがあるか」「ヘッ、イエ別《べつ》に……」「コレ〱、隠《かく》しては宜《よろ》しくないぞ。いま其方《そのほう》のもうした武家《ぶけ》とやらが如何《いかが》いたした」「ヘッ、実《じつ》は昨《さく》日《じっ》小倉《こくら》より赤間《あかま》にまいりまする船中《せんちゅう》で」と武蔵《むさし》のことを委《くわ》しく語《かた》ったのち「斯様《かよう》の次第《しだい》でござりますれば、多分《たぶん》そのお武家《ぶけ》が退治《たいじ》られたるものと存《ぞん》じまする」「さるにても彼《か》れ等《ら》のうち、相討《あいう》ちをいたしたるもの一名《めい》ある外《ほか》、刃物《はもの》を用《もち》いし模様《もよう》がないぞ」「ヘー、左様《さよう》でございまするか。しかし私《わた》しお調《しら》べが済《す》みましたればまことに勝手《かって》ではございますが、道中急《どうちゅういそ》ぎますので、最早《もはや》下がりましても宜《よろ》しゅうございまするか」「フム、今日《こんにち》は帰《かえ》れ。しかしまた何時呼《なんどきよ》び出《だ》すかもしれぬぞ」「畏《かし》こまりました」と嘉助《かすけ》は下《さが》ろうとするおりから、下役人《したやくにん》は慌《あわ》たゞしく走《はし》り込《こ》んできた。「ハッ申《もう》しあげまする。たゞいま一人《にん》の浪人体《ろうにんてい》のもの、数人《すうにん》の怪《あや》しき者及《ものおよ》び十数人《すうにん》の婦人《ふじん》を引《ひ》き連《つ》れまいり、一位《い》ヶ嶽《だけ》の賊《ぞく》を退治《たいじ》いたしたる趣《おも》むき訴《うっ》たえ出《い》でましてござりまする。如何計《いかがはか》らいましょう」「なんという、一位《い》ヶ嶽《だけ》の賊《ぞく》を退治《たいじ》いたしたと……フムこれへ通《とお》せ」「ハッ」と立《た》ち去《さ》る後《うし》ろをながめた嘉助《かすけ》、いましも立《た》ちかけた足《あし》を止《と》めて訝《いぶ》かしそうに座《すわ》りなおした。座《ざ》にいる役人《やくにん》もたがいに顔《かお》を見合《みあわ》して今更《いまさら》ながら驚《おど》ろいたようす。此《こ》のところへ間《ま》もなく下役人《したやくにん》の案内《あんない》によって出《で》てきたのは武蔵《むさし》と其助《そのたす》けだした婦人《ふじん》および残賊《ざんぞく》の一隊《たい》である。やがて武蔵《むさし》は白洲《しらす》の中央《ちゅうおう》に平座《へいざ》して頭《かしら》をさげた。「ハッ」「オヽ其許《そのもと》は一位《い》ヶ嶽《だけ》の山賊《さんぞく》を退治《たいじ》いたされたと申《もう》されるか。さすれば三町松原《ちょうまつばら》において異形《いぎょう》の風体《ふうてい》いたせしものを討《う》たれたも其許《そのもと》であろう」「いかにも拙者《せっしゃ》、未熟《みじゅく》ながら世《よ》の害《がい》を除《のぞ》かんための仕儀《しぎ》」「フーム、神妙《しんみょう》のいたり。していずれの御《ご》浪人《ろうにん》で、いかように致《いた》して退治《たいじ》をいたされた。詳《くわ》しく申《もう》し聞《き》けられい」「実《じつ》は昨日計《さくじつはか》らずも途中《とちゅう》ある町人《ちょうにん》と道連《みちづ》れにあいなり、しか〲の次第《しだい》によって」と昨日以来《さくじついらい》の始末《しまつ》を詳《くわ》しく物語《ものがた》ったのち「ついては山塞《さんさい》はそのまゝに捨《す》ておきたるを以《もっ》てしかるべくお処置《しょち》をお願《ねが》いもうす。また彼《か》れ等《ら》貯蔵《ちょぞう》いたしおったる財宝《ざいほう》および捕《とら》えられたる婦人《ふじん》は、此《こ》のところへ送《おく》り届《とど》けさせたるにより、一は附近《ふきん》のものに分《わ》け与《あた》え、一はそれ〲家許《いえもと》におくり返《か》えされとうぞんずる」「それは何《なに》かと恐《おそ》れ入《い》ったる次第《しだい》……なんともはや申《もう》す言葉《ことば》もござらぬ。実《じつ》は先般来妖怪変化《せんばんらいようかいへんげ》の出没《しゅつぼつ》いたす噂《うわ》さ頻《しき》りなるにより、いずれも安《やす》き心《こころ》もなかりしため過《か》日来太守《じつらいたいしゅ》の御膝元《おひざもと》まで退治方《たいじかた》を願《ねが》い出《い》でたるおりから、さては山賊《さんぞく》の輩《やから》でござったか。其《その》許《もと》お見受《みう》けもうせば失礼《しつれい》ながらお若《わか》いに似《に》ず天《あ》ッ晴《ぱ》れのお手《て》のうち、よくもお退治下《たいじくだ》された。して彼《か》れなる数人《すうにん》のものは何者《なにもの》でござる」「オヽ彼《か》れは山賊《さんぞく》の手下共《てしたども》でござるが、すでに拙者《せっしゃ》はしゅ〲申《もう》しきけ、片耳《かたみみ》を削《そ》いで改心《かいしん》をいたさせたれば、何卒生命《なにとぞいのち》だけはお助《たす》けを下《くだ》されたい」「其許《そのもと》の仰《おお》せとあればいかようにもとり計《はか》らう。が先《ま》ずそこでは甚《はな》はだ失礼《しつれい》。どうかこれへお上《あが》り下《くだ》されたい。なお昨夜《さくや》はしゅ〲お疲《つか》れのことゝ存《ぞん》ずれば、役《やく》宅《たく》ではござれど、ゆる〱御休息下《ごきゅうそくくだ》されるよう」「御芳志辱《ごほうしかたじ》けなくぞんずる。しからばお言葉《ことば》に甘《あま》え、暫時休息《ざんじきゅうそく》をいたす」と座《ざ》を立《た》とうとする時《とき》、いまゝで片隅《かたすみ》に控《ひか》えておった嘉《か》助《すけ》、にわかに懐《なつ》かしそうに武蔵《むさし》の側《そば》に馳《は》せよった。「オッ貴郎《あなた》は昨日《さくじつ》のッ……よくも御無《ごぶ》事《じ》で……」「オヽ昨日《きのう》の町人《ちょうにん》であったか。何《ど》うしてかゝるところへまいった」「ヘッ、実《じつ》は今朝《こんちょう》……」と語《かた》ろうとするとき、捕《とら》われておった婦人《ふじん》の一団《だん》から、疾風《しっぷう》の如《ごと》く抜《ぬ》け出《だ》して嘉助《かすけ》の膝《ひざ》にすがりついた女《おんな》があった。

◎三十人《にん》と三百人《にん》

武蔵《むさし》と嘉助《かすけ》と思《おも》わぬ会合《かいごう》に居合《いあ》わした一同呆《どうあき》れておるところへ、またもや思《おも》いがけぬ婦《ふ》人《じん》が、嘉助《かすけ》の膝《ひざ》にすがりついたのでいよ〳〵呆《あき》れた。嘉助《かすけ》も意外《いがい》に驚《おどろ》いたが、其顔《そのかお》をみて大《おお》いにおどろいた様子《ようす》。「オッ、貴公《あなた》はお嬢《じょう》さんではございませんか……どうして此《こ》んなところに、モシ、お嬢《じょう》さん……」と一言《こと》二言詞《ことことば》をかけたが、女《おんな》はたゞ膝《ひざ》に凭《もた》れたまゝ一言《ごん》も発《はっ》しえぬ。みれば年《とし》は十八九歳《さい》であろう、衣類万端《いるいばんたん》は流石大家《さすがたいけ》の令嬢《れいじょう》らしく、すこぶる贅《ぜい》を尽《つく》した様子《ようす》であるが、荒鷲《あらわし》のような山賊《さんぞく》どもに摑《つか》まれたゝめか、ところ〴〵は引《ひ》き裂《さ》かれ、髪《かみ》はおどろに振《ふ》り乱《みだ》して、横顔《よこがお》ながらも血色《けっしょく》は殆《ほと》んど失《う》せたように見《み》うけられる。暫《しば》らくは泣《な》くばかりで言葉《ことば》を出《だ》しえなんだ女《おんな》、やがて役人《やくにん》の尋《たず》ねる処《ところ》によって答《こた》えたのは、三好屋《みよしや》の娘《むすめ》みきという者《もの》で過日来湯町《かじつらいゆまち》の親戚綿屋与兵衛《しんせきわたやよへえ》というものの宅《たく》へ遊《あそ》びにきておったが、昨日下女《さくじつげじょ》とゝもに附近《ふきん》の見物《けんぶつ》に出掛《でか》けた途中計《とちゅうはか》らず彼《か》れ等《ら》の手《て》に攫《とら》われたということであった。でたゞちに与兵衛《よへえ》を招《よ》び出《だ》して引《ひ》き渡《わた》すことにすると、与兵衛《よへえ》の悦《よろ》こびは非常《ひじょう》なもので、かゝり役人《やくにん》へ一礼《れい》したのち、武蔵《むさし》へ向《む》うて「これはお武家様《ぶけさま》、なにからお礼《れい》を申《もう》してよいやら、どうも万々《ばんばん》あり難《がと》うぞんじまする。実《じつ》は昨日下女《さくじつげじょ》のしらせによりまして直《ただ》ちに八方《ぽう》へ手《て》をわけて探《さ》がさせましたなれども皆目行衛《かいもくゆくえ》がわかりませず、つきましては萩《はぎ》の親許《おやもと》へなんといい訳《わけ》をいたそうやらと、昨夜来家内一同夜《さくやらいかないどうよ》の目《め》も寝《やす》まずに心《こころ》を痛《いた》めて居《お》りましたるおりから、ことに承《うけたま》わりますれば、悪者共《わるものども》等は毎夜《まいよ》〳〵三町松原《ちょうまつばら》へでまする化物《ばけもの》の正体《しょうたい》でございますとやら、それを退治《たいじ》して下《くだ》されたお蔭《かげ》でこの在所《ざいしょ》のもの一同《どう》も助《たす》かりまする」と涙《なみだ》を流《なが》して悦《よろ》こんで、更《さ》らに言葉《ことば》をついだ。「つきましてはまことに失礼《しつれい》ではございますれど、せめて万分《まんぶん》一の御礼《おれい》もいたしとう存《ぞん》じますにより、汚《むさ》くろしゅうはございまするが、どうぞ私《わた》しの宅《たく》までお越《こ》し下《くだ》されてゆるりと御休息《ごきゅうそく》をねがいまする。多分昨夜《たぶんさくや》はお疲《つか》れでございますれば……」と真実面《しんじつおもて》に表《あら》わした与兵衛《よへえ》の言葉《ことば》。しかし武蔵《むさし》は恩《おん》を売《う》ることを好まぬ。「イヤお志《こころ》ざしは辱《かたじ》けのうござれど、さほど恩《おん》を受《う》けるほどのことでござらねば何《ど》うか御懸念《ごけねん》なくお捨《す》ておき下《くだ》されし」「どう仕《つかま》つりまして。それでは私《わた》しの心《こころ》がすみませぬ」という言葉《ことば》について役人《やくにん》も口《くち》を添《そ》えた。「アイヤ宮本氏《みやもとうじ》、その御辞退《ごじたい》は御無用《ごむよう》にさっしゃい。まだこの儀《ぎ》につき御意得《ぎょいえ》たき儀《ぎ》も之《こ》れあり、かたぐ御《ご》迷惑《めいわく》ではござろうが一両日御滞在《りょうにちごたいざい》を願《ねが》わねばなりますまい。ついては当方《とうほう》へお止《と》め申《もう》しても宜敷《よろしき》なれど何分役宅《なにぶんやくたく》のことゝて万事不行届《ばんじふゆきとどき》、かたぐ綿屋方《わたやかた》で取《と》りあえず御休息《ごきゅうそく》くだされたい。なお今日《こんにち》はお疲《つか》れのことゝ察《さっ》すれば最早《もはや》お引取《ひきと》り下《くだ》されても宜《よろ》しゅうござる」とのことに心《こころ》ならずも言《い》われるまゝ、与兵衛《よへえ》の案内《あんない》によって、みきおよび嘉助等《かすけら》とゝもに綿屋《わたや》に引《ひ》きとり、嘉助《かすけ》は一泊《ぱく》してからみきを送《おく》り帰《かえ》す多《おお》くの人々《ひとびと》とゝもに萩《はぎ》の城下《じょうか》へ帰《かえ》ることゝなった。ところが此《こ》のことが隠《かく》れなくしれわたって、近郷近在《きんごうきんざい》はいうまでもなく、遠《とお》く街道筋《かいどうすじ》を伝《つと》うて萩《はぎ》の城下《じょうか》まで大層《たいそう》な評判《ひょうばん》。しるも知《し》らぬも寄《よ》れば必《かな》らずこのうわさ。「どうだい今度《こんど》一位《い》ヶ嶽《だけ》の山賊《さんぞく》を退治《たいじ》た宮本《みやもと》という先生《せんせい》は豪《えら》いものではないか」「そうだく、なんでも刀《かたな》一本抜《ぽんぬ》かずに三十人《にん》ばかりの奴《やつ》を張《は》り倒《たお》したということだが、えれえものだ」「ナーニ三十人《にん》ばかりではない、三百人《にん》だということだ」という側《そば》からまた一人《にん》が「そうだ〱、山賊《さんぞく》が三百人《にん》と三町松原《ちょうまつばら》の化物《ばけもの》三十疋《びき》を退治《たいじ》たのじゃといな」「何《な》んにしてもえれえものじゃ。どうも宮本武蔵《みやもとむさし》という武士《さむらい》は日本《にほん》一だろう……」「勿論《もちろん》のことだ。萩《はぎ》の城下《じょうか》におる日本《にほん》一の有馬先生《ありませんせい》は宮本先生《みやもとせんせい》の弟子《でし》じゃと云《い》うことだもの」なぞと話《はな》しは尾《お》に尾《お》がついて次第《しだい》に大《おお》きくなってくる。このうわさを佐々木岸柳《ささきがんりゅう》の門弟柏木彦助《もんていかしわぎひこすけ》は端《はし》なく耳《みみ》にした。この彦助《ひこすけ》は岸柳《がんりゅう》の小倉《こくら》におったころ、供人《ともびと》として附随《ふずい》しておった者《もの》。したがって武左衛門《ぶざえもん》に武蔵《むさし》という嫡子《ちゃくし》のあることも聞《きい》ておれば、武左衛門《ぶざえもん》の討《う》たれた後《のち》はその武蔵《むさし》は岸柳《がんりゅう》を敵《かたき》と覘《ねら》うことも推測《すいそく》はしておった。それで若《も》しこれに出合《であ》うことがあれば師匠《ししょう》のため討《う》ちすてようとは兼《かね》ての存意《ぞんい》である。それが小倉《こくら》で岸柳《がんりゅう》にわかれた以来《いらい》、流《なが》れ〱て一位《い》ヶ嶽《だけ》の山賊阿蘇沼太郎《さんぞくあそぬまたろう》の窟《いわや》にいって手下《てした》の剣道師範《けんどうしはん》となり、次《つい》で萩《はぎ》の城下《じょうか》にいって有馬喜右衛門《ありまきえもん》の道場《どうじょう》に厄介《やっかい》となっておったのであるが其際武蔵《そのさいむさし》のことを聞《き》いたのであるから、武蔵《むさし》は有馬《ありま》の師匠《ししょう》なぞという触《ふ》れを立《た》てるをさいわい有馬《ありま》を煽《おだ》てゝこれを討《う》たそうと考《かん》がえた。で有馬《ありま》の暇《ひま》を見計《みはか》らいその居間《いま》へ通《とお》った。「先生《せんせい》、いさゝか申《もう》しあげることがございまする」「オヽ柏木氏《かしわぎうじ》でござるか。改《あら》たまってなにか話《はな》しが……」「イヤ外《ほか》でもござらぬが拙者今日他出《せっしゃこんにちたしゅつ》の途中怪《とちゅうけ》しからぬことを聞《き》きました」「怪《け》しからぬこと、なにか此方《このほう》の身《み》にかかったことでござるか」「されば、まず御伺《おうかが》いいたしまするが先生《せんせい》には宮本《みやもと》武蔵《むさし》と申《もう》す者《もの》を御存《ごぞん》じでござりまするか」「ナニ宮本武蔵《みやもとむさし》……フム、名《な》は聞《き》いておるが遇《お》うたことはない。夫《そ》れが何《ど》うした」有馬喜右衛門《ありまきえもん》には数年前《すうねんぜん》に宮本武蔵《みやもとむさし》と試合《しあい》したことも忘《わす》れていれば、また武蔵《たけぞう》が武蔵《むさし》となっておることは知《し》るべき筈《はず》がない。柏木《かしわぎ》は隙《すか》さず毒舌《どくぜつ》を揮《ふる》わんとした。「サ、先生《せんせい》がお遇《あ》いになったこともない宮本武蔵《みやもとむさし》と申《もう》すもの、ちかごろ湯町《ゆまち》に滞在《たいざい》いたし、萩《はぎ》の城下《じょうか》に道場《どうじょう》を開《ひら》いておる有馬喜右衛門《ありまきえもん》は自分《じぶん》の門弟《もんてい》だと申《もう》しておるそうでございまする」「ナニ宮本武蔵《みやもとむさし》は此方《このほう》の師匠《ししょう》であると……」「どうも怪《け》しからぬ奴《やつ》ではございませぬか。このまゝ棄《す》てておきましては今後《こんご》いかようのことを申《もう》すかも存《ぞん》じませぬ。かゝる無礼《ぶれい》な奴《やつ》、さいわい程遠《ほどとお》からぬ湯町《ゆまち》におることでございますれば、討《う》ち果《はた》しては如何《いかが》でござりましょう」「フーム、だが宮本武蔵《みやもとむさし》といえば未《いま》だ遇《お》うたことはないが二刀《とう》流《りゅう》の元祖《がんそ》と聞《き》きおよぶ。それ程《ほど》の人《じん》が殊更《ことさ》ら田舎《いなか》へはいって此方《このほう》の名儀《めいぎ》を振《ふ》り廻《まわ》すにもおよぶまい。また仮《か》りに申《もう》されたところで宮本《みやもと》なれば此方《このほう》の恥《はじ》ともならぬによって捨《す》てておくがよかろう」「それでは御立腹《ごりっぷく》にはなりませぬか」「彼《か》れなれば有名《ゆうめい》の使《つか》い手《て》、假令此方《たとえこのほう》が門弟《もんてい》と申《もう》されるとも敢《あえ》て立腹《りっぷく》はせん」「ヘーン」柏木《かしわぎ》いさゝか目的《あて》がはずれた。勢《いき》おいなく其場《そのば》を立《た》ち去《さ》ったが、しかし内心《ないしん》いろ〳〵工夫《くふう》を廻《めぐ》らしておると、喜右衛門《きえもん》は何日《いつ》も夕食後《ゆうしょくご》には城下外《じょうかはず》れを散歩《さんぽ》するのが常《つね》である。これをフト考《かん》がえ浮《うか》べた彼《か》れ、なにか思《おも》い浮《うか》べたことがあるか独《ひと》り微笑《ほほえ》んでそれを待《ま》っておったところが、其日《そのひ》も例《れい》によって喜右衛門《きえもん》は黄昏《ひのくれ》からブラ〳〵と出掛《でか》けてゆく。この姿《すがた》を認《みと》めた彦助《ひとすけ》、窃《ひそ》かに其居間《そのいま》に忍《しの》びこんで、かねて有馬《ありま》の秘蔵《ひぞう》しておる鉄砲《てっぽう》および手文庫《てぶんこ》の金子幾許《きんすいくばく》を盗《ぬす》みだし、そのまゝ城下《じょうか》を後《あと》に湯町《ゆまち》へと向《むか》う。

◎拝《おが》まねば罰《ばち》が当《あた》る

湯町《ゆまち》に滞在中《たいざいちゅう》の武蔵《むさし》は日々《ひび》綿屋《わたや》では何《なに》かにつけて非常《ひじょう》の歓待《かんたい》をうける、代官《だいかん》からは叮重《ていちょう》なる感謝《かんしゃ》の意《い》を表《ひょう》される、ところの者《もの》からは神《かみ》か仏《ほとけ》のように尊《うやま》われると云《い》うありさまで思《おも》わず数日《すうじつ》を費《つい》やしたが、用《よう》も無《な》いところに何日《いつ》までもおるのは本意《ほんい》でないから最早出立《もはやしゅったつ》をするとの意《い》を洩《も》らすと、与兵衛《よへえ》も強《しい》てとは引《ひ》き止《と》めかねて、「それではいま一日御待《にちおま》ちを願《ねが》いまする。何分田舎《なにぶんいなか》の土地《とち》で御滞在中《ごたいざいちゅう》なにもお慰《なぐ》さみになるものもございませず、まことに相済《あいす》まぬ次第《しだい》。つきましては何《なに》はなくともいさゝかお礼《れい》の印《しるし》までに土地《とち》の者等《ものら》が寄《よ》りまして川遊《かわあそ》びにお供《とも》をいたしたいと既《すで》に準備《じゅんび》もいたしておりますれば、御迷惑《ごめいわく》でござりましょうが是非《せひ》に……」とのすゝめ。「なんともいろ〳〵御厄介《ごやっかい》になったる上《うえ》、左様《さよう》なる御《お》心遣《こころづか》い、なんともお礼《れい》の申《もう》しようもござらぬ」「イヤ〳〵お礼《れい》は此方《こっち》より申《もう》さねばならぬ筈《はず》でございます。私《わた》しの心配《しんぱい》を助《たす》けて下《くだ》さったのも貴郎《あなた》なれば、土地《とち》の禍《わざ》わいを除《のぞ》いて下《くだ》さったのも貴郎《あなた》。貴郎《あなた》に対《たい》して私《わた》しは申《もう》す迄《まで》もなく、土地《とち》の者等《ものら》がどうして御恩《ごおん》をお返《かえ》しいたしてよいかわからぬ程《ほど》でござります。どうかいま一日御滞在《にちごたいざい》を願《ねが》います。」「いま貴郎《あなた》がお立《た》ちになりましては、ところの者等《ものら》が私《わた》しになんと理屈《りくつ》をいうかわかりませねば平《ひら》に……」「左程《さほど》まで仰《おお》せ下《くだ》さらばお言葉《ことば》に背《そむ》くも如何《いかが》。ではいま一日御厄介《にちごやっかい》に相成《あいな》るでござろう」と強《し》いて断《こと》わりかね、ついにその言葉《ことば》に従《した》がうことゝなった。

さてその翌日《よくじつ》のことである。湯町《ゆまち》は勿論《もちろん》、附近《ふきん》の主立《おもだ》った人々等《ひとびとら》発起《ほっき》となって武蔵《むさし》のために現今《いま》でいう慰労会兼感謝会《いろうかいけんかんしゃかい》という様《よう》なものを湯町《ゆまち》に沿《そ》うた大井手川《おおいてがわ》で行《おこ》のうた。大井《おおい》手川《てがわ》は長州《ちょうしゅう》を南北《なんぼく》に流《なが》れる大川《おおかわ》。これにいろ〳〵飾《かざ》りつけをした数艘《すうそう》の船《ふね》を浮《うか》べ、特《とく》に武蔵《むさし》の乗《の》ったものにはことさら立派《りっぱ》に飾《かざ》って、これには代官《だいかん》、町役人《まちやくにん》、村役人《むらやくにん》なぞの連中《れんじゅう》が乗《の》りこみ、其他《そのた》のものには一般《ぱん》の有志《ゆうし》が分乗《ぶんじょう》して、湯町《ゆまち》の附近《ふきん》を上《のぼ》り下《くだ》りしておる。また両側《りょうがわ》の土堤《どて》の上《うえ》には夥多《あまた》の人々《ひとびと》この壮観《そうかん》をみようと犇《ひし》めいておれば其中《そのなか》を踊《おど》り屋台《やたい》のようなものを拵《こし》らえてワッ〳〵とさわぎ廻《まわ》る者《もの》もあるありさまで実《じつ》に御祭《おまつ》り以上《いじょう》のさわぎ。其中《そのなか》に交《まじ》った太郎作《たろさく》、太吾作《たごさく》の連中《れんじゅう》は武蔵《むさし》の顔《かお》を見《み》ようと互《たが》いに競《きそ》うておる。

「オイ太郎作《たろさく》、化物退治《ばけものたいじ》てくださった武蔵様《むさしさま》ちゅう人《ひと》はどれだんべー」「さア己《お》い等《ら》も一ぺん拝《おが》みてえと思《おも》うが、さっぱり解《わか》らしねえや」「ホー、あの船《ふね》だんべぇよ、えろー飾《かざ》ってるじゃねえか」「己《お》らもさー、そう思《おも》うて目《め》えサ付《つ》けたが、ねっからえらそうな人《ひと》も見《み》えないぞ」「そうだにゃ、オー彼《あ》れさお代官様《だいかんさま》だのー」「そうだ〳〵、川《かわ》ッペリに居《お》るなア御代官様《おだいかんさま》よ」「ホヽー己《お》いら村《むら》のお庄屋様《しょうやさま》もおるぞ。お庄屋《しょうや》さま在所《ざいしょ》で威張《いば》ってるだが、あの様《ざま》見《み》い。艫《とも》ッぺらで小《ちい》そう鼠《ねずみ》のようにかゞんでるわい」「オイ〳〵、武蔵様《むさしさま》ア見《み》えるぞ」「どこじゃ、己《お》れにも見《み》せてくれべえ。手《て》めえ独《ひと》りで見《み》りゃ罰《ばち》さア当《あた》るべえよ」「ソレ〳〵この指《ゆび》の図《ず》さ」「ドレ〳〵、ワッハッ〳〵〳〵あんな生《なま》やさしい武蔵様《むさしさま》あるものか。でっかい化物《ばけもの》と一位《い》ヶ嶽《だけ》の山賊《さんぞく》サ退治《たいじ》た武蔵様《むさしさま》、あんな人《ひと》じゃないぞ。己《おら》アさ聞《き》いたゞ絵《え》に書《か》いた鍾馗様《しょうきさま》のようだと」「いんじゃ、己《お》いらお庄屋様《しょうやさま》から聞《き》いたで間違《まちが》っこはねえ。武蔵様《むさしさま》ハー、年《とし》さ若《わ》けーが、えれえもんだちゅう話《はなし》さあったゞ。あの人《ひと》さ、年《とし》い若《わか》いさ」「そんじゃあれに違《ちが》いあるめえ。拝《おが》みさっしゃれ、見《み》ておっては目《めえ》サつぶれべえぞ」「オー甚太《じんた》、武蔵様《むさしさま》アなんちゅうて拝《おが》むだ。大明神様《だいみょうじんさま》か……権現様《ごんげんさま》ではあるめえにゃ」「オッ、それさお庄屋様《しょうやさま》に聞《き》くこと忘《わす》れたゞ」「こゝから聞《き》いて見《み》べえお庄屋様向《しょうやさまむこ》うに居《い》らっしゃる。オーイ、己《お》い等《ら》在所《ざいしょ》のお庄屋様《しょうやさま》……」「やめろよ、駄目《だめ》だんべえよ。お庄屋様《しょうやさま》ハーちっぺけてるからにゃ」なぞと夢中《むちゅう》になって話《はな》して居《お》るところへ来《き》たのは彼《か》の柏木彦助《かしわぎひこすけ》であった。彦助《ひこすけ》は萩《はぎ》の城下《じょうか》を後《あと》に夜中《やちゅう》をかけて十里余《りあま》りの道《みち》を急《いそ》ぎに急《いそ》いで此《こ》のところへ駆《か》けつけたのであるが、あまりの賑《にぎ》やかさに訝《いぶ》かしく思《おも》うて其《その》一人《にん》に尋《たず》ねた。「コレ〳〵、いさゝか物《もの》を尋《たず》ねるが、本日《ほんじつ》はなんじゃ、祭礼《さいれい》でもあるまいに」「これはお武家様《ぶけさま》、ハヽなにさ尋《たず》ねさっしゃる」「本日《ほんじつ》は祭礼《さいれい》かと尋《たず》ねるのじゃ」「ホンジツちゅうなア、ハアなんちゅうこんで」「イヤ今日《きょう》は祭《まつ》りではあるまいに、この賑《にぎ》やかさはなんであると申《もう》すのじゃ」「ハッ〳〵、お武家様《ぶけさま》ハー、そげな符諜《ふちょう》さ遣《つか》わっしゃるで、己《おら》アちっとも解《わか》らねえーよ。今日《きょう》はまア祭《まつ》りのようなもんだ、なア太吾兄《たごあに》イ」「そうじゃ〳〵」「ホヽー祭《さい》礼《れい》か、矢張《やは》り氏神《うじがみ》の……」「インニャ、宮様《みやさま》の祭《まつ》りでは無《ね》えだ。宮本武蔵《みやもとむさし》さまちゅう豪《えら》い武士《さむらい》さまハー、化物退治《ばけものたいじ》さっしゃった祭《まつり》さ。代官《だいかん》さまはじめ己《お》いらの在所《ざいしょ》のお庄屋《しょうや》さまさ寄《よ》ってさっしゃるだ」「なんと申《もう》す、宮本武蔵《みやもとむさし》が化物《ばけもの》を退治《たいじ》た祭《まつ》り」「この人《ひと》ゥ、なんちゅうことをいわっしゃる。宮本武蔵《みやもとむさし》さまに様《さま》ア取《と》ってさ罰《ばち》イ当《あた》るべえよ。おめえさま、武蔵《むさし》さま知《し》るめえ。向《む》こうさ、えろかー飾《かざ》った船《ふね》に祀《まつ》っておるにゃ拝《おが》みさっしゃろ」「フム、いずれにおる……」「それ見《み》さっしゃろ。あの川《かわ》ッペリにおるのはハーお代官《だいかん》さまで……その右側《こっち》にみえる生《なま》やさしい方《かた》、あれが武蔵《むさし》さまよ。あえでなかなか豪《えれ》えぞ」「なるほどあれがそうか」と何気《なにげ》なく其場《そのば》を立《た》ち去《さ》った彦助《ひこすけ》、やがて数十間川下《けんかわしも》に下《くだ》って下《した》を見下《みおろ》すと土堤下《どてした》の水際《みずぎわ》に深《ふか》く鬱《こも》った叢《くさむら》がある。これ究竟《くっきょう》と四辺見廻《あたりみまわ》し、気付《きづ》くもの丶ないを見定《みさだ》め、スル〳〵ッと其中《そのなか》に姿《すがた》を隠《かく》した。

ところが船《ふね》の方《ほう》では此《こ》んなものが窃《ひそ》んだとは元《もと》より気《き》の付《つ》く筈《はず》はない。一同《どう》に浮《うか》れ立《た》って今《いま》しも上《のぼ》った船《ふね》が流《なが》れに任《まか》してふたゝび下流《かりゅう》に下《くだ》ってくる。土堤《どて》の人々《ひとびと》も船《ふね》に連《つ》れてこれまた漸次《ぜんじ》に下手《しもて》へ押《お》してゆく。かくて武蔵《むさし》の乗《の》った船《ふね》が丁度彦助《ちょうどひこすけ》の潜《ひそ》んだ叢《くさむら》の正面《しょうめん》へきたと思《おも》うころ、ズドーンと劈《つんざ》く一発《ぱつ》の砲声《ほうせい》。これが為《た》めいまゝで歓楽《かんらく》の声《こえ》に満《み》ちた水陸《すいりく》の天地《てんち》は俄《にわ》かに修羅《しゅら》の街《ちまた》となって、ワー〳〵と上《うえ》を下《した》へと騒《さわ》ぎはじめたが、このとき船中《せんちゅう》にあってスックと立《た》った武蔵《むさし》、土堤《どて》の方《かた》をにらんですこしも動《うご》かぬようす。側《そば》におってこの体《てい》を見《み》た一同《どう》、慌《あわ》てながらも気遣《きづこ》うた。「宮本氏《みやもとうじ》、お怪我《けが》はござらぬか、なんとせられた」と四方《ほう》から起《おこ》る人々《ひとびと》の声《こえ》を見向《みむ》きもせず、わずかに右手《みぎて》をあげてにらんだ方《かた》を指《ゆび》さすのみである。訝《いぶ》かりながらも其方《そのほう》に目《め》を付《つ》ければこれは不思議《ふしぎ》、はるか彼方《かなた》の方《かた》に一人《ひとり》の武士《ぶし》が手《て》に鉄砲《てっぽう》をもって土堤《どて》を登《のぼ》ろうとしたまゝ立《た》ち佇《すく》んでおった。「それッ彼奴《あいつ》だ、逃《に》がすな捕《とら》えよッ」と口々《くちぐち》に船《ふね》から叫《さけ》ぶ声《こえ》を聞《きい》た陸上《りくじょう》では「それ武蔵《むさし》さまを討《う》とうとした罰当《ばちあた》りじゃ、叩《たた》き殺《ころ》してしまえ。化物《ばけもの》の片破《かたわ》れじゃ」「山賊《さんぞく》の生《い》き残《のこ》りじゃワア、ワー〱」という声《こえ》につれ、あり合《あわ》した木切《きぎ》れ竹切《たけぎ》れ、さては手頃《てごろ》の石《いし》なぞをもった若者《わかもの》の連中《れんじゅう》、四方《ほう》から取《と》りまいて殆《ほと》んど半死半生《はんしはんしょう》にしてしまう。このさまを眺《なが》めてようやく口《くち》をひらいた武蔵《むさし》、「イヤおの〱方《がた》に御心配《ごしんぱい》を相掛《あいか》けてもうし訳《わけ》ござらぬ。弾丸《たま》は幸《さい》わいに家根《やね》に当《あた》ったようすにござれど、万《まん》一込《こ》め替《か》えるか或《ある》いはそのまゝ逃《に》げ失《う》せては残念《ざんねん》と存《ぞん》じ、彼《か》れに気合《きあい》をこめたるため前刻来《ぜんこくらい》のお言葉《ことば》に対《たい》しお受《う》けもいたさゞりし次第《しだい》」「何《ど》うつかまつりまして。貴郎《あなた》が御無事《ごぶじ》でようやく安心《あんしん》いたしました」というのは綿屋与兵衛《わたやよへえ》。「どうも宮本氏《みやもとうじ》には険呑《けんのん》なところ、先《まず》は御無事《ごぶじ》で重畳《ちょうじょう》でござった」とは代官《だいかん》の言葉《ことば》。「どうもとんでもないことをする奴《やつ》だて、ハヽ多分生《たぶんい》きのこった山賊《さんぞく》どもの仕事《しごと》だんべーか、なんにせえ宮本《みやもと》さア、危《あぶ》ないところで御《ご》ぜえしたにゃだ。かのー気合《きあい》てーもん初《はじ》めて見《み》たゞがえれえもんだてのー」と呆《あき》れておるのは庄屋連中《しょうやれんじゅう》。其内《そのうち》に船《ふね》を土堤《どて》の下《した》へ着《つ》けさせた。それを待《ま》ち兼《か》ねて陸《りく》に揚《あ》がったのは武蔵《むさし》である。武蔵《むさし》は陸《りく》に足《あし》を着《つ》けると共《とも》に取《と》り敢《あ》えず彼《か》の者《もの》の側《そば》に走《はし》り寄《よ》った。みると大勢《おおぜい》の者《もの》に打《ぶ》たれたゝめに、見《み》るも酷《むご》たらしいありさまで、すでに息《いき》を引《ひ》き取《と》っておって、其傍《そのかた》わらに一挺《ちょう》の鉄砲《てっぽう》が落《お》ちてある。武蔵《むさし》はこれを何気《なにげ》なく手《て》に取《と》って暫《しば》らく眺《なが》めておったが、俄《にわ》かに何物《なにもの》にか驚《おどろ》いたようであった。

◎真面目《まじめ》な気違《きちが》いが参《まい》った

武蔵《むさし》の上陸《じょうりく》について上《あが》ってきたのは代官《だいかん》、与兵衛《よへえ》、其他《そのた》の庄屋連中《しょうやれんじゅう》であった。代官《だいかん》は武蔵《むさし》と死人《しにん》の顔《かお》を眺《なが》めてやがて尋《たず》ねた。「宮本氏《みやもとうじ》、この者《もの》にどこかお見覚《みおぼ》えがござるか」「されば其儀《そのぎ》につき、拙者《せっしゃ》もいろ〳〵考《かん》がえてござるが更《さ》らに一面《めん》の識《しき》もござらぬ」「フーム、もしや山賊《さんぞく》の余類共《よるいども》ではござるまいか」「さ、其儀《そのぎ》は確《しか》と計《はか》りかねるが、しかし余類《よるい》といたしましては風体《ふうてい》はまったく異《こと》なってござれば……」「いかにも……取《と》り敢《あ》えず懐中《かいちゅう》物《もの》を改《あら》ためられては如何《いかが》でござる。なにか手掛《てが》りとなるものがござるかも知《し》れませぬぞ」「御尤《ごもっと》ものお言葉《ことば》。なれども拙者《せっしゃ》一存《ぞん》を以《もっ》ていたすも如何《いかが》と存《ぞん》じ差控《さしひか》えました」「イヤ〱御懸念《ごけねん》は御無用《ごむよう》。さっそくお調《しら》べになるが宜《よろ》しゅうござろう」「然《しか》らばお立《た》ち会《あ》い下《くだ》されたい」

武蔵《むさし》は一同《どう》の面前《めんぜん》でことごくこれを改《あら》ためたが、手《て》がゝりとなるものは更《さら》にない。「御覧《ごらん》の通《とお》り少《すこ》しもござらん……しかし此《ここ》に僅《わず》かに手掛《てが》りとなろうかと存《ぞん》ずるものがござるが……」「ナニ……それは重畳《ちょうじょう》、いかなる品《しな》……」「余《よ》にはござらねど、これを御覧下《ごらんくだ》されと差《さ》しだしたのは前刻《ぜんこく》の鉄砲《てっぽう》、代官《だいかん》は手《て》にとって仔細《しさい》に調《しら》べた。「フーム、いかにもこれは唯一《ゆいいつ》の手掛《てが》り、してこの有馬《ありま》なるものにお心当《こころあた》りがござるか」「さ、それがないでもござらぬ。しかし其者《そのもの》は拙者《せっしゃ》に怨《うらみ》を含《ふく》む筈《はず》もござらねば又《ま》たかゝる卑怯《ひきょう》のことを致《いた》すものではござらぬ。いずれ仔細《しさい》あることゝ存《ぞん》ずるによってこの儀《ぎ》は当方《とうほう》に怪我《けが》のなかりしを幸《さい》わい御内分《ごないぶん》にお願《ねが》いいたしとう存《ぞん》ずる。またこの鉄砲《てっぽう》は拙者《せっしゃ》いさゝか存《ぞん》じ寄《よ》りがござるによって、何卒下《なにとぞくだ》しおかれたい」「いかにも拙者計《せっしゃはから》いをもって含《ふく》んでおく。また御存念《ごぞんねん》も立《た》ち入《い》って窺《うか》がわぬ。此者《このもの》はたゞ山賊《さんぞく》の余類《よるい》ともうすことにいたすによってお心置《こころお》きなくせらるゝがよかろう」「さっそくの御承諾《ごしょうだく》、辱《かたじ》けのう存《ぞん》ずる」と其日《そのひ》は折角《せっかく》の催《もよ》おしもこれがため中止《ちゅうし》となり、彦助《ひこすけ》は山賊《さんぞく》の余類《よるい》ということになって、其首《そのくび》は町外《まちはず》れの刑場《けいじょう》で梟首《ごくもん》とせられた。さて武蔵《むさし》にはその翌朝《よくちょう》、一同《どう》にわかれをつげ、昨日《きのう》の鉄砲《てっぽう》を目立《めだ》たぬよう荷《に》物《もつ》に包《つつ》みこみたゞ一人湯町《ひとりゆまち》を出立《しゅったつ》しようとしたが、与兵衛《よへえ》は承知《しょうち》をせぬ。「宮本《みやもと》さま、それでは私《わたし》の心《こころ》がすみませず、また三好屋《みよしや》の嘉助《かすけ》の言葉《ことば》も無《む》になりまする。是非萩《せひはぎ》の御城下《ごじょうか》まで案内《あんない》をいたさせますによって、お荷物《にもつ》を此者《このもの》にお持《も》たせ下《くだ》さりませ。また御城下《ごじょうか》へお着《つ》きになりましたなれば三好屋《みよしや》の方《ほう》で幾日《いくか》なりとも御用《ごよう》の済《す》むまで御遠慮《ごえんりょ》なく御滞在《ごたいざい》を願《ねが》いまする。実《じつ》は此程来貴郎《このほどらいあなた》のお着《つ》きが遅《おそ》いため再《さい》三の手紙《てがみ》がまいっておる程《ほど》でございますから」とすでに荷物《にもつ》を一人《ひとり》の者《もの》に持《も》たしてまでの親切《しんせつ》。「しからばお言葉《ことば》に甘《あま》えてさようつかまつろう。何《なに》から何《なに》まで御厄介《ごやっかい》にあいなって御礼《おれい》の言葉《ことば》もござらぬ仕儀《しぎ》、さらば御《ご》免《めん》をこうむる」と案内《あんない》の者《もの》をつれて萩《はぎ》の城下《じょうか》に向《むこ》うた。その道中《どうちゅう》は別《べつ》に記《し》することもない。それから城下《じょうか》に着《つ》いたのは今《いま》の時間《じかん》で午後《ごご》の五時頃《じごろ》。城下《じょうか》の入口《いりくち》にはすでに綿屋《わたや》から前以《ぜんもっ》て通知《つうち》をしてあったか嘉助《かすけ》は迎《むか》えにきて待《ま》っておる。やがて伴《とも》なわれて三好屋《みよしや》に入《い》ると主人夫婦《しゅじんふうふ》をはじめ家内《かない》一同《どう》は下《した》にもおかぬ待遇《もてなし》。湯町《ゆまち》といいこゝと云《い》いあまりの歓待《かんたい》にいさゝか煙《けむ》りに捲《ま》かれた武蔵《むさし》、其夜主人《そのよしゅじん》と雑談《ざつだん》の砌《みぎ》り、ついに絶《た》えかねたか口《くち》をきった。

「時《とき》に御主人前刻来何《ごしゅじんぜんこくらいなに》かと御叮重《ごていちょう》なるお歓待《もてなし》、若年《じゃくねん》の拙者《せっしゃ》にはゝなはだ分《ぶん》に過《す》ぎたる次第《しだい》」

「恐《おそ》れ入《い》りまする。まことに不行届《ふゆきとど》きの段平《だんひら》に御容赦《ごようしゃ》お願《ねが》いいたしまする。お気《き》には召《め》しますまいがどうか何日《いつ》までなりともお心置《こころお》きなく御滞在《ごたいざい》をねがいまする」「イヤ〳〵それでは却《かえ》って恐縮《きょうしゅく》の外《ほか》ござらぬ。何分目下修業中《なにぶんもっかしゅぎょうちゅう》の身《み》の上《うえ》、あまりお歓待《もてなし》をくだされては反《かえ》って御厄介《ごやっかい》を願《ねが》うこともなりかねる。望《のぞ》むものがござらば拙者《せっしゃ》より斟酌《しんしゃく》なくお願《ねが》いいたすにより、万事御家内通《ばんじごかないどお》りにいたされたい」と強《た》っての望《のぞ》みに、其意《そのい》を察《さっ》した主人《しゅじん》「へ、へッ、恐《おそ》れ入《い》ったるお言葉《ことば》、お若《わか》いに似《に》ぬ御立派《ごりっぱ》なる御精神《ごせいしん》、失礼《しつれい》ながらまことにお見《み》あげ申《もう》しまする。万事私《ばんじわたし》にお任《まか》せ下《くだ》さりませ。悪《あ》しくはいたしませぬ。なれども今晩《こんばん》は定《さだ》めてお疲《つか》れと存《ぞん》じますれば先《ま》ずお寝《やす》みを……」「されば勝手《かって》ながら御免《ごめん》をこうむる」と其夜《そのよ》はそのまゝ寝《とこ》についたが、その翌朝《よくちょう》から殊更《ことさ》ら叮重《ていちょう》な歓待《たいぐう》は廃《よ》されて、質素《しっそ》な内《うち》に暖味《あたたかみ》の籠《こも》った歓待《たいぐう》に代《か》えられたので武蔵《むさし》は非常《ひじょう》によろこんだ。さて朝飯《あさめし》もすんだのち、話《はな》し相手《あいて》にはいってきた嘉助《かすけ》に、有馬《ありま》のところを詳《くわ》しく尋《たず》ねたうえ、彼《か》の鉄砲《てっぽう》の包《つつ》みを抱《かか》えてまずその道場《どうじょう》を訪《と》うた。みると嘉助《かすけ》の話《はな》しに違《たが》わぬ立派《りっぱ》なかまえ。門《もん》の脇《わき》にはすでに戸田流《とだりゅう》を削《けず》って有馬《ありま》一流剣道指南所《りゅうけんどうしなんしょ》、有馬喜右衛門信賢《ありまきえもんのぶかた》と大《おお》きな一枚看板《まいかんばん》に麗々《れいれい》しく書《か》いてあるのが掲《かか》げられ、内方《うちかた》には木剣《ぼくけん》の音《おと》はげしゅう聞《きこ》えておる。しばらく模様《もよう》をみておった武蔵《むさし》、ニッコと笑《わろ》うてツカ〳〵と玄関口《げんかんぐち》へかゝり「頼《たの》む、お頼《たの》みもうす」と案内《あんない》こう声《こえ》に出てきたのは一人《ひとり》の門弟《もんてい》。「ハッ、何誰様《どなたさま》でございまする」「フム、喜右衛門《きえもん》はおるか」「ハッ、なんと仰《おお》せられまする」「当家《とうけ》の主人有馬喜右衛門信賢《しゅじんありまきえもんのぶかた》はおるか」「ハッ、して貴郎《あなた》は何誰《どなた》様《さま》でございまする」「此方《このほう》か、此方《このほう》は嘗《かつ》て喜右衛門《きえもん》に剣道《けんどう》を仕込《しこ》んでやったものである。どうじゃ内《うち》か」門弟《もんてい》は暫《しば》らく面喰《めんくら》って呆《あき》れておる。「どうじゃおるか」「ハ、ハイ、たゞいま一寸《ちょっと》でられましたが御用《ごよう》のおもむきは」「フム……イヤ其許《そのもと》にもうしても通《つう》じまい。実《じつ》は喜右衛門《きえもん》、近頃武士《ちかごろぶし》らしくもない卑怯《ひきょう》なことをいたすので、いささか注意《ちゅうい》をいたそうと思《おも》うてまいった……併《しか》しどうじゃ何時頃帰《いつごろかえ》るか解《わか》らぬか」「左様《さよう》でございます、多分午後《たぶんごご》には帰《かえ》ろうかと存《ぞん》じまする」「そうか、然《しか》らばふたゝび出直《でなお》すも大儀《たいぎ》である。帰《かえ》るまで待《ま》とう。奥《おく》へ案内《あんない》をいたせ」「ハッ、ちょっとお待《ま》ちを願《ねが》いまする。一応師範代《おうしはんだい》に其旨《そのむね》をもうし聞《き》けまする」「如何《いか》ようともいたせ」「一寸御免《ちょっとごめん》を蒙《こう》むります」

道場《どうじょう》へ走《はし》りこんだ取次《とりつ》ぎの門弟《もんてい》、そこに居合《いあ》わした師範代菅野寅太郎《しはんだいすがのとらたろう》の側《そば》へよった。「師範代《しはんだい》、大変《たいへん》な気違《きちが》いがまいりました」「気違《きちが》い……そんなものを一々取《と》り次《つ》ぎにおよばんではないか。何故《なにゆえ》おい返《かえ》されん」「ところが気違《きちが》いは気違《きちが》いでございますが真面目《まじめ》な気違《きちが》いでございます」「ナニッ、真面目《まじめ》な気違《きちが》い……ハヽヽヽ、貴公《きこう》は何《ど》うかいたしておるな……気違《きちが》いに真面目《まじめ》な奴《やつ》があるものか」「ところが身扮《みな》りから言葉付《ことばつ》きまで至極真面目《しごくまじめ》らしゅうござるが、其申《そのもう》すことが異《かわ》っておるので……」「なんと申《もう》しておる」「さアそれが可訝《おか》しいので……斯《か》よう〳〵のことを申《もう》しておりまする」と武蔵《むさし》のいうたまゝを語《かた》ると「それなれば気違《きちが》いではござるまい、迂闊《うかつ》なこと申《もう》されるな。あるいは先生《せんせい》のお師匠《ししょう》かもしれぬ。定《さだ》めて御老人《ごろうじん》でござろう」「さ、御老人《ごろうじん》なれば怪《あや》しみもいたしませぬが、まだ二十年過《はたちす》ぎのもので……」「二十歳過《はたちす》ぎ……フーム、いかに先生《せんせい》とは申《もう》せ左様《さよう》な者《もの》に教授《きょうじゅ》を受《う》けられるまい。あるいは多少腕《たしょううで》ができるため慢心《まんしん》いたした奴《やつ》かもしれぬな……」「拙者《せっしゃ》も左様《さよう》に考《かん》がえまする。さいわい先生《せんせい》もお留守《るす》で無聊《ぶりょう》のおりから、このところに通《とお》して嬲《なぶ》ったうえ、充分懲《じゅうぶんこ》らしめてやっては如何《いかが》でござります」「フム、それも面白《おもしろ》かろう。しからばこれへ通《とお》さっしゃい」「畏《かし》こまりました」とふたゝび玄関口《げんかんぐち》へいって武蔵《むさし》を道場《どうじょう》へ案内《あんない》をした。「こゝは当家《とうけ》の座敷《ざしき》でござるか」「イヤ、御覧《ごらん》の通《とお》り道場《どうじょう》でござるが、承《うけた》まわれば貴郎《あなた》は当家先生《とうけせんせい》のお師匠様《ししょうさま》とやら。つきましてはわれ〳〵の門弟《もんてい》の稽古《けいこ》の模様《もよう》を御覧《ごらん》いたゞきたい」「ハヽヽヽ、左様《さよう》でござったか。なか〳〵御門弟衆《ごもんていしゅう》も沢山《たくさん》おられるらしゅうござるな」「どうでございましょう。拙者《せっしゃ》どもの先生《せんせい》の先生《せんせい》とござれば一本御教導《ぽんごきょうどう》を願《ねが》いとうござるが……」「ハヽヽ、此方《このほう》に教導《きょうどう》いたしくれと申《もう》されるか。それでは教《おし》えてやろう」

一同《どう》の門弟《もんてい》は憤慨《むかつ》いたが充分《じゅうぶん》たゝき伏《ふ》せようとする意志《いし》があるから、殊更《ことさ》ら怒《いか》りをおさえた。「では何分《なにぶん》お手柔《てやわ》らかにお願《ねが》いいたしまする。さ、どうかお支度《したく》を……」「イヤ〳〵、此方《このほう》はこれさえあれば別《べつ》に支度《したく》にはおよばぬ。何方《どなた》なりともお教《おし》え申《もう》す」と二本《ほん》の木剣《ぼくけん》をもって道場《どうじょう》の真《ま》ん中《なか》に突《つ》っ立《た》った。

◎お蔭《かげ》で肩《かた》の凝《こ》りが去《さ》った

武蔵《むさし》のありさまを見《み》た門弟《もんてい》の一人《にん》「先生《せんせい》、御冗戯《ごじょうだん》は御免《ごめん》を願《ねが》いとうぞんじまする。木剣《ぼくけん》は一本《ぽん》でなければ……」「イヤ〱、此《こ》の方《ほう》が勝手《かって》だ。イザ戦場《せんじょう》ともうす場合《ばあい》、敵《てき》が二本《ほん》三本《ぼん》の剣《けん》を持《も》っておるからと申《もう》して闘《たた》かわぬという訳《わけ》にはなるまい。さア誰《た》れからなりとも早《はや》くおいで、喜右衛門《きえもん》が帰《かえ》っては教《おし》えることはできぬぞ」「御尤《ごもっとも》のお言葉《ことば》。松本《まつもと》……貴《き》公《こう》まず御教導《ごきょうどう》を願《ねが》ってみてはどうか」指図《さしず》したのは師範代《しはんだい》の菅野《すがの》。その声《こえ》に応《おう》じて「バッ」と飛《と》びだしたのは取次《とりつぎ》にでた門弟《もんてい》である。「では先生《せんせい》、宜敷《よろし》くお願《ねが》いをいたしまする」と支度《したく》を調《とと》のえて其前《そのまえ》に突《つ》っ立《た》った。みると武蔵《むさし》の構《かま》えは全身隙《ぜんしんすき》だらけで二本《ほん》の木剣《ぼくけん》はなんのために持《も》っておるか解《わか》らぬほど。「先生《せんせい》、打《う》ちますぞ」「さア〱遠慮《えんりょ》なしに確《しっ》かりたのむぞ」「ヤッ、御免《ごめん》ッ」と一声《せい》、お面《めん》を目《め》がけて打《う》ち込《こ》んできた剣《けん》を、カチッと払《はら》うかと思《おも》いのほか、体《たい》をクルリと廻《まわ》して右《みぎ》の肩口《かたぐち》でポンとうけた。「ハヽヽヽ、貴公《きこう》はまだ大分手鈍《だいぶんてぬる》い。モッとしっかり」「なにをッ」とふたゝびくるのを今度《こんど》は左《ひだ》りの肩口《かたぐち》でポン……。「貴公《きこう》のは丸《まる》ッきり利《き》かぬな。これでは箸《はし》の先《さき》で叩《たた》くのも同《おな》じことだ。もっと力《ちから》がないのか」「なにを、これでもかッ」と大変《たいへん》な立腹《りっぷく》。剣《けん》とり直《なお》した松本《まつもと》は真向《まっこう》からウンと下《おろ》せば、相《あい》かわらず肩口《かたぐち》でポン……。「ハヽヽヽ、大分怒《だいぶんおこ》ったな。今度《こんど》はすこし利《き》いたようだが、まだ充分《じゅうぶん》にはこたえぬ」「奴《うぬ》ッ」真《ま》ッ赤《か》になって打《う》ちこむが、何遍《なんべん》やっても右《みぎ》と左《ひだ》りの肩口《かたぐち》ばかり。この体《てい》に側《そば》におった一人《ひとり》の門弟《もんてい》は見兼《みか》ねて「松本《まつもと》、貴公《きこう》のはなんじゃ。肩口《かたぐち》ばかり叩《たた》いて丸《まる》ッ切《き》り按摩《あんま》のようじゃ。なんでお面《めん》をポンといかぬ。隙《すき》だらけではないか。退《の》き給《たま》え拙者《せっしゃ》がかわる」「さ、ところが面《めん》を打《う》つ心算《つもり》だがどうも肩口《かたぐち》へはいる」「そんな馬鹿《ばか》なことがあるものか、手《て》が定《きま》らぬからだ。退《の》きたまえ」代《かわ》った門弟《もんてい》は躍起《やくき》となって打《う》ちかゝるが、これも松本《まつもと》と同様《どうよう》、肩口《かたぐち》を打《う》つばかり。するとまた一人《ひとり》が「柴田《しばた》、貴公松本《きこうまつもと》に八釜《やかま》しくいうたが相《あい》かわらず按摩《あんま》だな。退《の》き給《たま》え拙者《せっしゃ》一本相手《ぽんあいて》をしてみる」「フム、ところがどうも不思議《ふしぎ》だ。どれ程狙《ほどねら》いをつけても打《う》ち下《お》ろすと肩口《かたぐち》だから」「そんなことがあるものか、拙者《せっしゃ》は見事《みごと》に打《う》ってみる」とかわる。これも按摩《あんま》。こんな調子《ちょうし》で十数人《にん》が入れかわり立《た》ちかわり向《む》うても打《う》つのは肩口《かたぐち》ばかりで、偶《たま》たまお胴《どう》なぞを打《う》とうと思《おも》えばカチャと訳《わけ》なく打《う》ち払《はら》うが、其様下手《そのさまへた》のようで上手《じょうず》のようで、得体《えたい》のわからぬ始末《しまつ》に並居《なみい》る一同《どう》は馬鹿《ばか》らしくもあり、気味悪《きみわる》くもあって、今《いま》まで出《で》ようとした連中《れんじゅう》もボツ〳〵と尻《しり》ごみをはじめた。「吉田《よしだ》、今度《こんど》は貴公《きこう》ねがいたまえ」「イヤ拙者《せっしゃ》はやめだ、高橋貴公《たかはしきこう》はどうじゃ」「さ、どうも前刻稽古《ぜんこくけいこ》の際《さい》、少々右《しょうしょうみぎ》の腕《かいな》が痛《いた》んで未《いま》だに治《なお》らぬから」なぞと譲《ゆず》り合《お》うておる。道場《どうじょう》の中《なか》には武蔵一人《むさしひとり》突《つ》っ立《た》ったまゝ。「最早出《もはやで》られる方《かた》はござらぬか……師範代《しはんだい》、貴公《きこう》はどうじゃ、貴公《きこう》なれば少《すこ》しは利《き》きそうだ。一本教《ぽんおし》えよう」という言葉《ことば》に前刻来武蔵《ぜんこくらいむさし》を嬲《なぶ》るつもりでおった菅野《すがの》、それが反《かえ》って一同《どう》が嬲《なぶ》られておるありさまに内心非常《ないしんひじょう》に憤慨《むかつい》ておるおりから、これを聞《き》いてムッとなった。「お言葉《ことば》によって一本《ぽん》お願《ねが》いもうす」「ホヽウ、しっかりお越《こ》しなさい」「無論《むろん》のこと、力《ちから》一杯《ぱい》まいりますから宜《よろ》しゅうござるか」「いか程《ほど》なりとも御遠慮《ごえんりょ》なく」「しからば御免《ごめん》」充分支度《じゅうぶんしたく》を調《とと》のえた彼《か》れ、木剣《ぼくけん》を中段《ちゅうだん》にかまえてジリ〳〵と詰《つ》めよする。ところが武蔵《むさし》の方《ほう》では相変《あいかわ》らずダラシのない手《て》付《つ》きをもってニヤリと笑《わら》った。「大層《たいそう》なお構《かま》え、それにもおよぶまい。肩《かた》だけ打《う》って貰《もら》えばよいから」「なにをウヌッ」最早堪忍《もはやかんにん》ならぬと満身《まんしん》に力《ちから》をいれてウンと打《う》ち下《お》ろした木剣《ぼくけん》、これも身体《からだ》をクルリと振《ふ》り向《む》いて肩《かた》でポーンと受《う》けた。「流石《さすが》は師範代《しはんだい》、少々《しょうしょう》利《き》くようだ」「なにッ……」と今度《こんど》は横《よこ》に捻《ひね》ってお胴《どう》を目《め》がけてスーッと打《う》ち込《こ》むと、これは訳《わけ》なく横《よこ》十文字《もんじ》に構《かま》えてカッキと受《う》け止《と》めた。「失敗《しまっ》たッ」と菅野《すがの》は慌《あわ》てて剣《けん》を引《ひ》こうとすると、どうしたことか、丸《まる》で釘付《くぎづ》けにでもされたように、一寸《すん》も離《はな》れねばビクとも動《うご》かぬ。「オヤッ」と力《ちから》を極《きわ》めて引《ひ》けば引《ひ》く程《ほど》いよ〳〵かたく、どうしても取《と》れる途《みち》がないので、ついには試合《しあい》のことも忘《わす》れて、一生懸命阿呆《しょうけんめいあほう》が若松《わかまつ》を引《ひ》くように引《ひ》いておる。頃合《ころあい》を見計《みはか》ろうた武蔵《むさし》「ハヽヽヽ、大分御精《だいぶんごせい》がでるようでござるな、それ御用愼《ごようじん》」と十字《じ》の剣《けん》をポンと撥《は》ねれば、力《ちから》一杯《ばい》引《ひ》いておった菅野《すがの》、自分《じぶん》の力《ちから》が意外《いがい》の反動《はんどう》となって、一《ひと》たまりも無《の》う仰《あお》むけにストーンと尻餅《しりもち》をつく。「ヤッこれは師範代《しはんだい》、御《お》あぶのうござる……御教導《ごきょうどう》はこれくらいで宜《よろ》しゅうござろう。お蔭《かげ》で大分肩《だいぶんかた》の凝《こ》りがとれ申《もう》した、ハヽヽヽ」

一同《どう》の門弟《もんてい》たがいに顔《かお》を見合《みあわ》せて呆《あき》れておるが、師範代《しはんだい》の菅野《すがの》は怒《おこ》ったの怒《おこ》らぬのというところではない。頭《あたま》からポッポと湯気《ゆげ》を立《た》てゝ真《ま》ッ赤《か》となった。「御《ご》一同《どう》、いずれもお立《た》ちなさい。この気違《きちが》い叩《たた》き殺《ころ》してやらッしゃい」という言葉《ことば》に按摩《あんま》にされた一同《どう》は「オッ」と答《こた》えて木剣《ぼくけん》手《て》に手《て》に突《つ》ッたちあがった。だが武蔵《むさし》はすこしも驚《おど》ろいたさまはない。「ハヽヽヽ、これは〳〵御《ご》一同御苦労《どうごくろう》、しかし折角《せっかく》ながら最早肩《もはやかた》は充分《じゅうぶん》でござるぞ」「なにッ……」と四方《ほう》八面《めん》から打《う》ちかゝるを、二本《ほん》の木剣両手《ぼくけんりょうて》にもって、カチン〳〵と受《う》けとめては「そりゃお礼《れい》だ……」ポン「貴公《きこう》にも進呈《しんてい》……」ポン「貴公《きこう》もか……」ポン、と一人《ひとり》〳〵の肩口《かたぐち》を打《う》つ。打《う》たれたものは肩《かた》の響《ひび》きが剣持《けんも》つ腕《かいな》に伝《つた》っておもわずバラリ〳〵と投《な》げ捨《す》てゝ「まいったッ」「まいったッ」の連発。「イヤ〳〵肩口《かたぐち》ではまいるまい、なんならお面《めん》を……」「いやもう結構《けっこう》」なぞと真逆《まさか》いうまいが、道場《どうじょう》に居合《いあわ》した三四十人《にん》の門《もん》弟《てい》、一つになってワア〳〵騒《さわ》いでおる。ところへ帰《かえ》ってきたのは有馬喜右衛門信賢《ありまきえもんのぶかた》であった。玄関口《げんかんぐち》へくると道場《どうじょう》では大変《たいへん》なさわぎ声《ごえ》なのでおどろいて飛《と》びこむとこの始末《しまつ》である。「おの〳〵方《がた》どうした、菅野氏《すがのうじ》はおられぬのか。この始末《しまつ》はなにごとである静《しず》まらッしゃい」「ハヽッ」と師匠《ししょう》の声《こえ》に一同《どう》おもわず静《しず》まると、武蔵《むさし》は剣《けん》をたれて相変《あいかわ》らずニタリ〳〵と笑《わら》いながら突《つ》っ立《た》っておる。師範代菅野《しはんだいすがの》はおそる〳〵有馬《ありま》の前《まえ》へでた。「ヤッこれは先生《せんせい》お帰《かえ》り……」「オッ菅野《すがの》、お帰《かえ》りではない。自体《じたい》どうしたのだ。他《た》の者《もの》が騒《さわ》ぎ立《た》てゝも貴公《きこう》が鎮《しず》めて貰《もら》わねばならぬではないか。それに貴公《きこう》みずから其態《そのざま》はなんだ。これは汗《あせ》だらけになって息《いき》づかいさえ騒《さわ》がしゅう……」「ハッ、ところが先生《せんせい》、大変《たいへん》な気違《きちが》いがみえまして」「気違《きちが》い……気違《きちが》いなぞは相手《あいて》にせずと何故《なぜ》おい返《かえ》されぬ」「イヤ、気違《きちが》いというものゝ……どうも可訝《おかし》な奴《やつ》でございます。先生《せんせい》のことを自分《じぶん》の門弟《もんてい》であったとか、ちかごろ卑怯《ひきょう》の振舞《ふるまい》をいたすによって意見《いけん》をしてやるとか、大《おお》きなことをもうすのでございます」「ナニ此方《このほう》の師匠《ししょう》だと……すると御老人《ごろうじん》か」「さ、御老体《ごろうたい》なればあるいは左様《さよう》かとも思《おも》いますが、まだようやく二十歳《はたち》過《す》ぎ位《ぐら》いの年格好《としかっこう》で……」「二十歳過《はたちすぎ》……そんな者《もの》は存《ぞん》ぜん……それで如何《いかが》いたされた」「先生御在宅《せんせいございたく》かともうしますからお不在《るす》だというと、帰《かえ》るまで待《ま》つによって奥《おく》へ通《とお》せともうすのです」「フーム、それから」「お不在中《るすちゅう》に奥《おく》へ通《とお》すこともできませぬから、道場《どうじょう》へ通《とお》して嬲《なぶ》ってやろうと存《ぞん》じましたので」「可愛《かあい》そうに。気違《きちが》いを相手《あいて》に左様《さよう》なことをせずともよいではないか。それではいま嬲《なぶ》っておるところか。よい加減《かげん》に追《お》い返《か》えしてやれ」「ハッ、ところがどうも不思議《ふしぎ》でございます。一同《どう》が打《う》ち据《す》えようといたしますると、剣《けん》はどうしても肩《かた》より外《ほか》にはいりません。誰《た》れがでましても肩《かた》を打《う》つばかりで……」「貴公《きこう》もか……」「まったく……」「フーム、して構《かま》えはどうじゃ」「丸《まる》ッ切《き》りできていません。隙《すき》だらけの妙《みょう》な形《かたち》でございます。それで仕舞《しまい》には貴《き》公等《こうら》のお蔭《かげ》で肩《かた》の凝《こ》りが下《さ》がったなぞと減《へ》らず口《ぐち》をもうすものでございますから、ツイ一同《どう》でたゝき懲《こ》らそうとおもいまして……」「ハヽヽヽ、気違《きちが》いのために按摩扱《あんまあつ》かいにせられては存分《ぞんぶん》でござろう……シテ叩《たた》き懲《こ》らしたか」「さア、それがその……二本《ほん》の剣《けん》をもって旨《うま》く払《はら》うものですから今度《こんど》は反対《はんたい》にポン〳〵と肩《かた》を打《う》たれまして……」「ナニ、二本《ほん》の剣《けん》をもって……ハテナ……」俄《にわ》かにかんがえ初《はじ》めたところへ、武蔵《むさし》はノサリ〳〵と進《すす》み寄《よ》った。

◎自身《じしん》の師匠《ししょう》を忘《わす》れたか

喜右衛門《きえもん》の側《そば》へ進《すす》みよった武蔵《むさし》、ニタリと其顔《そのかお》をみて「オヽ、有馬《ありま》、ひさし振《ぶ》りでござったの」という言葉《ことば》に喜右衛門《きえもん》はおどろいてこれを眺《なが》めたが更《さ》らにおぼえがない。「失礼《しつれい》ながら御身《おんみ》は何誰《どなた》やらでござりましたか」「ホヽー、これは怪《け》しからん。自身《じしん》の師匠《ししょう》を忘《わす》れるとは……」「師匠《ししょう》……拙者《せっしゃ》の師匠《ししょう》は戸田先生《とだせんせい》のほかにはござらん。まして若年《じゃくねん》の御身《おんみ》ごときに師事《しじ》いたした覚《おぼ》えは更《さ》らにござらぬが」「ハッ〳〵〳〵、有馬《ありま》には大分年《だいぶんとし》をとられたの。貴公《きこう》いまより十余年前《よねんぜん》、拙者《せっしゃ》十三歳《さい》のときに一手《て》を教《おし》え遣《つか》わしたことがある、忘《わす》れたか」「ナニ……」「豊前小倉《ぶぜんこくら》の指南番宮本武左衛門《しなんばんみやもとぶざえもん》の倅《せがれ》、同苗武蔵《どうみょうたけぞう》をお見忘《みわす》れになったか」「アッ、さては彼《あ》の時《とき》の……」「どうじゃ、これでも師弟《してい》の間柄《あいだがら》ではござらぬか。それとも其際《そのさい》のことをこゝで申《もう》そうか……これ門弟衆《もんていしゅう》、お聞《き》きなさい、いまを去《さ》る事《こと》十余年以前《よねんいぜん》……」「ア、ちょッ、一寸《ちょっと》お待《ま》ちくだされ。仰《おお》せのとおり宮本殿《みやもとどの》にはいかにも拙者《せっしゃ》の師匠《ししょう》、よくお尋《たず》ねくだされた、前刻来拙者不在中門弟《ぜんこくらいせっしゃふざいちゅうもんてい》どもの無礼平《ぶれいひら》にお赦《ゆる》しくだされとう存《ぞん》ずる……」

有馬喜右衛門《ありまきえもん》、十余年前《よねんぜん》の恥《はじ》を今更《いまさ》ら門弟《もんてい》の前《まえ》で素《す》ッ破抜《ばぬ》かれてはたまらぬから惶《あわ》てゝこれを止《とど》めた。「どうも彼《あ》の際《さい》の宮本先生《みやもとせんせい》とはおもいも寄《よ》らずツイお見外《みそ》れもうして相済《あいす》みませぬ。まず取《と》りあえず座敷《ざしき》へ……」「イヤ〱、その以前御身《いぜんおんみ》に尋《たず》ねずばならぬことがござる」「いかなる儀《ぎ》で……」「外《ほか》でもござらぬ。御身《おんみ》は此方《このほう》に対《たい》しなにか怨《うら》みを含《ふく》まれることがござるか」「これはおもいもよらぬお尋《たず》ね。其後《そのご》一回《かい》の御面会《ごめんかい》もいたさぬ程《ほど》、したがって聊《いさ》さかの怨《うら》みなりとも含《ふく》む筈《はず》はござりますまい」「フムしからば卑怯《ひきょう》にも何故飛《なにゆえとび》道具《どうぐ》をもって此方《このほう》を撃《う》ち果《はた》そうとせられた。御身《おんみ》も武士《ぶし》とあれば尋常《じんじょう》に勝負《しょうぶ》を申《もう》しこまれぬ」「これは怪《け》しからぬことをうけたまわる。拙者《せっしゃ》においては毛頭左様《もうとうさよう》な覚《おぼ》えはござらぬが……」「イヤ、そうは申《もう》されまい。慥《たし》かに証拠《しょうこ》がござるぞ」「エッ、いよ〱怪《け》しからぬお言葉《ことば》。して証拠《しょうこ》と仰《おお》せられるは」「オヽ、この品《しな》は覚《おぼ》えござらぬか」と包《つつみ》を開《ひら》いて取《と》りだしたのは彼《か》の鉄砲《てっぽう》であった。喜右衛門《きえもん》はこれをながめて驚《おど》ろいた。「オッ、これは紛《まぎ》れもない拙者秘蔵《せっしゃひぞう》の品《しな》。しかも数日前或者《すうじつぜんあるもの》のために盗《ぬす》みさられたのでござるが、どうして貴郎《あなた》が……」「ではいよ〱御身《おんみ》は御存《ごぞん》じないか。実《じつ》は一昨日湯町《さくじつゆまち》の大井出川《おおいでがわ》において

「……」と当時《とうじ》の模様《もよう》をくわしく語《かた》り「其際《そのさい》右手《みぎて》に持《も》ちおりしはこの品《しな》でござるが、其者《そのもの》に対《たい》して御心当《おこころあた》りがござらぬか。人相骨格《にんそうこっかく》は斯様《かよう》々《かよう》で衣類《いるい》はしか〴〵のものを着用《ちゃくよう》いたしおったが……」「オヽ、其者《そのもの》こそ拙者《せっしゃ》の不在中《ふざいちゅう》これなる品《しな》と金子若干《きんすじゃっかん》を拐帯《かいたい》して立《た》ちさったる曲者《くせもの》が……まずお伺《うかが》いつかまつりますが夫《そ》れでは二刀流《とうりゅう》の元祖宮本武蔵先生《がんそみやもとむさしせんせい》とは貴郎《あなた》のことで……」「いかにも幼名《ようめい》は武蔵《たけぞう》ともうしたが、いまは改《あら》ためて武蔵《むさし》ともうしておる」「さては貴郎《あなた》でござりましたか。菅野《すがの》、其方等《そのほうら》いかに騒《さわ》ぐともお相手《あいて》のできぬ筈《はず》である」「ハヽッ恐《おそ》れ入《い》りました」「アイヤ有馬《ありま》、なにも相手《あいて》をいたしたのではない。過日来《かじつらい》しょう〳〵肩《かた》が凝《こ》っておったのを散《ち》らして貰《もら》った迄《まで》のこと、ハヽヽヽ、しかしこれは冗戯《じょうだん》といたしていま御身《おんみ》の尋《たず》ねた通《とお》りこの方《ほう》が武蔵《むさし》であるとすれば、どうかいたしたか」「さ、それについて実《じつ》は……」と柏木《かしわぎ》の話《はな》しを落《お》ちもなく語《かた》って「斯様《かよう》の次第《しだい》でござるが、もしやその柏木彦助《かしわぎひこすけ》なるものよりなにか意恨《いこん》をお受《う》けになる筋《すじ》はござりませぬか」「ナニ柏木彦助《かしわぎひこすけ》……オッ分《わか》った。さては彼《か》の者《もの》、その柏木《かしわぎ》であったか。柏木《かしわぎ》であれば此方《このほう》の敵《かたき》佐々木岸柳《ささきがんりゅう》とは師弟《してい》の間柄《あいだがら》をもって」と阿蘇沼《あそぬま》より聞《きい》た一条《じょう》を話《はな》すと喜右衛門《きえもん》はいよ〳〵驚《おど》ろいた。驚《おど》ろいてまずなによりも武蔵《むさし》の無事《ぶじ》であったことを悦《よろこ》び、二三月以前《がついぜん》に岸柳《がんりゅう》が萩《はぎ》の城下《じょうか》にきたこと、太守《たいしゅ》の御前《ごぜん》にでゝ御指南番《ごしなんばん》と試合《しあい》をしたこと、そのさい卑怯《ひきょう》にも宝山流《ほうさんりゅう》の振杖《ふりづえ》を用《もち》いしため不興《ふきょう》を蒙《こう》むったこと等《とう》を語《かた》って「岸柳《がんりゅう》といい彦助《ひこすけ》といい、揃《そろ》いも揃《そろ》うて卑怯《ひきょう》なる振舞《ふるまい》、今後《こんご》なにかにつけて御注意肝要《ごちゅういかんよう》かとぞんずる。また聞《き》きおよびますには彼《か》れ岸柳《がんりゅう》は燕返《つばめがえ》しの術《じゅつ》とやらもうし、敵《てき》の足《あし》をはらうことに最《もっ》とも得意《とくい》のおもむき。現《げん》に城中《じょうちゅう》において太守《たいしゅ》もこの儀《ぎ》につき非常《ひじょう》に感服《かんぷく》いたされたともうせば、これまたお心得《こころえ》までに申《もう》しあげる」「ヤ、これは重《かさ》ねぐの御注意千万辱《ごちゅういせんばんかたじ》けない……」とこれからしゆぐ雑談《ざつだん》のすえ、武蔵《むさし》の心《こころ》もまったく解《と》け、ついに更《あら》ためて師弟《してい》の盟《ちぎ》りを結《むす》ぶことゝなった。

しかるに有馬《ありま》の門弟中《もんていちゅう》には家中《かちゅう》の者《もの》もある。其者等《そのものら》がこのことを何日《いつ》しか太守《たいしゅ》の耳《みみ》へいれると、太守毛利侯《たいしゅもうりこう》には至《いた》って武芸《ぶげい》に熱心《ねっしん》の方《かた》、ことに湯町《ゆまち》の代官《だいかん》からかねて一位ヶ嶽山《いだけさん》賊退治《ぞくたいじ》のことを申《もう》しあげておったので「宮本《みやもと》が当城下《とうじょうか》におるとすれば直《ただ》ちに召《め》し出《いだ》して目《め》通《どお》りをいたさせえ」とのお言葉《ことば》。これによって家老藤井掃頭《かろうふじいかもん》より三好屋《みよしや》へお使《つか》いがある。武蔵《むさし》は恐《おそ》れいって御前《ごぜん》へでると、侯《こう》には非常《ひじょう》な御満悦《ごまんえつ》。山賊退治《さんぞくたいじ》の儀《ぎ》についてしゅぐ厚《あつ》きお言葉《ことば》があったのち「其方《そのほう》は余程武芸《よほどぶげい》に秀《ひい》で、ことに近頃《ちかごろ》二刀流《とうりゅう》の剣法《けんぽう》を編《あ》みだしたと聞《き》きおよぶ。どうじゃ、予《よ》の目通《めどお》りにおいて見《み》せてはくれまいか」「ハヽッ、未熟《みじゅく》なる某《それがし》へお手厚《てあつ》きお言葉《ことば》、まことに恐《おそ》れいりまする。何分修業中《なにぶんしゅぎょうちゅう》にござりますれば、どうかしかるべきお相手《あいて》を給《たま》わりとう存《ぞん》じまする」「フム、さっそくの承諾満足《しょうだくまんぞく》におもうぞ……これ山内《やまうち》、其方相手《そのほうあいて》をいたしてみよ」と太守《たいしゅ》の仰《おお》せ。山内《やまうち》とは当家《とうけ》の指南番山内直之進《しなんばんやまうちなおのしん》のことで、近国中武芸抜群《きんこくちゅうぶげいばつぐん》の名《な》のあるもの。「ハヽッ」とお受《う》けをして進《すす》みでた。

◎二刀流《とうりゅう》の奥儀《おうぎ》は是《こ》れで御座《ござ》る

軈《やが》て武蔵《むさし》は充分《じゅうぶん》に支度《したく》をして例《れい》の二本《ほん》の木剣《ぼくけん》を持《も》ってでる。「これは山内《やまうち》どのとやら。何《なに》分未熟《ぶんみじゅく》の某《それがし》し、どうかお手柔《てやわ》らかにお願《ねが》いいたしまする」山内《やまうち》はこれまた肩衣《かみ》をはねて下《さげ》緒《お》を十字《じ》に綾《あや》どり、頭《かしら》には後鉢巻《うしろはちまき》をしめ、袴《はかま》の股《もも》立《だ》ち高《たか》くとって、太《ふと》やかなる木剣《ぼくけん》を右《みぎ》手《て》にゝぎり、武蔵《むさし》の挨拶《あいさつ》をきいてニタリと笑《わら》った。「これは〳〵異《い》なる御挨拶《ごあいさつ》。何分《なにぶん》にも勝敗《しょうはい》は時《とき》の運《うん》。いずれ敵味方《てきみかた》とわかれた上《うえ》は斟酌御無用《しんしゃくごむよう》。どうか充分《じゅうぶん》にお打《う》ちこみをねがいたい」その傲慢《ごうまん》なる言葉《ことば》のうち、なにを青二才《あおにさい》と見下《みくだ》したようすが見透《みす》かされる。しかし武蔵《むさし》はすこしも意《い》に止《と》めた様《さま》はない。しずかに木剣手《ぼくけんて》にとって立《た》ちかまえた。これを見《み》た山内《やまうち》、太刀《たち》を青眼《せいがん》に構《かま》えてジリ〳〵と詰《つ》め寄《よ》せるその勢《いき》おいその体度《たいど》、武蔵《むさし》の穏《おだ》やかに比《くら》べて丁度荒鷲《ちょうどあらわし》が小雀《こすずめ》に向《むか》うと同《おな》じこと。したがって並居《なみい》る家中《かちゅう》の者等《ものら》は案外《あんがい》の面色《おももち》。「どうだ栗田《くりた》、宮本《みやもと》という奴《やつ》は。一位《い》ヶ嶽《だけ》で山賊《さんぞく》を退治《たいじ》たとか二刀流《とうりゅう》の元祖《がんそ》だとか威張《いば》っておるが、あの様《ざま》はなんじゃ。山内先生《やまうちせんせい》に睨《にら》まれては一向《こう》手《て》も出《で》ぬようではないか」「まったくだな。しかし宮本《みやもと》が弱《よわ》いのではなかろうが、畢竟先生《ひっきょうせんせい》が強《つよ》いのだ」「それでは同《おな》じことではないか」なぞという側《そば》で有馬《ありま》の門弟《もんてい》である家中《かちゅう》の者《もの》はまた話《はな》しが違《ちが》う。「オイ鈴《すず》木《き》、どうやら宮本先生《みやもとせんせい》は山内先生《やまうちせんせい》に按摩《あんま》をさすらしいぜ」「そんなことがあるものか。ここは太守《たいしゅ》の御前《ごぜん》だ。晴《は》れの場所《ばしょ》で真逆按摩《まさかあんま》はさせまい。第一構《だいかま》えが違《ちが》ってら。われ〳〵に按摩《あんま》をさせられた時《とき》には両剣《りょうけん》をダラシなく垂《た》れて隙《すき》だらけであったが、今日《きょう》は少《すこ》しも隙《すき》がないではないか」「それもそうだな。だがこうして見《み》たところでは山内先生《やまうちせんせい》の方《ほう》が八分《ぶ》の勝目《かちめ》があるようだな」「さア、どうも訝《おか》しい。こう段《だん》がちがうのであろうか。すれば宮本《みやもと》先生《せんせい》が山内先生《やまうちせんせい》にむこうてこんな調子《ちょうし》であれば、其弟子《そのでし》となっておる有馬先生《ありませんせい》なぞは丸《まる》ッ切《き》り雛子同様《ひよこどうよう》であるな」なぞというておる。また太守《たいしゅ》は太守《たいしゅ》で「どうも武蔵《むさし》はモッと強《つよ》いとおもうたがこの風《ふう》ではいまに山内《やまうち》のために打《う》たれるであろう」と心《こころ》の内《うち》でおもわれておる。もっとも一同《どう》の人《ひと》が斯《か》くおもうのは無理《むり》はないので、武蔵《むさし》は山内《やまうち》に打《う》ち込《こ》もうとおもえば、何時《なんどき》でも打《う》てぬでもない。しかし相手《あいて》は当国《とうこく》の指南番《しなんばん》。自分《じぶん》はいま浪人《ろうにん》の身《み》のうえ。勝《か》ったところで君侯《くんこう》からお賞《ほ》めの言葉《ことば》をいたゞくとはいえ、その君侯《くんこう》もあまり心持《こころも》ちがよくあるまい。のみならず山内《やまうち》は君侯《くんこう》に対《たい》し、また並居《なみい》る家中《かちゅう》の門弟《もんてい》に対《たい》し、面目《めんぼく》を失《うし》なうであろうと察《さっ》しておるから、進《すす》んで打《う》ちこもうとはせぬ。たゞ自分《じぶん》の身《み》をかためて負《ま》けぬようにし、ついには相打《あいう》ちをもって別《わか》れようとおもうておったのである。それで山内《やまうち》はジリ〳〵進《すす》めばジリ〳〵退《さが》り、右《みぎ》に廻《まわ》れば左《ひだ》りに逃《のが》れるという風《ふう》にひたすら避《さ》けておった。だが相手《あいて》の山内《やまうち》、武蔵《むさし》の心《こころ》の内《うち》は知《し》らぬ。たゞ頭《あたま》から青二才《あおにさい》と呑《の》んでかゝって一《ひ》と打《う》ちとおもうが、武蔵《むさし》は弱《よわ》い様《よう》でしかも兎《う》の毛《け》の隙《すき》もないから、流石《さすが》に多少《たしょう》できるだけに迂《う》闊《かつ》に打《う》ちこむともせず、ジリ〳〵詰《つ》め寄《よ》るのみであったが、そのうちだん〳〵息《いき》がはずんでくるので終《つい》に焦《いら》ってポンと打《う》ちこんだ。これをみた一同《どう》の諸氏《しょし》、おもわずアッと片唾《かたず》を飲《の》んだとき、はやくも右剣《うけん》をもって横《よこ》にはらった武蔵《むさし》、訳《わけ》なくカチンと受《う》け止《と》めて、相《あい》かわらず元《もと》の通《とお》りに構《かま》えた。「失敗《しまっ》たッ」とふたゝび剣《けん》を取《と》り直《なお》した山内《やまうち》、サッと横《よこ》に払《はろ》うたがこれもカチン、つゞいて上《うえ》から下《おろ》すのもカチン、とこんな調子《ちょうし》で十数合交《すうごうまじ》えておるうち、次第《しだい》に弱《よわ》った山内《やまうち》は眼眩《まなこくら》んでいまは足許《あしもと》も四途路《しどろ》の体《てい》、全身汗《ぜんしんあせ》じみになって綿《わた》のよう、打《う》つ剣《けん》さえ乱《みだ》れ初《そ》めた。

此時《このとき》まで武蔵《むさし》の手並《てなみ》に危惧《きぐ》の念《ねん》を抱《いだ》いておった太守《たいしゅ》、ようやく其心中《そのしんちゅう》を覚《さと》られたとゝもに其技《そのぎ》の凡《ぼん》ならぬのを感《かん》じられ「両人《りょうにん》とも待《ま》て。いずれも天《あ》ッ晴《ばれ》なる手《て》の内《うち》である」と試《し》合《あい》を止《と》められ、あらためて盃《さかずき》を賜《たま》わった。「宮本《みやもと》、聞《き》きしに勝《まさ》る其方《そのほう》の手練《しゅれん》、予《よ》の家来《けらい》ともおもうて大分遠慮《だいぶんえんりょ》をいたしおったの」「なか〱持《も》ちまして、山内《やまうち》どのには見事《みごと》なるお手《て》のうち。到底拙者共《とうていせっしゃども》の及《およ》ばぬところにござりまする」「イヤ〱、指南番《しなんばん》を其方《そのほう》の相手《あいて》にいたさせるのは予《よ》の誤《あや》まりである。どうじゃ、疲《つか》れたではあろうが、休息《きゅうそく》いたしたる後《のち》、家中《かちゅう》の者《もの》両《りょう》三名《めい》を相手《あいて》にいま一勝負見《しょうぶみ》せてはくれぬか」「何《ど》うつかまつりまして。それではまことに恐《おそ》れいりまする」「決《けっ》して恐《おそ》れ入《い》るにおよばぬ。是非《ぜひ》みせてくれるよう。もっとも此度《このたび》は遠慮《えんりょ》いたさず充分手練《じゅうぶんしゅれん》をみせて貰《もら》いたい」と強《た》ってのお言葉《ことば》。「ハッ、しからば仰《おお》せに従《した》がいまして、謹《つつ》しんでお受《う》けをいたしまする」とふたゝび家中有名《かちゅうゆうめい》の剣士《けんし》、渥《あつ》美喜平治《みきへいじ》、岡本重太郎《おかもとじゅうたろう》、木村彦太郎《きむらひこたろう》の三名《めい》を相手《あいて》に試合《しあい》をすることゝなった。

再《ふた》たび立《た》ち上《あが》った武蔵《むさし》。「未熟者《みじゅくもの》の某《それがし》し、どうか宜《よろ》しくねがいまする。ことに三本詰《ぼんつめ》なぞとはまことに恐《おそ》れ入《い》ったる次第《しだい》」「どうつかまつりまして。どうかお手和《てやわら》かに」とたがいに挨拶《あいさつ》が済《す》んで立《た》ち向《むか》う。ところが何分《なにぶん》にもすこしも油断《ゆだん》のない武蔵《むさし》。三人《にん》三方《ぼう》から打《う》ちこもうとするが、寸分《すんぶん》の隙《すき》もないために小半時《こはんどき》ばかりも息《いき》をはずませて立《た》ち佇《すく》んでおる。この様《さま》をみた太守毛利侯《たいしゅもうりこう》も、天《あ》ッ晴《ぱ》れなるものと今更《いまさ》らながら驚《おど》ろいておるおりから、気《き》の早《はや》い岡本重太郎《おかもとじゅうたろう》、かくては果《は》てじとヤッという声諸共《こえもろとも》に、頭上《ずじょう》めがけて発矢《はっし》と打《う》った木刀《ぼくとう》、武蔵《むさし》はヒラリと飛《と》んでこれを左剣《さけん》で受《う》け、右剣《うけん》をもってお面《めん》をポーンと取《と》った。おもわず「まいったッ」と引《ひ》き下《さが》る岡本《おかもと》につゞいて打《う》ちこんだのは渥美喜平治《あつみきへいじ》。これも賺《すか》して籠手《こて》を取《と》る。後《あと》にのこった木村彦太郎《きむらひこたろう》、この隙《すき》に付《つ》け入《い》って真向《まっこう》から打《う》ち下《おろ》そうとするを、武蔵《むさし》はこゝぞと左右《さゆう》の木剣《ぼくけん》を十字《じ》に持《も》ってガラリと絡《から》んだ其速《そのはや》さ、家中《かちゅう》の内《うち》でも指南番《しなんばん》に亜《つ》いで其腕《そのうで》を誇《ほこ》っておった木村《きむら》も、これにはどうすることもできぬ。ハッとおもうて突《つ》けども引《ひ》けどもピリ〳〵動《うご》きもできればこそ全《まっ》たくの大盤石《だいばんじゃく》同様《どうよう》。このとき武蔵《むさし》は静《しず》かに太守《たいしゅ》の方《ほう》を見上《みあ》げて「恐《おそ》れながらこれにて申《もう》しあげまする。これが二刀流《とうりゅう》の十字《じ》の剣《けん》。この剣《けん》は斯《か》ように打《う》ちこみまする」と言上《ごんじょう》すると同時《どうじ》に右剣《うけん》をパッと外《はず》して木村《きむら》の頭上《ずじょう》へポン。いまゝでは絡《から》まれた剣《けん》を抜《ぬ》くために、汗《あせ》を流《なが》して夢中《むちゅう》になっておった木村《きむら》、おもわぬ一本《ぽん》に首《くび》を縮《ちぢ》めて「まいったッ」

この有様《ありさま》を見《み》ておった一同《どう》の人々《ひとびと》、声《こえ》を揃《そろ》えてアッと賞《ほ》めそやす中《なか》にも太守《たいしゅ》は一しおの満足《まんぞく》。さまぐ\なるお賞《ほ》めの言葉《ことば》があったのち「当地《とうち》に滞在《たいざい》いたし二刀流《とうりゅう》を家中《かちゅう》のものに伝《つた》えてはくれぬか」との御懇望《ごこんもう》。しかし武蔵《むさし》には望《のぞ》みのある身体《からだ》。思《おも》いを遂《と》げるまでは同《おな》じところに足《あし》を止《とめ》ることができぬから「ハヽッ、仰《おお》せ身《み》に余《あま》って辱《かた》じけなく候《そう》らえど、いさゝか志望《しぼう》ございますれば此度《このたび》はどうも……」と強《しい》てお断《こと》わりを申《もう》しあげ、非常《ひじょう》なる面目《めんぼく》を施《ほど》こして三好屋《みよしや》へと引《ひ》きとる。さて其後《そのご》両三日《りょうにちたいざい》滞在しておったが、別《べつ》に敵《かたき》の手《て》がゝりもない様子《ようす》なので、三好屋《みよしや》の主人《しゅじん》へ礼《れい》をのべ、有馬《ありま》にも別《わか》れをつげていよく\広島《ひろしま》さして出立《しゅったつ》することゝなった。

◎剣術《けんじゅつ》の立派《りっぱ》な先生《せんせい》

萩《はぎ》の城下《じょうか》を後《あと》にした武蔵《むさし》、これから石州《せきしゅう》を経《へ》て芸州広島《げいしゅうひろしま》にむこうたが、道中別段取《どうちゅうべつだんと》りたてゝいう程《ほど》のことはない。ようやく城下《じょうか》へかゝったのは其《その》三四日目《かめ》の正午《ひる》すぎである。城下《じょうか》の入口《いりくち》にあった一軒《けん》の立場茶屋《たてばちゃや》へ這入《はい》ってまず休息《きゅうそく》をした。老爺《おやじ》のだす渋茶《しぶちゃ》を呑《の》みながら「爺《じい》さんこゝは広島《ひろしま》の城下《じょうか》であるな」「左様《さよう》でございます」「どうじゃ、御城下《ごじょうか》に剣術《けんじゅつ》の先生《せんせい》は沢山《たくさん》あるか」「へエ〱ございますとも。何分《なにぶん》お殿様《とのさま》が武張《ぶばっ》たことがお好《す》きでございますから、御家中《ごかちゅう》の方《かた》はいずれも御熱心《ごねっしん》で、どれもこれも先生方《せんせいがた》ばかりでございます」「イヤ、これは此《こ》の方《ほう》の聞《き》きようが悪《わる》かった。其何《そのな》んだ、町道場《まちどうじょう》を開《ひら》いておられる先生《せんせい》は沢山《たくさん》あるかと申《もう》すのだ」「へゝゝゝ、左様《さよう》でございますか……それは随分彼方此方《ずいぶんあちこち》にあるように聞《き》いておりまするが、何分《なにぶん》こんな商売《しょうばい》をいたしておりますものですから詳《くわ》しゅうぞんじません」と返答《へんとう》に困《こま》っておるとき、傍《かた》わらにおった仲間体《ちゅうげんてい》の者《もの》が口《くち》をだした。「貴方《あなた》、その町道場《まちどうじょう》をお尋《たず》ねでございますか」「いかにも。実《じつ》はみかけの通《とお》り武芸修業《ぶげいしゅぎょう》のもの。どうか御城下《ごじょうか》のうち、立派《りっぱ》なる先生《せんせい》を教《おし》えられたい」「そうですな。立派《りっぱ》な先生《せんせい》の町《まち》道場《どうじょう》というとどれが一番《ばん》か解《わか》りませんが、まず当時盛《とうじさか》んなは白倉《しらくら》の先生《せんせい》でございましょう。この先生《せんせい》はようやく一年《ねん》ばかり以前《いぜん》にお開《ひら》きになったのですが、なか〱立派《りっぱ》なもので今《いま》ではお弟子《でし》の百人余《にんあま》りもございましょうかな……」「あゝ左様《さよう》でござるか。してその白倉先生《しらくらせんせい》とはいずれの辺《へん》で。こゝから大分遠方《だいぶんえんぼう》であるかの」「ナーニこの筋《すじ》を真《ま》ッ直《す》ぐに行《ゆ》けば直《す》ぐでございます」「それは忝《かたじ》けない」とやがてこゝを立《た》ちいでゝ教《おし》えられたまゝ白倉《しらくら》の道場《どうじょう》へ向《むか》う。（編者《へんしゃ》いう、院本俗説《いんぽんぞくせつ》には白倉《しらくら》を備前岡山《びぜんおかやま》となすとも芸州広島《げいしゅうひろしま》が真《しん》に近《ちか》きをもってこゝには此説《このせつ》を取《と》る）

さて武蔵《むさし》は仲間《ちゅうげん》からきいた通《とお》りだん〳〵御城下《ごじょうか》にはいってくると、なるほど立派《りっぱ》な道場《どうじょう》がある。門口《かどぐち》には剣法指南《けんぽうしなん》と筆太《ふでふと》、其下《そのした》には稍小《ややちい》さく白倉源右衛門《しらくらげんえもん》と記《し》るした看板《かんばん》をかゝげ、夥多《あまた》の門弟《もんてい》らしいのが出這入《ではい》りをしておるようす。暫《しば》らく表《おもて》に佇《たたず》んでおったがやがて玄関《げんかん》へとはいった。「お頼《たの》み申《もう》す」という声《こえ》に一人《ひとり》の門弟《もんてい》「何誰《どなた》でござる」「拙者《せっしゃ》は豊前《ぶぜん》小倉《こくら》の者《もの》でござるが、このたび武術修業《ぶじゅつしゅぎょう》のため諸国漫遊《しょこくまんゆう》をいたす途次《とじ》、本日御城下《ほんじつごじょうか》を通行《つうこう》いたしたるところ、計《はか》らず当先生《とうせんせい》の御高名《ごこうめい》を承《うけた》まわり、わざ〳〵お尋《たず》ねいたしたる次第《しだい》。先生御在宅《せんせいございたく》でござればどうか其旨《そのむね》お伝《つた》え下《くだ》されたい」「左様《さよう》でござるか。してお名前《なまえ》はなんと仰《おお》せられる」「別《べつ》に申《もう》し上《あげ》る程《ほど》の者《もの》でもござらぬが、名前《なまえ》は宮本武蔵政名《みやもとむさしまさな》とお伝《つた》え下《くだ》されたい」「承知《しょうち》いたした。しばらくお控《ひか》えを……」と奥《おく》に通《つう》じた上《うえ》、間《ま》もなく出《で》てきて道場《どうじょう》に案内《あんない》し、こゝで二三の門弟《もんてい》、および先生《せんせい》の白倉《しらくら》と仕合《しあい》を試《ここ》ろみたのであるが、この勝負《しょうぶ》はいう迄《まで》もなく例《れい》の十字《じ》の構《かま》えで苦《く》もなく武蔵《むさし》の勝《かち》となったので、その模様《もよう》は萩《はぎ》の城下《じょうか》の夫《そ》れと変《かわ》りがないから省《はぶ》く。さて白倉《しらくら》は最初武蔵《さいしょむさし》をみた時《とき》にはその若年《じゃくねん》とみて侮《あな》どったけれども、意外《いがい》な手《て》の内《うち》におどろいて俄《にわ》かに叮重《ていちょう》に扱《あつこ》うた。「失礼《しつれい》ながらお若《わか》いに似《に》ず見事《みごと》なるお手《て》の内《うち》。存《ぞん》ぜぬことゝはもうせ前刻来無礼《ぜんこくらいぶれい》の段平《だんひら》にお赦《ゆる》し下《くだ》されたい」「これは痛《いた》み入《い》ったる御挨拶《ごあいさつ》。未熟《みじゅく》なる某《それがし》、誤《あや》まって勝《かち》を頂戴《ちょうだい》いたしたる迄《まで》……」「イヤ〱御謙遜《ごけんそん》では恐《おそ》れいりまする。なか〱拙者共《せっしゃども》のおよばぬところ。つきましては御迷惑《ごめいわく》ではござろうが、しばらく御滞在《ごたいざい》の上何卒御教導《うえなにとぞごきょうどう》をお願《ねが》いもうす」と切《せつ》に勧《すす》める言葉《ことば》につれ、武蔵《むさし》もこの城下《じょうか》では何《なに》か岸柳《がんりゅう》の手《て》がゝりを探《さ》ぐろうと思《おも》うておるのでこれ幸《さい》わいと「御教導申《ごきょうどうもう》しあげる力《ちから》もござらぬが折角《せっかく》のお言葉《ことば》。それでは両《りょう》三日《にち》の御厄介《ごやっかい》をお願《ねが》いもうす」とこゝに足《あし》をとめることゝなった。

それから一日二日《にちふつか》と逗留《とうりゅう》しておるうち、白倉《しらくら》も他意《たい》ないもてなし、武蔵《むさし》もその厚意《こうい》に感《かん》じて万事心《ばんじこころ》に隔《へだ》てを措《お》かぬようになって、たがいに胸《むね》の内《うち》を明《あ》かさんばかりになった。或《ある》日《ひ》の事両人雑談《ことりょうにんざつだん》のすえ、ついに身《み》の上《うえ》におよんでいろ〱語《かた》るところがあった。フト白倉《しらくら》は武蔵《むさし》に向《むこ》うて「ときに宮本先生《みやもとせんせい》、一度《ど》はお伺《うかが》いいたそうと存《ぞん》じておったのは外《ほか》ではござらぬ。失礼《しつれい》ながら先生程《せんせいほど》のお腕前《うでまえ》をもって最早御修業《もはやごしゅぎょう》にもおよぶまいと存《ぞん》ずるに、なお此上廻国御修業《このうえかいこくごしゅぎょう》をなさるは何《なに》かお望《のぞ》みのあることゝお察《さっ》しもうす。つきましてはおよばずながら事情《じじょう》によって御力《おちから》になることもござろうにより、どうかお聞《き》かせを願《ねが》いたい」「これは御親切《ごしんせつ》なるお尋《たず》ね。お言葉《ことば》によってお話《はな》しいたすが、実《じつ》は……」と父武左衛門横死《ちちぶざえもんおうし》のことから、佐々木岸柳《ささきがんりゅう》を敵《かたき》として探《さ》ぐるための廻国《かいこく》なることを語《かた》り「かようの次第《しだい》にござれば万《まん》一岸柳《がんりゅう》の居所《きょしょ》を御存《ごぞん》じではござるまいか。彼《か》れ、小倉《こくら》を立《た》ちのきたる以来《いらい》、中国筋《ちゅうごくすじ》に逃《のが》れたとやら。さすれば多分《たぶん》、当御城下《とうごじょうか》へも足《あし》を入《い》れたることゝ存《ぞん》ずるが……」「エッ、佐々木岸柳《ささきがんりゅう》……」とすこぶる驚《おど》ろいたのが、殊《こと》さらさりげない色《いろ》を装《よそ》おうて「いかにも一二ヶ月《げつ》以《い》前《ぜん》当城下《とうじょうか》へまいったことがござるが、いまは何《いず》れにまいったやら確《しか》とは存《ぞん》ぜぬ……なれども聊《いさ》さか心当《こころあた》りがござれば数日《すうじつ》の内《うち》に聞《き》き合《あわ》すでござろう」「エッ、お心当《こころあた》りがござるとか……どうか宜敷《よろしく》お願《ねが》いもうす」と勇《いさ》み勇《いさ》んで武蔵《むさし》のたのむに反《はん》し、白倉《しらくら》はにわかに穏《おだ》やかならぬ面地《おももち》となって、なんとなく様子《ようす》ありげに見《み》えた。

◎蒸風呂《むしぶろ》の御馳走《ごちそう》

武蔵《むさし》の内心《ないしん》を聞《きい》た白倉《しらくら》、にわかに何事《なにごと》か考《かん》がえはじめた。毎夜微醺《まいよびくん》を含《ふく》んですこぶる機《き》嫌《げん》のよいに反《はん》し、其夜《そのよ》は一間《ひとま》に籠《こも》って深《ふか》く沈《しず》んでおる。しかし武蔵《むさし》は居間《いま》の離《はな》れておるために其事《そのこと》を気付《きづ》かぬらしい。ところが腹心《ふくしん》の門弟《もんてい》、海野助三《うんのすけぞう》というのがその様子《ようす》を覚《さと》った。覚《さと》ったから心許《こころもと》なげに、居間《いま》へおそる〳〵進《すす》みいった。「先生《せんせい》、どこか御気分《ごきぶん》でもお悪《わる》いのでございますか」「オヽ海野《うんの》か。別《べつ》に不快《ふかい》でもない」「でござりますれば重畳《ちょうじょう》ながら、なんとなく浮《う》かぬ面地《おももち》。如何《いかが》なされました」「ムヽ……イヤ別《べつ》になんともない。心配《しんぱい》いたしてくれるな」「ハッ、重《かさ》ねてお尋《たず》ねいたしますが失礼《しつれい》ながら、どうも左様《さよう》に思《おも》われませぬ。なにか深《ふか》き御様子《ごようす》これあるように察《さっ》しまする。先生《せんせい》とは師弟《してい》のあいだ。身《み》に叶《かな》いますことなれば如何《いか》ようの儀《ぎ》にてもいたしまする。どうか御腹蔵《ごふくぞう》なく仰《おお》せられとう存《ぞん》じまする」「フーム、左様《さよう》に見《み》えるか……。実《じっ》は思《おも》いもよらぬことが出来《しゅったい》いたした」「ヘエッ、いかなることで……」「さ、余《よ》の儀《ぎ》ではない。先般太田川《せんばんおおたがわ》に船遊《ふなあそ》びの際《さい》、思《おも》わぬことから一命《めい》助《たす》けられた佐々木《ささき》という先生《せんせい》があったろう」「ヘエ〳〵先生《せんせい》が御酒《ごしゅ》のために御入水《ごじゅすい》なされた時《とき》……」「いかにも……其際《そのさいすく》助われた佐々木《ささき》先生《せんせい》は、いま滞在中《たいざいちゅう》の宮本《みやもと》のためには実父《じっぷ》の敵《かたき》であるそうだ」「ヘーエ」「しかし宮本《みやもと》のためには假令敵《たとえかたき》であろうとも此《こ》の方《ほう》のためには恩人《おんじん》だ。その恩人《おんじん》を狙《ねら》うものが一家《か》の内《うち》にいてそのまゝ免《のが》すことは両刀《りょうとう》の手前《てまえ》できまい」「ご尤《もっと》もでございまする」「ついてはいま我《わ》が家《や》におるを幸《さい》わい討《う》ち果《はた》して恩人《おんじん》のために禍《わざ》わいを絶《た》たねばなるまいと思《おも》うのではあるが何分《なにぶん》にも相手《あいて》は知《し》っての通《とお》り油断《ゆだん》のならぬ奴《やつ》……なんとか仕方《しかた》のないものであろうか」「左様《さよう》でござりまする……」とこゝで両人《ふたり》が相談《そうだん》の結果《けっか》、さいわい近頃新築《ちかごろしんちく》をした蒸風呂《むしぶろ》の中《なか》に欺《あざ》むき入《い》れ、外《そと》から充分《じゅうぶん》に戸《と》を閉《た》てゝ蒸《む》し殺《ころ》そうということになって、翌日《よくじつ》からそれが準備《じゅんび》にとりかゝった。

　武蔵《むさし》においても元《もと》よりそんな悪計《たくみ》のあることゝはしらぬ。ただ過日《かじつ》、白倉《しらくら》が数日《すうじつ》のうちに岸柳《がんりゅう》の在所《ありか》を尋《たず》ねるというた言葉《ことば》を頼《たよ》りとして今日《きょう》か明日《あす》かと待《まっ》ておると、或《ある》日《ひ》道場《どうじょう》の稽古《けいこ》をすんだ時《とき》、白倉《しらくら》は武蔵《むさし》に向《むこ》うて何気《なにげ》のういうた。「ときに宮本先生《みやもとせんせい》、御承知《ごしょうち》でもござろうが、かねて普請《ふしん》を致《いた》しておった蒸風呂《むしぶろ》ようやく昨日竣成《さくじつしゅんせい》いたしたについて本日焚初《ほんじつたきぞ》めをいたしたが、一風呂《ふろ》お這入《はい》りをねがいたい」「ヤッ、これはどうも結構《けっこう》でございまする。しからば遠慮《えんりょ》なく頂戴《ちょうだい》をつかまつる」「さアく御《ご》ゆるりとお這入《はい》りを……これ誰《た》れか御案内《ごあんない》をいたせ」

何事《なにごと》もしらぬ武蔵《むさし》はやがて門弟《もんてい》の案内《あんない》によって風呂場《ふろば》へはいり、中央《ちゅうおう》の腰掛《こしか》けに腰《こし》を掛《か》けて湯気《ゆげ》に打《う》たれておると、火気《かき》が次第《しだい》に激《はげ》しゅうなって、横手《よこて》の溝《みぞ》から熱湯《ねっとう》さえ注《そそ》ぎいって、みるく湯殿《ゆどの》一面《めん》に湛《たた》えんありさま。武芸《ぶげい》には無敵《むてき》の武蔵《むさし》もこれには堪《た》え得《う》る道理《どうり》がない。驚《おど》ろいて腰掛《こしか》けに飛《と》びあがり、側《そば》の板戸《いたど》をたゝいて「コレ御門人《ごもんじん》、どうも大変《たいへん》に湯《ゆ》が流《なが》れこんで堪《た》えられぬ。コレなんとかいたして下《くだ》され」と声《こえ》を掛《か》けるが、外《そと》から応《おう》じる模様《もよう》もないのみか、湯《ゆ》はますく激《はげ》しゅう流《なが》れこんでその蒸気《じょうき》の苦《くる》しいことは一通《とお》りではない。ついには堪《た》えかねて裸体《はだか》のまゝ飛《と》びだそうと、入口《いりくち》の戸《と》に手《て》をかけると、一分《ぶ》の隙《すき》も開《あ》く模様《もよう》もないのではじめて気《き》がついた。「さては計略《けいりゃく》をもって此方《このほう》を討《う》とうとするか、卑怯《ひきょう》な奴《やつ》」と心《こころ》はあせってしきりに憤慨《ふんがい》しておるが、四方《ほう》は一寸板《すんいた》をもって頑丈《がんじょう》な拵《こし》らえなので、力量《りきりょう》においても普通以上《ふつういじょう》の武蔵《むさし》であるが到底《とうてい》打ち破《やぶ》ることはできぬか、遂《つい》には百計《けい》つきて、「最早《もはや》この上《うえ》は命《めい》を天《てん》のまゝに任《まか》すより仕方《しかた》があるまい……が避《さ》け得《え》られるものだけは避《さ》けてみよう」と諦《あき》らめた後《のち》は注《そそ》ぎいる熱湯《ねっとう》をさけ、腰掛《こしか》けの上《うえ》に昇《のぼ》って湧《わ》き返《かえ》るような湯気《ゆげ》の内《うち》に心《こころ》を定《さだ》めて沈黙《ちんもく》しておった。ところが白倉《しらくら》の方《ほう》では首尾《しゅび》よく武蔵《むさし》を風呂場《ふろば》へおし籠《こ》めたうえ、外《そと》から錠《じょう》を下《お》ろして多《おお》くの門弟《もんてい》を指図《さしず》なし、ドン〳〵焚《た》きたてるもの、熱湯《ねっとう》を注《そそ》ぎ入《い》れるもの、焚物《たきもの》を運《はこ》ぶもの、水《みず》を汲《く》む者等《ものとう》それ〴〵手分《てわけ》をして半時《はんとき》ばかりを続《つづ》けると、最初《さいしょ》の内《うち》こそ中《なか》では激《はげ》しく狂《くる》う様《さま》も聞《きこ》えたが、時《とき》の経《た》つに従《した》ごうておい〳〵沈《しず》まり、いまでは熱湯《ねっとう》の注《そそ》ぐ音以外何等《おといがいなんら》の聞《きこ》えるものがない。この模様《もよう》に一同《どう》の心《こころ》はようやく緩《ゆる》んだらしい。「先生《せんせい》どうでしょう、最早音《もはやおと》がいたしませんが……」「されば、大分湯《だいぶんゆ》を入《い》れたろうな」「左様《さよう》でございます。最初《さいしょ》から担桶《になない》に二十杯《ぱい》ばかりも入《い》れましたから、中《なか》は多分熱湯《たぶんねっとう》の池《いけ》のようでございましょう。御覧《ごらん》なさいませ、この辺《へん》の戸《と》の隙《すき》から湯《ゆ》が溢《あふ》れておりまする」「フーム、これではいかな宮本《みやもと》も助《たす》かるまい。最早大丈夫《もはやだいじょうぶ》であろう。ハヽヽヽ脆《もろ》いものであるな」「左様《さよう》でございます。どうでしょう、ちょっと開《あ》けてみましょうか。あまり蒸《ゆ》で過《す》ぎては油《あぶら》が抜《ぬ》けましょうから」「ハヽヽヽ、鶏肉《かしわ》や豚《ぶた》ではあるまいし……しかし今暫《いましば》らく捨《す》てゝおけ。湯《ゆ》は入《い》れずともよいから」「畏《かし》こまりました」

中《なか》におる武蔵《むさし》は何分《なにぶん》一寸板《すんいた》で四方《ほう》を張《は》りつめられておるから、こんな話《はな》しは元《もと》より聞《き》き得《う》べき筈《はず》がなく、腰掛《こしかけ》の上《うえ》に黙座《もくざ》しておるので僅《わず》かに熱湯《ねっとう》の厄《やく》だけは免《のが》れておるとはいえ、立《た》ちのぼる湯気《ゆげ》は四方《ほう》に籠《こ》めて息《いき》も満足《まんぞく》にできかねる。夫《そ》れのみならず湯殿《ゆどの》一円《えん》に湛《たた》えた湯《ゆ》は漸次《ぜんじ》にその嵩《かさ》をまして刻《こく》一刻其台《こくそのだい》を呑《の》み、やがては足《あし》の先《さき》からチクリ〱と焦熱《しょうねつ》地獄《じごく》の苦痛《くつう》を嘗《な》めさせようとする危急《ききゅう》の場合《ばあい》であるから、よし聞《きこ》えたところで耳《みみ》を藉《か》すべき予猶《よゆう》はない。ただ無念《むねん》の感《かん》にうたれ、歯《は》を喰《く》いしばって瞑目《めいもく》しておるのみであった。

此《こ》んな調子《ちょうし》でやゝ半時計《はんどきばか》りもたったころ、物凄《ものすご》い響《ひび》きを伝《つた》えてたえず注《そそ》ぎ込《こ》まれておった熱湯《ねっとう》の音《おと》は俄《にわ》かに止《や》み、濛々《もうもう》と立《た》ちこめた湯気《ゆげ》はなんとなく薄《うす》らいだ様子《ようす》。すでに覚悟《かくご》はしておるとはいえ万《まん》一の血路《けつろ》を需《もと》めておった武蔵《むさし》、わずかに一縷《る》の望《のぞ》みを抱《いだ》いておもわず目《め》をひらくと、いまゝで滝《たき》のように流《なが》れ込《こ》んでおったそれは僅《わず》かに点々《てんてん》と落《お》ちる滴《しずく》となったのみならず、いまにも腰掛台《こしかけだい》を没《ぼっ》し去《さ》ろうとまで湛《たた》えたものが、いつしか戸《と》の隙《すき》から溢《あふ》れでるか、次第《しだい》に減少《げんしょう》の跡《あと》を腰板《こしいた》にとゞめて、やがては足《あし》の甲《こう》を没《ぼっ》するに足《た》らぬまでとなった。それさえあるに、触《ふ》るゝところことぐ〱く焼《や》き爛《ただ》らさんばかりの熱度《ねつど》をもっておったのがその減退《げんたい》につれて漸《よう》やく冷《さ》め、いまはかすかに湯気《ゆげ》をたてゝ只《た》だ微温《びおん》をとゞむるに過《す》ぎぬ。この体《てい》に一時夢《じゆめ》かとばかり悦《よろ》こんだ武蔵《むさし》、また一面疑惧《めんぎぐ》の念《ねん》にかられぬでもない。というのは卑怯《ひきょう》なる白倉《しらくら》、熱湯《ねっとう》をもって苦《くる》しめた上《うえ》さらになん等《ら》かの策《さく》を施《ほどこ》すものであろうと思《おも》うたのである。で弛《ゆる》んだ心《こころ》を更《さ》らに取《と》りなおし、油断《ゆだん》なく四方《ほう》に目《め》を配《くば》っておった。

◎オヽまだ生《い》きておる

風呂場《ふろば》の外《そと》では白倉《しらくら》はじめ一同《どう》の門弟《もんてい》、たがいに小話《ささや》いておる。「どうだろう。いかな二刀流《とうりゅう》でもこれでは駄目《だめ》だろう」「そりゃ無論《むろん》のことだ。二刀流《とうりゅう》は愚《おろ》か五刀流《とうりゅう》、十刀流《とうりゅう》でもこれには敵《かわ》うまい」「しかし大概《たいがい》であけて見《み》てはどうだろう。もう充分蒸《じゅうぶんゆ》だったか音《おと》もせぬから……」「さ、拙者《せっしゃ》も蛸《たこ》の蒸《ゆ》でたのは、しばく見《み》るが、武者修業《むしゃしゅぎょう》の蒸《ゆ》でたのは見《み》たことはない。一つあけて参考《さんこう》のため拝見《はいけん》をしようかな」「ハヽヽヽ、だが万《まん》一飛《と》び出《だ》したならばどうする」「そうだな、まず二杯酢《はいず》でもかけて酒《さけ》の肴《さかな》にでもいたそう」「アハヽヽヽ、まず冗談《じょうだん》は別《べつ》として先生《せんせい》に伺《うか》ごうてみよう」「さ、それがよかろう。多分真《たぶんま》ッ赤《か》になって倒《たお》れていようから、其様《そのさま》がみたいな。貴公先生《きこうせんせい》に申《もう》してみたまえ」「ウム、伺《うか》がおう……」と一人《ひとり》の門弟《もんてい》はかたわらに休《やす》んでおった白倉《しらくら》の前《まえ》へいって「先生《せんせい》、どうでございましょう、一つあけて見《み》ましょうか」「フム、もう大丈夫《だいじょうぶ》であろうな……しかし気《き》を付《つ》けねばいけぬぞ。万《まん》一死《し》んでなかったらば大変《たいへん》であるから」「ナーニ大丈夫《だいじょうぶ》でございましょう。もう丸《まる》ッ切《き》りウンともスンとも云《い》いませぬから」「しからば静《しず》かにあけて見《み》さっしゃい」「ハッ、畏《かし》こまりました」と戸口《とぐち》に立《た》ちより、錠前《じょうまえ》を外《はず》してソッと二三寸開《ずんひら》き、おそる〳〵中《なか》を覗《のぞ》いた。ところが中《なか》の武蔵《むさし》、今度《こんど》はどんなことをするだろうと油断《ゆだん》なく考《かんが》えておると戸口《とぐち》に当《あた》ってガチャ〳〵ッと音《おと》がする。オヤッと思《おも》うて目《め》を付《つ》ければ間《ま》もなくスーッと二三寸《ずん》あいたので、逃《のが》れるのは今《いま》ッと脱兎《だっと》の様《よう》な勢《いきお》いをもって内方《うちら》から更《さ》らにガラリと開《あ》けるやいなや、サッと飛《と》びだして一人《ひとり》の門弟《もんてい》を行成《いきな》り引《ひ》ッ摑《つか》み、手玉《てだま》に取《と》って激《はげ》しく投《な》げつけておいて、自分《じぶん》の居間《いま》へ飛《と》び込《こ》み、早《はや》く衣装万端身仕度《いしょうばんたんみじたく》をとゝのえておったが、おどろいたのは白倉方《しらくらがた》のめん〳〵。「オヤッ、まだ生《い》きておったのか、こりゃ大変《たいへん》だッ」といずれも逃《に》げる用意《ようい》をしておると、源右衛門《げんえもん》は呆《あき》れながらも「それッ早《はや》く殺《や》ってしまえ。生《い》かしておいては大変《たいへん》だ」とこれまた慄《ふる》えて差図《さしず》をしておる。なれどもつね〴〵武蔵《むさし》の手並《てなみ》を知《し》っておる門弟《もんてい》「貴公《きこう》まず出給《でたま》え」「ナニ、貴公《きこう》こそ腕自慢《うでじまん》でないか。拙者《せっしゃ》は門口《かどぐち》に待《ま》っておる」「門口《かどぐち》に。してどうするのだ」「何《いず》れ彼奴《きゃつ》は逃《に》げ出《だ》すだろう。其時《そのとき》に飛《と》びだしてスッパリ殺《や》ってやる」「今出《いまで》ると少々険呑《しょうしょうけんのん》だから、各々方《おのおのがた》にまかす」なぞと譲《ゆず》り合《お》うておるところへ、身仕度《みじたく》をした武蔵《むさし》は阿修羅《あしゅら》の荒《あ》れたように飛《と》びかゝった。「己《おの》れ卑怯《ひきょう》な奴《やつ》、覚悟《かくご》をしろッ」と手近《てじか》の門弟《もんてい》から手当《てあ》り次第手玉《しだいてだま》に取《と》って投《な》げる、打《う》つ、蹴飛《けと》ばす、あるいは踏《ふ》み殺《ころ》すというありさまに、いずれも気《き》を呑《の》まれてワッ〳〵と騒《さわ》ぎ廻《まわ》るばかり。こうなっては白倉《しらくら》も今更《いまさ》ら逃《に》げるわけにもならぬ。自分《じぶん》の居間《いま》に飛《と》び込《こ》んで、鴨《かも》居《い》にかけた槍《やり》をおっ取《と》り、リュウ〳〵と扱《しご》いて立《た》ち向《むか》う。この体《てい》に怒《いか》りに怒《いか》った武蔵《むさし》は、左手《ゆんで》を延《の》ばして一人《ひとり》の門弟《もんてい》の帯際《おびぎわ》をとり、宙《ちゅう》に吊《つる》して小楯《こだて》にかまえ、右手《みぎて》に大剣抜《だいけんぬ》きはなちてサッと飛《と》びかゝると、此《こ》の拍子《ひょうし》にヤッと突《つ》きだした白倉《しらくら》の槍先《やりさ》きは今《いま》しも武蔵《むさし》が宙《ちゅう》に吊《つる》した門弟《もんてい》の脇腹《わきばら》へグッサと差《さ》す。「失敗《しま》ッた」とふたゝび繰《く》り出《だ》さんとするとき、はやくも打《う》ち下《おろ》した武蔵《むさし》の太刀《たち》は、その肩口《かたぐち》から脇腹《わきばら》かけて斜《なな》めにバラリズンと切《き》ったので、一とたまりもなく打《ぶ》ったおれる。これをみて残《のこ》った門弟《もんてい》、今《いま》さらながらに驚《おど》ろいて「ソリャッ」と逃《に》げだすを、手当《てあ》り次第《しだい》に追《お》うては切《き》る。たちまちの内《うち》に白倉《しらくら》をはじめ斬《き》り捨《す》てた総数《そうすう》三十余名《よめい》の多《おお》きにおよんだ。と見《み》ると最早相手《もはやあいて》はおらぬようすに「畢竟白倉《ひっきょうしらくら》の方《ほう》から無法《むほう》なる手出《てだ》しをしたのであるから、なにも後暗《うしろぐら》いことはないが、何分多数《なにぶんたすう》の人命《じんめい》を絶《た》ったことなれば、結局罪《けっきょくつみ》は免《まぬ》がれるにしたところが、其調《そのしら》べの終《おわ》るまでは牢内《ろうない》に繋《つな》がれるは必定《ひつじょう》。望《のぞ》みのある身体《からだ》ではそれが面倒《めんどう》」と心《こころ》を定《さだ》めて裏口《うらぐち》から逃《のが》れいで、当途《あてど》もなくヒタ走《はし》りに走《はし》った。もっとも前刻来《ぜんこくらい》の騒《さわ》ぎに日《ひ》は何時《いつ》しかトップリくれて、前後《ぜんご》も解《わか》りかねる暗《やみ》。したがって何《いず》れが何《いず》れとも見《み》わけはつかぬ。城下《じょうか》は何時《いつ》の間《ま》に距《はな》れたか、街道《かいどう》を通《とお》ったか、畦道《あぜみち》を通《とお》ったかもしれぬ。たゞ夢中《むちゅう》となって凡《およ》そ六七里《り》というものはヒタ走《はし》りに走《はし》ったが、余《あま》りの疲《つか》れに息《いき》を吐《つ》ごうと、フト四辺《あたり》を見廻《みまわ》せば、月《つき》は何時《いつ》しか中空《ちゅうくう》に懸《かか》って身《み》は見《み》もなれぬ山《やま》の中《なか》におった。方角《ほうがく》も確《しか》と解《わか》らねば何処《どこ》の山《やま》やら元《もと》より分《わか》らない。其内《そのうち》疲《つか》れはいよ〳〵はなはだしゅう、腹《はら》さえ飢《す》いて身体《からだ》は綿《わた》のように最早《もはや》一寸《すん》の地《ち》も動《うご》くいきおいはない。流石《さすが》の勇士《ゆうし》も途方《とほう》に暮《く》れておもわず行《ゆ》く手《て》をみると、はるかの彼方《かなた》に一宇《う》の辻堂《つじどう》らしきものが目《め》についた。此《こ》の上《うえ》はこれに頼《たよ》って住《す》む人《ひと》があれば幸《さい》わいに助《たす》けを乞《こ》い、もしなければ一夜《や》を明《あ》かしてなんとか定《さだ》めようとおもうたから、這《は》わんばかりに辿《たど》りたどってようやく着《つい》てみれば荒《あ》れはてた辻堂《つじどう》で人《ひと》の住《す》んでおる様子《ようす》もなければ、安置《あんち》した仏体《ぶったい》すらあるかないかの様子《ようす》。一時《じ》は落胆《らくたん》をしたものゝ、結句《けっく》この方《ほう》は心安《こころやす》しと、朽《く》ち果《は》てた扉《とびら》をおしひらき、手《て》さぐりながらも中《なか》に入《い》って元々通《もともとどお》り入口《いりぐち》を閉《と》じ、身体《からだ》を横《よこ》たえたとおもえば、いつしか眠《ねむ》って前後不覚《ぜんごふかく》。

◎横面《よこづら》をポカリ

疲《つか》れたとはいえ何処《どこ》とも知《し》らぬ山中《さんちゅう》の辻堂《つじどう》におもわずも寝入《ねい》った武蔵《むさし》、夢《ゆめ》は故郷《ふるさと》の昔《むか》しに溯《たど》って僅《わず》かに心《こころ》を慰《なぐ》さめておる際《さい》、どこともなく俄《にわ》かに只《た》だならぬ悲鳴《ひめい》が起《おこ》って眠《ねむ》りを破《やぶ》った。おどろいて頭《あたま》をあげた武蔵《むさし》、四辺《あたり》をみると身《み》は暗《やみ》に閉《とざ》された辻堂《つじどう》の中《なか》であるから手《て》さぐりながらも扉《とびら》を透《とお》して透《すか》してみると、月《つき》は最早落《もはやお》ちてあやめさえみえぬが、いつの間《ま》に何処《どこ》からきたか、三四人《にん》の荒男《あらおとこ》はかたわらに篝《かがり》を焚《た》いて、一人《ひとり》の女《おんな》を中《なか》に挟《はさ》み、いまにも怪《け》しからぬ行為《しょぎょう》におよぼうとしておるのを、これを拒《こば》む女《おんな》は一生懸命《しょうけんめい》、金切《かなき》り声《ごえ》をだして救《すく》いを求《もと》めておるのであった。人事《ひとごと》とはいえ目前《もくぜん》にこの様《さま》をみては元《もと》より我慢《がまん》はできぬ。我《わ》が身《み》の疲《つか》れも忘《わす》れてムク〳〵と起《お》き上《あが》った武蔵《むさし》は、ソッと扉《とびら》をあけて静《しず》かに立《た》ちいで、一人《ひとり》の後《うしろ》へ廻《まわ》ったと同時《どうじ》、力《ちから》をこめた右手《みぎて》をもってその横顔《よこがお》をポカリッと打《う》つ。打《う》たれてキャッと二三間飛《げんと》ばされた奴《やつ》、そのまま両眼《りょうがん》抜《ぬ》けだして平駄張《へたば》ったまゝに極楽往生《ごくらくおうじょう》を遂《と》げたが、驚《おど》ろいたのは残《のこ》った二人《ふたり》。「兄弟《きょうだい》どうした」「オイしっかりせんかい……オヤ訝《おか》しいぞッ」というしろから、又《また》もや一《ひ》と打《う》ちピシャッ……。「アッ」とこれも二言《ごん》なく倒《たお》れる。するといま一人《ひとり》の奴《やつ》、はじめて武蔵《むさし》の姿《すがた》が目《め》についたらしい。「オヤッ、こん畜生兄弟《ちくしょうきょうだい》の敵《かたき》……」と山刀《やまがたな》を抜《ぬ》いて切《き》りつけるのを、バッと身《み》をかわした武蔵《むさし》は拳《こぶし》をかためてウンと脇腹《わきばら》に一《ひ》と当《あ》てあてゝ気絶《きぜつ》せしめる。さて女《おんな》はとみれば、心《こころ》が緩《ゆる》んだゝめか、又《ま》たことの意外《いがい》におどろいたか、これも気《き》を失《うし》のうておるようす。取《と》りあえず介抱《かいほう》をして息《いき》を吹《ふ》き返《か》えさせ、ことの始末《しまつ》をたずねた。「これ女中《じょちゅう》、気《き》を確《たし》かにもたっしゃい。最早《もはや》心配《しんぱい》するにおよびませぬ。悪者《わるもの》どもはいずれも此《こ》の通《とお》りでござるから安心《あんしん》をするがよい」わずかに目《め》を開《ひら》いた婦人《ふじん》、両手《りょうて》をついて「ハイ、まことに有《あ》り難《がと》うぞんじまする」「して、いずれの御人でいかなる事にござる。委細をもうされよ」「ハイ、妾《わた》しは秋山村《あきやまむら》の名主吉《なぬしよし》村久左衛門《むらきゅうざえもん》の妻《つま》あいと申《もう》すものでございまする。今日《こんにち》はからず下男《げなん》をつれ親籍《しんせき》へまいりまして帰《かえ》りの途中《とちゅう》、これ等《ら》のものに出会《であ》いましてアレッというまもなく下男《げなん》は追《お》い散《ち》らされ、妾《わた》しを無理無体《むりむたい》に担《かつ》ぎましたるまゝ、このところまで伴《つ》れてまいりましたのでございまする」「フーム、それはおもわぬ御災難《ごさいなん》。実《じつ》におん気《き》の毒《どく》のいたり。しかし最早御心《もはやごしん》配《ばい》におよばぬ……まず待《ま》たっしゃい」と待《ま》たしておいて、次《つ》ぎに当《あ》てを入《い》れた一人《にん》のもの〻、脇腹《わきばら》抱《かか》えてウンと一活《かつ》。「これッしっかりしろ、どうじゃ気《き》がついたか」パッと目《め》を覚《さま》した件《くだん》の奴《やつ》「ヘッ……どうぞお助《たす》けを……」「不埒《ふらち》な奴《やつ》だ、其方《そのほう》は日常《しじゅう》か〻ることを致《いた》しておるのであろう」「メ、滅相《めっそう》もない……ツイその……出来心《できごころ》でございますのでどうかお助《たす》けを……以後《いご》は決《けっ》していたしませぬから……」「フム、仕儀《しぎ》によっては助《たす》けぬでもない……がまず尋《たず》ねる。自体《じたい》こ〻はどこじゃ」「ヘッ」「何国《なにくに》のなんと申《もう》す山《やま》だ……」「ヘッ……貴郎御存《あなたごぞん》じがないので」「しらぬ」「ヘーッ、それでは何処《どちら》からお越《こ》しになりましたので」「フムその……オヽそれ〳〵……下界《げかい》の悪者《わるもの》どもを退治《たいじ》いたすために、たゞいま天《あま》降《くだ》ったところだ」「ヘエーッそれでは天狗様《てんぐさま》のお仲間《なかま》……」「ま、左様《さよう》のものじゃ」「エヽッ、そ、それではド、どうか……お助《たす》けを……ケッ、決《けっ》して以後《いご》は……」「左様《さよう》のことを聞《きい》てはおらぬ。兎《と》に角《かく》こ〻は何《な》んと云《い》うところだ」「ヘッ、タッ、鷹巣山《たかのすやま》の……ツ……つゞきの峯《みね》で……シッ志和峠《しわとうげ》ともうします」「なんじゃ、タッ鷹巣山《たかのすやま》のつゞきでシッ志和《しわ》峠《とうげ》ともうすか」「イッ、否《いや》……その……ツイ、タッ、鷹巣《たかす》……」「ハヽヽ、それでは鷹《たか》の巣山《すやま》のうち、志和峠《しわとうげ》ともうすのだな」「サッ左様《さよう》で……」「して国《くに》は何国《なにくに》だ」「ヘッ、芸《げい》州《しゅう》で……」「フーム、まず解《わか》った。それから彼《か》の婦人《ふじん》のもうす秋山村《あきやまむら》とやらはどの辺《へん》じゃ」「この北《きた》の……フッ、麓《ふもと》で……」「そこから担《かつ》ぎ上《あ》げてきたのか……怪《け》しからぬ奴《やつ》である」「ヘッ、マ、まことに申《もう》し訳《わけ》はございません、どうぞ……何《ど》うぞ御救《おたす》けを……」「されば、其方《そのほう》ごときの生命《いのち》を取《と》ったところで仕方《しかた》はないが、しかし是《こ》れみよ。其方《そのほう》の仲間《なかま》は二人《ふたり》共目《ともめ》を剥《む》いて死《し》んでおるぞ。しかるに其方一人助《そのほうひとりたす》けるのはいさゝか片手落《かたておち》であるな」「メ、ヽ、滅相《めっそう》もない。ケッ決《けっ》して片手落《かたてお》ちでは……ございませぬ。最《さい》、最初私《さいしょわた》しがその……とめたのでございますが、コッ、この二人《ふたり》の野郎《やろう》が……」「こりゃ左様《さよう》のことを聞《き》くにおよばぬ。それでは拙者《せっしゃ》のもうすことを聞《き》くか。聞《き》けば助《たす》けてやらぬでもない」「ヘッ、イ、生命《いのち》さえお助《たす》け下《くだ》されば……いかようのことでも……」「しからば拙者同道《せっしゃどうどう》いたすにより、この女中《じょちゅう》を負《お》んぶ致《いた》して送《おく》ってまいれ」「ヘッ、ドッ、どこまで……」「しれたことだ。その秋山村《あきやまむら》とやら申《もう》すところの宅《たく》までゞある」「ヘッ……」「さ、早《はや》く負《お》んぶを致《いた》せ……これ女中《じょちゅう》、拙者《せっしゃ》が付《つ》いてまいるによって安心《あんしん》をいたされい……」「ア、モシ……それだけはドッ、どうぞ御許《おゆる》しを……ウッ、迂闊《うかつ》にまいってはサッ、作男《さくおとこ》が沢山《たくさん》ありますので……」「ナニッまいらぬか。まいらねば已《やむ》を得《え》んによって助《たす》けることはならぬ」「でござりましょうが……ド、どうぞ……私《わた》しには親《おや》……が」と、とう〳〵泣《な》きだした。「こりゃ泣《な》くにはおよぶまい。此者《このもの》の宅《たく》へ参《まい》ったところで強《あな》がち生命《いのち》をとると申《もう》すのではない。送《おく》りさえいたせば万《まん》一作男《さくおとこ》が如何《いか》ようのことをいたすとも拙者《せっしゃ》から申《もう》して助《たす》けてやる。どうじゃそれでも行《ゆ》かぬか」「ヘッ……」こうなっては絶体絶命《ぜったいぜつめい》で仕方《しかた》がない。ついにおあいを負《お》うて武蔵《むさし》の前《まえ》に立《た》ち、こゝから二里余《りあま》りもある秋山村《あきやまむら》へとスタ〳〵やってきた。

話《はな》し代《かわ》って、秋山村《あきやまむら》の吉村方《よしむらかた》には下男《げなん》の注進《ちゅうしん》によって大騒《おおさわ》ぎをはじめた。たゞちに数《すう》十人《にん》の作男《さくおとこ》を八方《ぽう》に手分《てわ》けして、こゝか彼方《かしこ》かと手《て》を尽《つく》して尋《たず》ねたが更《さ》らに行衛《ゆくえ》がわからぬ。久左衛門《きゅうざえもん》は、奥《おく》の座敷《ざしき》に座《すわ》って今《いま》になんとか便《たよ》りがあろうかと、マンジリともせず居《お》るうちに、東《ひがし》の空《そら》は次第《しだい》に明《あ》け初《そ》めて、暁《あかつき》つげる鳥《とり》の声《こえ》は遠近《おちこち》より聞《きこ》え初《そ》める。これがため殆《ほと》んど絶望《ぜつぼう》の淵《ふち》に沈《しず》んだとき、一人《ひとり》の下男《げなん》は突如《とつじょ》として勇《いさ》ましくはいってきた。「旦那《だんな》さま、お喜《よろ》こびなさいませ。ようやく知《し》れました」「ナニッ、おあいの在所《ありか》がわかったか」「ヘエ〳〵、解《わか》るのなんのじゃございません。たゞいまチャーンとお帰《かえ》りになりました」「エッ真実《ほんと》か……誰《た》れが尋《たず》ねだした。すぐこゝへ呼《よ》べ」「ヘッ、其連《そのつ》れてお帰《かえ》りになったのは一人《ひとり》のお武家《ぶけ》と、なんだか変《へん》テコな男《おとこ》でございます。なんでも聞《き》きますのに志和峠《しわとうげ》で御《ご》災難《さいなん》にお遇《あ》いなされておるところをお武家《ぶけ》に助《たす》けられたとやらで……兎《と》に角《かく》お顔《かお》を見《み》たものでございますから、取《と》りあえずお知《し》らせにまいりました」「オヽそれは御苦労《ごくろう》、兎《と》に角此方《かくこちら》へお通《とお》しもうせ」「畏《かし》こまりました」と下男《げなん》の立《た》ち去《さ》ったあと、にわかに活気《かっき》ついた久左衛門《きゅうざえもん》、座敷《ざしき》の内《うち》を廻《まわ》り歩《ある》いてよろこんでおる。此《こ》のところへ案内《あんない》につれて這入《はい》ってきたのは武蔵《むさし》とおあいの両名《りょうめい》である。久左衛門《きゅうざえもん》は今更《いまさ》らながら慌《あわ》てたように、武蔵《むさし》を上座《じょうざ》に通《とお》して座蒲団《ざぶとん》に据《す》える、茶《ちゃ》を下男《げなん》に促《うな》がす、煙草盆《たばこぼん》の火入《ひい》れをにわかに掻《か》き廻《ま》わす、暫《しば》らくは大騒《おおさわ》ぎであった。やがて武蔵《むさし》はしずかに座蒲団《ざぶとん》の上《うえ》に座《すわ》って「アコレ御主人《ごしゅじん》、どうかお棄《す》ておきくだされ。お構《かま》いくださるな。まずお控《ひか》え下《くだ》されたい」久左衛門《きゅうざえもん》はこの声《こえ》に平蜘蛛《ひらぐも》のようにペタリと武蔵《むさし》の前《まえ》に平伏《へいふく》をした。「これはお武家様《ぶけさま》、もうし遅《おく》れまして相《あい》済《す》みませぬ。私《わた》しは当家《とうけ》の主人吉村久左衛門《しゅじんよしむらきゅうざえもん》と申《もう》すものにござります。委《くわ》しくは未《いま》だ伺《うか》がいませぬが、何《ど》うやら家内《かない》の儀《ぎ》につきまして種々御厄介《しゅじゅごやっかい》に相成《あいな》りましたるおもむきなんともはや御礼《おれい》の申《もう》し様《よう》もなき次第《しだい》。まことに有《あ》り難《がと》うぞんじまする」「ヤ、御叮重《ごていちょう》なるお言葉《ことば》、反《かえ》って痛《いた》み入《い》りまする。別《べつ》に左様《さよう》お礼《れい》をもうさるゝ程《ほど》のこともござらねば、御門前《ごもんぜん》よりお暇申《いとまもう》そうとぞんじたなれど、たってのお言葉《ことば》によって厚顔《あつかま》しくも御意《ぎょい》を得申《えもう》した」

「恐《おそ》れいりまする。つきましてはいまお一人《ひとり》お連《つ》れがあった御様子《ごようす》。その御人《ごじん》は……」「アイヤ、それは聊《いさ》さか仔細《しさい》のあるもの。最早用事《もはやようじ》もすみましたるにより、御門前《ごもんぜん》より立《た》ち去《さ》らせました」「ヘーン、では此女《これ》の御厄介《ごやっかい》になりましたる御人《ごじん》ではござりませんので……」

「ハ、、、、まず厄介《やっかい》ともうせば、どうも大変《たいへん》な厄介《やっかい》になりましたる者《もの》。兎《と》もあれ委細《いさい》は御家内《ごかない》からお聞《き》きなされば宜《よろ》しゅうござろう」という側《そば》から、おあいは未《いま》だ治《おさ》まらぬ涙《なみだ》を拭《ぬぐ》いながら「モシ旦那様《だんなさま》、昨夜来《さくやらい》このお武家様《ぶけさま》に非常《ひじょう》な御厄介《ごやっかい》になりまして、大変《たいへん》なところをお助《たす》け下《くだ》さいました。実《じつ》はコレ〳〵かく〳〵の次第《しだい》で……」と、ことの始末《しまつ》を落《お》ちもなくかたると、久左衛門《きゅうざえもん》は大悦《おおよろ》こび。「よくお前《まえ》も助《たす》かった。これと申《もう》すもお武家《ぶけ》のお蔭《かげ》。まことにあり難《がと》うござりまする。実《じつ》は昨日下男《さくじつげなん》が飛《と》んで帰《かえ》っての話《はな》し。もしや猫《ねこ》が……」「御亭主《ごていしゅ》、御中言《ごちゅうげん》でござるが、その猫《ねこ》とやらは何《な》んでござる」「オ、、これは私《わた》しとしたことが。御存《ごぞん》じのないことに口《くち》を滑《す》べってまことにすみませぬ。これはそのツイ……なんでございまする。なんでもないことで……」「イヤ〳〵御様子《ごようす》はなにか意味《いみ》ありそうに察《さっ》せられる。お差支《さしつか》えなくばお聞《き》かせくだされ」「おそれ入《い》ります」と話《はな》しのおりから、見事《みごと》なる饗応《もてなし》をもって朝飯《あさめし》の食膳《しょくぜん》をもち運《はこ》んできたので、にわかに話《はな》しを転《てん》じて「何分《なにぶん》田舎《いなか》のことでお口《くち》に合《あ》うものはございませぬが、どうか御遠慮《ごえんりょ》なく充分《じゅうぶん》に召《め》し上《あが》られたい。なお昨夜来非常《さくやらいひじょう》にお疲《つか》れと察《さっ》しますれば、まず取《と》りあえず一献《こん》を。私《わた》しも失礼《しつれい》ではござりまするが、さいわい朝飯《ちょうはん》がすみませぬからお相伴《しょうばん》をさして頂《いた》だきまする」「これは御《ご》挨拶痛《あいさついた》みいる。では遠慮《えんりょ》なく頂戴《ちょうだい》つかまつる」と、何分前日昼食以来飲《なにぶんぜんじつちゅうしょくいらいの》まず食《く》わずで夜道《よみち》をかけて、七八里《り》を歩《ある》いたうえ、強《つよ》くはなくとも荒男三《あらおとこ》人《にん》と闘《たたこ》うたのであるから腹《はら》の空《す》いたこと甚《はなは》だしかったのであろう。一礼《れい》すましたのち、箸《はし》をとって食《く》うは飲《の》むは大変《たいへん》なもの。やがてそれも済《す》んだのち、ふたゝび聞《き》きはじめた。「どうも空腹《くうふく》のおりから思《おも》わず頂戴《ちょうだい》つかまつった。ときに御主人《ごしゅじん》、先刻《せんこく》の猫《ねこ》のお話《はな》しは……」「イヤどうも思《おも》わぬことを口外《こうがい》いたしまして相済《あいす》みませぬ。まずお疲《つか》れでござりましょうから、ゆるりとお休《やす》みくだされませ。なおお差支《さしつか》えござりませねば、どうか何日迄《いつまで》なりとも御滞在《ごたいざい》くださりませ。そのうちお話《はな》しをいたしますることもござりましょう」といろ〳〵尋《たず》ねても語《かた》ることを避《さ》けるようす。なにか深《ふか》い訳《わけ》のあることゝおもうたが、何分昨日来《なにぶんさくじつらい》の疲労《ひろう》に酒気《しゅき》さえ加《くわ》わったので、強《しい》ては尋《たず》ねず、勧《すす》められるまゝ別間《べつま》において臥床《ふしど》に入《い》った。

◎話《はなし》をすれば忽《たちま》ち祟《たた》る

兎角人《とかくひと》の心《こころ》というのは妙《みょう》なもので、隠《かく》そうとすれば殊更《ことさら》に見《み》たくなり、聞《き》かさぬと云《い》えばいよ〳〵聞《き》きたくなるのは誰《た》れしも同《おな》じことである。武蔵《むさし》は端《はし》なく久左衛門《きゅうざえもん》の洩《も》らした猫《ねこ》ということが何《ど》うも気《き》にかゝって忘《わす》れられぬ。臥床《ふしど》から覚《さ》めてのゝちも、またその翌《よく》日《じつ》もこのことを尋《たず》ねようとするが、意味《いみ》ありげに避《さ》けて少《すこ》しも要領《ようりょう》をえぬ。はじめは何気《なにげ》なく尋《たず》ねたのであるけれども、斯《こ》うなっては何時《いつ》しか好奇《こうき》の心《こころ》が添《そ》うて、是非尋《せひたず》ねねば心《こころ》がすまぬような気持《きもち》となった。それで主人《しゅじん》がいわねば下男《げなん》に聞《き》こうと、或者《あるもの》に窃《ひそ》かにそのことをたゞすと、これまた様子《ようす》ありげに口《くち》を緘《つぐ》んでなにごとをも語《かた》らぬ。次《つい》で二三の作男《さくおとこ》にこの話《はなし》をすれば、中《なか》には顔色変《かおいろか》えて逃《に》げだすものもある始末《しまつ》。こうなっては好奇心《こうきしん》以外《がい》、さらに或《あ》る心《こころ》が動《うご》いてどうしても究《きわ》めようとおもうた。それで武蔵《むさし》がこの家《や》へきた三《みっ》日目《かめ》のことである。久左衛門《きゅうざえもん》の手隙《てすき》をみてまたもたずねた。「ときに御主人《ごしゅじん》、此程来再三《このほどらいさいさん》御探《おたず》ねをいたす猫《ねこ》の一件《けん》、どうも深《ふか》き意味《いみ》のあるように察《さっ》せられるが、今日《こんにち》は枉《ま》げてお話《はな》しをくだされたい」と決心《けっしん》の色《いろ》を現《あら》わしていいでるので、遂《つい》に久左衛門《きゅうざえもん》も我《が》を折《お》ったらしい。「ヘッ、この儀《ぎ》についてしば〱のお尋《たず》ね、元《もと》より大恩《だいおん》のある貴郎《あなた》のことでございますから、決《けっ》してお言葉《ことば》に背《そむ》きとうはないのではございますがこればかりは何《ど》うももうし兼《か》ねる事情《じじょう》がございますので……」「さ、その事情《じじょう》と申《もう》すのはいかようの次第《しだい》でござる。さらば猫《ねこ》のことよりもまずその事情《じじょう》からうけたまわりたい」「ヘッ夫《そ》れではその訳《わけ》だけ申《もう》しあげますによって夫《そ》れ以上《いじょう》は御尋《おたず》ねないように願《ねが》いまする」「フム、先《ま》ず話《はな》されたたい。そのうえにて如何《いか》ようとも勘考《かんこう》いたすから。して如何《いか》なる訳《わけ》でござる」「ヘッ、実《じつ》はこうでございまする。この猫《ねこ》にはいろ〱訳《わけ》がございますが、誰《た》れ人《びと》でもこのことを口《くち》にいたしますると。忽《たちま》ち其場《そのば》へ正体《しょうたい》を現《あら》わして祟《たた》りますので……ヘイ……これだけお話《はな》しいたしまするも何《な》んとなく気持《きも》ちが悪《わる》うございますから、どうぞこの事《こと》はこれ切《き》りで御止《おや》めをねがいまする」「ハヽヽヽ、左様《さよう》のことでござったか。いかに祟《たた》っても猫《ねこ》。万物《ばんぶつ》の霊長《れいちょう》たる人間《にんげん》……」「ア、モシ、お願《ねが》いでござりまする。此《こ》のことだけは……」「では強《し》いてもうしますまい。しかし尚一寸《なおちょっと》おうかゞいいたすが、その話《はな》しをする以外別《いがいべつ》に害《がい》を加《くわ》えるというようなことはござらぬか」「さ、それもどうかお探《たず》ね無《な》きように」「これはまた大変《たいへん》に御気《おき》が小《ちい》そうござるな。しからばこれも御探《おたず》ねいたすまい。だがかほどのこと、訳《わけ》もわからずにおるはゝなはだ心外《しんがい》に心得《こころえ》る。されば口外《こうがい》いたして御主人《ごしゅじん》に祟《たた》るとあれば申《もう》し訳《わけ》ござらぬによって紙《かみ》へでもお書き下《くだ》されては如何《いかが》でござろう。さすればいかなる猫《ねこ》かは存《ぞん》ぜぬが、真逆文字《まさかもじ》まで解《かい》すまい。もっとも拙者《せっしゃ》は御邸宅内《ごていたくない》で拝見《はいけん》いたさぬことゝするから」「左様《さよう》でございます。その点《てん》までは確《しか》と存《ぞん》じませんが……宜《よろ》しゅうございまする。左程《さほど》までお尋《たず》ねになるのを申《もう》し上《あ》げぬのもはなはだ失礼《しつれい》。ヤッ畏《かし》こまりました。認《したた》めましょう。なれどもまことに勝手《かって》でございまするが、こゝではどうも書《か》き悪《にく》うございますから、向《む》うの畑《はたけ》の中《なか》にございまする番小屋《ばんごや》の中《なか》で書《か》きまする」「それはいかようとも結構《けっこう》」「尚《なお》まことに申《もう》しかねまするが、私《わたし》一人《ひとり》ではゝなはだ心細《こころぼそ》うございますによって、両刀《りょうとう》お差《さ》しになった貴郎《あなた》、恐《おそ》れ入《い》りまするが側《そば》にお立会《たちあい》を願《ねが》いとうぞんじまするが……」「ハヽヽヽヤッ面白《おもしろ》い。いかにも承知《しょうち》つかまつった。ではこれより願《ねが》われるでござろうか」「かしこまりました。それでは直《ただ》ちに支度《したく》をいたさせましょう」

武蔵《むさし》の切《せつ》な頼《たの》みに断《こと》わりかねた久左衛門《きゅうざえもん》は、ついに除《の》っ引《ぴ》きできず、書類《しょるい》をもって書《か》き現《あら》わすことを承諾《しょうだく》したとは云《い》え、それでも自分《じぶん》の邸内《ていない》では気味《きみ》が悪《わる》いところから、畑中《はたなか》の番小屋《ばんごや》で書《か》くということゝなったのである。でたゞちに下男《げなん》にいいつけて掃除《そうじ》をせしめ、やがて武蔵《むさし》を連《つ》らって其処《そのところ》へ赴《おもむ》いた。みると二坪《つぼ》ばかりの荒小屋《あらごや》。まず汚《むさ》くろしいものだけは取《と》りかたづけて、蓆《むしろ》を布《し》きつめ、座布団《ざぶとん》、机《つくえ》、火鉢《ひばち》なぞは持《も》ち運《はこ》ばれてあった。「かようの処《ところ》でまことに汚《むさ》くろしゅうございますが、何分《なにぶん》にも其《その》……万《まん》一のことがございましては大変《たいへん》なので、どうか御辛抱《ごしんぼう》をお願《ねが》いいたしまする」「イヤ〳〵拙者《せっしゃ》こそ御辞退《ごじたい》の儀《ぎ》を強《しい》てお願《ねが》いいたし、定《さだ》めて御迷惑《ごめいわく》と察《さっ》するが、何分《なにぶん》かようのことを耳《みみ》にいたすと充分聞《じゅうぶんき》きたゞさねば気《き》のすまぬ性分《しょうぶん》でござるによって……」「恐《おそ》れ入《い》りまする。左《さ》ようなれば一寸《ちょっと》御免《ごめん》を蒙《こう》むりまして大略《あらまし》を書《か》き付《つ》けまする」「オヽ、どうか左様《さよう》ねがいたい」

久左衛門《きゅうざえもん》は机《つくえ》に凭《もた》れて筆《ふで》を執《と》りはじめた。武蔵《むさし》は側《そば》に座《すわ》って此《こ》の体《てい》をながめておると、一筆書《ふでか》いては四方《ほう》を見廻《みまわ》し、また一筆書《ふでか》いては、気持《きもち》の悪《わ》るそうな様子《ようす》。武蔵《むさし》は見兼《みか》ねてついに言葉《ことば》をかけた。「御主人《ごしゅじん》一体《たい》どうせられた」「ヘッ、何分《なにぶん》にも其《その》……何《な》んでございますから、ツイ……」「ハヽヽヽ、お気遣《きづか》いなさるな。何事《なにごと》がござろうとも拙者《せっしゃ》が引《ひ》き受けるから御心配御無用《ごしんぱいごむよう》」「ヘッ、それはそうでございましょうが」といいながら筆《ふで》をとる。暫《しば》らくすると又《ま》たもや同一《どういつ》のことを繰《く》り返《かえ》す。武蔵《むさし》はそれを宥《なだ》めて勢《いき》おいを付《つ》ける。ふたゝび筆《ふで》を持《も》つという風《ふう》にして漸《よう》やく書《か》き終《お》わったのは半紙《はんし》五六枚《まい》。「ヘッ、まず掻《か》いつまんだところは斯《か》ようの通《とお》りで……」「ヤッ、これはどうもお気《き》の毒《どく》でござった。では拝見《はいけん》つかまつる……フーム一つ化《ば》け猫《ねこ》の由来《ゆらい》……」「モシ、お声《こえ》を揚《あ》げて読《よ》みますると、何時《なんどき》出《で》てまいるかも知《し》れませぬから、どうぞそれだけは……」「ハヽヽ、でござるか。しかし拙者《せっしゃ》は悪《わる》い性質《せいしつ》でどうも黙読《もくどく》はできかねるでな」「へー、それは困《こま》りますな。それでは此地《このち》御出立《ごしゅったつ》のゝち、いずれか離《はな》れたところでお読《よみ》をねがいとうぞんじまする」「だがかようのものは片時《へんじ》もはやく見《み》たいものであるから……フムしからばこういたそう。今晩《こんばん》この小屋《こや》を拝借《はいしゃく》して、こゝで拙者一人《せっしゃひとり》読《よ》めば差支《さしつか》えがなかろう」「エーッ、お一人《ひとり》で……私《わた》しの方《ほう》は差支《さしつか》えのあるないは宜《よろ》しゅうございまするが、それでは貴郎大変《あなたたいへん》でござりまするぜ」「イヤ拙者《せっしゃ》のことはどうでもよい。御主人《ごしゅじん》さえ御承諾《ごしょうだく》くださるれば」「ヘエヘイ私《わた》しは決《けっ》して差支《さしつか》えございませんが、何分《なにぶん》にも噂《うわ》さをすれば忽《たち》まち出《で》てまいりまして其者《そのもの》に祟《たた》るのですから、声《こえ》をあげてお読《よ》みになれば、丸《まる》でそれを待《ま》つようなもので……」「オヽ、それを拙者《せっしゃ》は望《のぞ》むのでござる。これまで諸々《しょしょ》でかような噂《うわ》さを聞《き》くことはあるけれども未《いま》だ一回《かい》も見《み》たことはない。一度《ど》は見《み》たいと思《おも》うておるおりから、丁度《ちょうど》さいわいである」「エッ、御冗談《ごじょうだん》ではございません。みれば生命《いのち》は助《たす》かりませんから……」「ナーニ、生命《いのち》くらいはどうでもよい。御主人《ごしゅじん》の方《ほう》へさえ迷惑《めいわく》のかゝらねば……」と大層《たいそう》ないきおい。これにて久左衛門《きゅうざえもん》は我《が》を折《お》った。「ではこれも已《やむ》を得《え》ませぬが、それなれば私《わた》しはこれから帰《かえ》りますによって、いまからゆるりと御覧《ごらん》なされませ」「フム、拙者《せっしゃ》もたゞいま読《よ》もうとおもうたが、よく考《かん》がえてみると矢《や》ッ張《ば》り夜中《やちゅう》の方《ほう》が凄味《すごみ》があってよいな。どうも妖怪変化《ようかいへんげ》の類《たぐ》いは日中面白味《にっちゅうおもしろみ》がうすい。また出《で》る方《ほう》でも日《ひ》がカン〳〵いたしておれば一寸道具立《ちょっとどうぐだ》てに苦《くる》しむであろう。まず今晩《こんばん》九ッ頃《ごろ》（今《いま》の十二時《じ》）から参《まい》ろう」

これには久左衛門《きゅうざえもん》も呆《あき》れて二の句《く》を次《つ》げぬ。「ヘーエ、左程《さほど》まで仰《おお》せられますれば最早《もはや》何事《なにごと》ももうしませぬ。なれども充分御注意《じゅうぶんごちゅうい》をなさらねば、これまで立派《りっぱ》なお武家《ぶけ》が二三人《にん》酷《ひど》い目《め》にお逢《あ》いになったことがありますから」「左様《さよう》でござるか。御注意辱《ごちゅういかたじ》けないが、思《おも》い立《た》ったことは今更《いまさら》どうも止《や》めることはできぬ。是非今晩《せひこんばん》は出直《でなお》してまいるから」「左《さ》様《よう》でございますか。では最早日《もはやひ》の暮《く》れるには間《ま》もございますまい。兎《と》に角《かく》一応引《おうひ》きとりましょう」と一先《ひとま》ず帰《かえ》ったが、さて久左衛門《きゅうざえもん》の記《し》るしたその由来《ゆらい》というのはこうである。数《すう》年前《ねんぜん》、この秋山村《あきやまむら》にある老婆《ろうば》があった。性来《せいらい》の猫好《ねこず》きか、兎《と》に角其家《かくそのや》に飼《こ》うておった一疋《ぴき》の三毛猫《みけねこ》、それを非常《ひじょう》に可愛《かあい》がって朝夕《あさゆう》の慴《いつく》しみから其他万端《そのたばんたん》、親身《しんみ》の子《こ》か孫《まご》に接《せっ》するようなありさま。従《した》がって猫《ねこ》も其情《そのじょう》に昵《なつ》いてか片時《かたとき》も婆《ばあ》さんの側《そば》を離《はな》れたことがない。どこへ行《ゆ》くにも彼処《かしこ》へ行《ゆ》くにも婆《ばあ》さんに附《つ》き纏《まと》うて、時《とき》には婆《ばあ》さんの意《い》のあるところを察《さっ》し人語《じんご》を解《かい》するのではあるまいかと迄疑《までうた》がわしめることもしばしばあった。しかるにこの婆《ばあ》さんつねづね節倹《つましやか》にしておった結果《けっか》、多少臍繰金《たしょうへそくりがね》として貯《たく》わえたものがあったが、これを何日《いっ》しか嗅《か》ぎ付《つ》けたのは同《おな》じ村《むら》の権蔵《ごんぞう》という無頼漢《ならずもの》。或夜《あるひ》ひそかに忍《しの》びいって、ついに婆《ばあ》さんを酷《むご》たらしく殺《ころ》したうえ、それを盗《ぬす》んで逃《に》げ去《さ》ったのである。さて翌朝《よくちょう》になると、村《むら》の誰《た》れ彼《か》れは婆《ばあ》さんの死骸《しがい》をみとめ、俄《にわ》かに上《うえ》を下《した》へと大騒《おおさわ》ぎをはじめたけれども、何者《なにもの》の仕業《しわざ》か一点《てん》の捉《とら》まえところもないので解《わか》る筈《はず》がなく、たゞ打《う》ち寄《よ》って野辺《のべ》の送《おく》りを済《す》ましたのちは、犯人《はんにん》を強《しい》て調《しら》べもせずに、そのまゝ忘《わす》れるともなく打《う》ち過《す》ぎておった。しかるに彼《か》の三毛猫《みけねこ》、その死骸《しがい》を葬《ほうむ》ったのを見《み》た後《のち》は何処《いずく》へ立《た》ちさったか暫《しば》らくは姿《すがた》をみせぬが、何分畜生《なにぶんちくしょう》のことであるから誰《た》れも気《き》に止《と》めるものがなく是《こ》れもそのまゝ忘《わす》れておると、丁度一七日《ちょうどひとなのか》の日《ひ》のことである。婆《ばあ》さんが生前懇意《せいぜんこんい》にした或《あ》る一人《ひとり》の男《おとこ》、親類縁者《しんるいえんじゃ》のない婆《ばあ》さん、誰《た》れも回向《えこう》をするものはなかろう、まことに気《き》の毒《どく》である、せめて一七日《ひとなのか》の供《く》養《よう》として墓《はか》だけなりとまいってやろうと、出掛《でか》けてみて大《おお》いにおどろいた。みると彼《か》の猫《ねこ》、どうして取《と》ってどうして持《も》ってきたか、権蔵《ごんぞう》の生首《なまくび》を墓前《ぼぜん》に転《ころ》がしこれに二本《ほん》の前足《まえあし》を掛《か》けて、凄《すご》くも此方《こなた》を睨《にら》んでおるのである。此《こ》の体《てい》におもわずキャッと叫《さけ》んだ件《くだ》んの男《おとこ》、そのまま引《ひ》っ返《かえ》して、多《おお》くの村人《むらびと》に其旨《そのむね》を伝《つた》え、恐《こ》わ〴〵ながらもふたゝび行《い》ってみれば、最早彼《もはやかれ》は何《いず》れへか去《さ》って首《くび》の外《ほか》に婆《ばあ》さんが日頃《ひごろ》持《も》っておった財布《さいふ》さえ側《そば》においてあったから、さては婆《ばあ》さんを殺《ころ》したのは権蔵《ごんぞう》で、猫《ねこ》はその敵《かたき》を取《と》ったものであると解《わか》って、互《たが》いに感《かん》じ合《あ》いながら、あらためて追善供養《ついぜんくよう》もおこない、誰《た》れするともなく逮夜《たいや》〳〵の回向《えこう》さえ執《と》り行《おこ》なうようになって、其後暫《そのごしば》らくは何事《なにごと》もなかった。

ところが其数《そのすう》ヶ月《げつ》の後《のち》である。村《むら》の内《うち》に死人《しにん》があれば必《かな》らず怪《あや》しいことがそれに添《そ》う。もっとも其日《そのひ》に葬《ほう》むって仕舞《しま》えばそんなことはないが、一夜置《やお》くとすれば桶《おけ》に納《おさ》まった死《し》人《にん》が俄《にわ》かに立《た》って踊《おど》りだすとか、仏壇《ぶつだん》の燈明《あかり》がパッと消《き》えて変化《へんげ》のものが浮《う》いてでるとかいう風《ふう》に、必《かな》らず不思議《ふしぎ》のことが行《おこな》われる。それも最初《さいしょ》の内《うち》はそれ位《くら》いのことで別《べつ》に人《ひと》をどうするとか、危害《きがい》を加《くわ》えるとかいうことはなかったが、だん〴〵進《すす》んでついにはサーッと吹《ふ》く物凄《ものすご》き怪風《かいふう》とゝもに死人《しにん》をいずれへか攫《さら》えさる、墓地《ぼち》を掘《ほ》りかえす、幼児《ようじ》を持《も》ちさる、やがてはその噂《うわ》さを口《くち》にするもの〻家《いえ》に祟《たた》るという風《ふう》で殆《ほと》んど手《て》の付《つ》けようもない仕《し》儀《ぎ》。時《とき》には武術家《ぶじゅつか》に頼《たの》んでこれを退治《たいじ》しようと思《おも》えば、さんぐ〱な目《め》に合《あわ》されるだけなればまだしも、はなはだしいのは、首《くび》、手《て》、足等《あしとう》ことぐ〱く引《ひ》き裂《さ》かれみるも無残《むざん》な死様《しにざま》をするものさえある。しかしてその正体《しょうたい》は紛《まぎ》れもない三毛猫《みけねこ》であることは見極《みきわ》めた者《もの》があるということであった。武蔵《むさし》は吉村《よしむら》の宅《たく》へ帰《かえ》って潜《ひそ》かに是《こ》れを読《よ》んだのである。

◎俄《にわ》かに聞《きこ》えた多《おお》くの人声《ひとごえ》

久左衛門《きゅうざえもん》の書《か》いた書類《しょるい》を潜《ひそ》かによんだ武蔵《むさし》、独《ひと》り微笑《ほほえ》んで時刻《じこく》の移《うつ》るを待《ま》っておる内《うち》、日《ひ》はいつしか西《にし》にいって、かすかに聞《きこ》ゆる遠寺《えんじ》の鐘《かね》もなんとなく物凄《ものすご》う覚《おぼ》えしむる頃《ころ》となったから、やがて支度《したく》を調《とと》のえて久左衛門《きゅうざえもん》の居間《いま》へいった。「御主人《ごしゅじん》、ではこれから一寸《ちょっと》いってまいるから」「エッ真実《ほんとう》にお越《こ》しになるのでございますか。どうも危険《あぶの》うございますぜ……と申《もう》してお止《とど》まりにはなりますまいし、くれぐ〱も御注意《ごちゅうい》を……」「そのお心《こころ》つかいは辱《かたじ》けないが真逆生命《まさかいのち》まで捨《す》てるようなことはあるまい。兎《と》に角《かく》いってまいる」とブラリ〳〵と出掛《でか》けたのは先程《さきほど》の番小屋《ばんごや》。何《なに》がさて畑中《はたなか》の一軒家《けんや》。ことに昨今《さくこん》このうわさの高《たか》まったゝめに夜《よ》に入《い》って迂闊《うかつ》に出歩《である》く村人《むらびと》もないので、淋《さび》しいことはこの上《うえ》ない。武蔵《むさし》はこの淋《さび》しい中《なか》を恐《おそ》れ気《げ》ものうゆう〳〵と進《すす》んでいった。でまず小屋《こや》に入《い》って用意《ようい》の蠟燭《ろうそく》を点《とも》し、前刻久左衛門《ぜんこくきゅうざえもん》が使《つか》った机《つくえ》の上《うえ》に例《れい》の書類《しょるい》をのせ、四面《めん》に油断《ゆだん》なく心《こころ》を配《くば》って徐《おも》むろにこれを詠《よ》みだした。一句《く》詠《よ》んでは聞《きこ》えよがしに罵《のの》しり、二句《く》詠《よ》んでは同《おな》じく謗《そし》って、ひそかに四隣《りん》の物音《ものおと》をうかゞう。かくてついに全般《ぜんぱん》を終《おわ》ったが、猫《ねこ》らしい物《もの》も認《みと》めねばまた怪《あや》しげなものも更《さ》らにない。「ハヽヽヽ、どうせ此《こ》んなことゝおもうた。矢張《やは》り久左《きゅうざ》衛門《えもん》の臆病《おくびょう》であったのであろう。さるにても切角楽《せっかくた》しんだ甲斐《かい》のないは残念千万《ざんねんせんばん》。いま一応詠《おうよ》んでみよう」と一段声《だんこえ》を高《たか》めて二度三度《ふたたびみたび》繰《く》り返《かえ》したが、これも何等《なんら》の反応《はんのう》はない。「ハヽヽヽ、いよ〳〵曲《きょく》がない。町人百姓《ちょうにんひゃくしょう》なぞは何《なに》をもうすやら」とやおら立《た》って何気《なにげ》なく外面《そと》を覗《のぞ》こうとした時《とき》、いまゝで冴《さ》えておった月《つき》はいつしか暗雲《あんうん》に閉《と》じられ、生暖《なまあた》たかい風《かぜ》が小鬢《こびん》にサッと吹《ふ》いたとおもえば、一団《だん》の怪雲《かいうん》にわかに眼《まなこ》をかすめて燈火《あかし》を打《う》った。「オヤッ、さてはッ」と小刀《しょうとう》の柄《つか》を右手《めて》に握《にぎ》りキッと身《み》を構《かま》えると、火《ひ》はすでに消《け》されて、明白《あやめ》もみえぬ暗《やみ》のうちに、凄涼《すさま》じくもキラリと光《ひか》ったのは鏡《かがみ》のようなもの立《た》ち並《なら》んで二個《こ》。早《はや》くもそれと推《お》した武蔵《むさし》は手《て》に持《も》つ柄《つか》を抜《ぬ》くまもなく、その中間目《ちゅうかんめ》がけて鋭《する》どく突《つ》っこむと、敏《さと》くもヒラリと飛《と》んだ怪物《かいぶつ》は、いつしか後《うしろ》に廻《まわ》っていよ〳〵異様《いよう》の光《ひか》りを添《そ》えておる。此《こ》の体《てい》に「ウヌッ」と叫《さけ》んだ武蔵《むさし》、急《いそ》いで小刀《しょうとう》を左《ひだ》りに持《も》ちかえ右手《みぎて》に大剣《だいけん》スラリと抜《ぬ》いてジリ〳〵と詰《つ》め寄《よ》ったが、其様《そのさま》に一分《ぶ》の隙《すき》もない。尠《すこ》しの油断《ゆだん》もないのはいう迄《まで》もない。これに尚《なお》も怒《いか》りを加《くわ》えたか彼《か》の怪物《かいぶつ》、怪《あや》しい呻《うな》り声《ごえ》をたてゝこれも漸次《ぜんじ》に詰《つ》め寄《よ》するようす。やがて気合《きあ》いを計《はか》った武蔵《むさし》はヤッと一声《せい》右剣《うけん》をもって切《き》り下《さ》げるを、敏《さと》くも知《し》って疾風《しっぷう》のよう免《のが》れた彼《か》れは、素早《すばや》くも武蔵《むさし》の左《ひだ》りに抜《ぬ》けようとする一刹那《せつな》、待《ま》ちかまえた左手《ゆんで》の小剣《しょうけん》は早《はや》くもその脇腹《わきばら》を深《ふか》く抉《えぐ》った。この意外《いがい》の痛手《いたで》にます〳〵猛《たけ》り狂《くる》う怪物《かいぶつ》、死物狂《しにものぐる》いとなって、激《はげ》しく摑《つか》みかゝらんとするのを、身《み》を躱《かわ》してつゞいて打《う》ち下《おろ》した右剣《うけん》は鏡《かがみ》のような一方《ぼう》の光《ひか》りに、また手早《てばや》く取《と》りなおした左剣《さけん》は今《いま》一つの光《ひか》りに、いずれも鋭《する》どく突《つ》きたてたから、流石《さすが》の怪物《かいぶつ》もいさゝか痿《ひる》む其隙《そのすき》にすかさず付《つ》け入《い》った両刀《りょうとう》の手練《しゅれん》は、明白《あや》なき闇《やみ》にも急所《きゅうしょ》を免《のが》さず、プツリ〳〵と突《つ》き立《た》てたるため、ついには凄《すさ》まじい悲鳴《ひめい》を一声《せい》のこしたまゝ其場《そのば》に倒《たお》れてふたゝび起《お》きあがる様《さま》もない。武蔵《むさし》は此《こ》の様《さま》にホッと息《いき》をついて、手《て》さぐりながら机《つくえ》を引《ひ》きよせ、これに腰《こし》を掛《か》けてわずかに憩《やす》んだ。然《しか》も休《やす》んで間《ま》もなきとき、またもや突如《とつじょ》として武蔵《むさし》の耳《みみ》を驚《おど》ろかしたものがある。それは時《とき》ならぬ叫喚《きょうかん》の声《こえ》であった。

昨今《さくこん》の化物《ばけもの》さわぎのため、初夜《しょや》ですら誰《た》れ人《びと》も外出《そとで》を好《この》まぬおりから、まして夜半《よわ》をすぎた今《いま》、決《けっ》して人声《ひとごえ》のあるべき筈《はず》がない。しかるになにごとか、にわかに聞《きこ》ゆる叫喚《きょうかん》の声《こえ》。それも一人二人《ひとりふたり》どころではなく三十、五十の数《すう》を算《さん》するに足《た》るらしい。武蔵《むさし》はこの声《こえ》におもわず立《た》ちあがった。立《た》ち上《あが》って戸《と》の隙《すき》からはるかに望《のぞ》むと、数十間距《すうけんはな》れた彼方《あなた》に提灯《ちょうちん》の蔭《かげ》、篝《かがり》の光《ひかり》、おもい〳〵に暗《やみ》を照《てら》して漸次《ぜんじ》に近寄《ちかよ》ってくるありさま。この様子《ようす》に僅《わず》かに胸《むね》を撫《な》でた武蔵《むさし》、耳《みみ》をすませば、叫喚《きょうかん》の声《こえ》を聞《き》いたは、口々《くちぐち》に人《ひと》を呼《よ》ぶ声《こえ》で、それが吉村《よしむら》の下男《げなん》、作男《さくおとこ》等が自分《じぶん》を呼《よ》ぶらしくおもわれる。よもやと心《こころ》は迷《まよ》わぬでもない。もしや化物《ばけもの》の余憤《よふん》ではあるまいかと疑《うたが》わぬでもない。で暫《しば》らくなすがまゝに見《み》ておると、漸《ぜん》次《じ》に近寄《ちかよ》った火影《ほかげ》、二三十間《けん》ばかりのところでハッタと止《とま》って、それが殆《ほと》んど同《おな》じ距離《きょり》を保《たも》ちながら小屋《こや》の周囲《しゅうい》を遠巻《とおまき》に取《と》り捲《ま》いて、口々《くちぐち》に「お武家様《ぶけさま》アー、宮本様《みやもとさま》アー」という声《こえ》さえ手《て》に取《と》るように聞《きこ》えるようになった。これ迄《まで》聞《き》けば最早《もはや》疑《うた》がう余地《よち》はない。久左衛《きゅうざえ》門《もん》は多分自分《たぶんじぶん》の身《み》の上《うえ》を案《あん》じてくれた結果《けっか》これ等《ら》の者《もの》に命《めい》じて訪《たず》ねしめたものであろう。

またそれ以上進《いじょうすす》み得《え》ぬのは、あるいは猫《ねこ》の祟《たた》りが恐《おそ》ろしいという僕根性《しもべこんじょう》であろうと察《さっ》することができた。かく察《さっ》して見《み》ればそのまゝ捨《す》てておくことはできぬ。それで小屋《こや》を距《はな》れて、返事《へんじ》をしながら畦道《あぜみち》に沿《そ》うて進《すす》んでゆくと、先方《むこう》でも其声《そのこえ》をきゝつけたか、数個《すうこ》の提灯《ちょうちん》は俄《にわ》かに勢《いき》おいよく動《うご》いて飛《と》んできた。「ヤッお武家様御無事《ぶけさまごぶじ》で……」という声《こえ》さえも活気《かっき》づいて一二間《けん》の先《さき》まで飛《と》んできたか、提灯《ちょうちん》を前《まえ》に突《つ》きつけて武蔵《むさし》の姿《すがた》をみるやいなや「ヤアーッ」という言葉《ことば》さえさも驚《おど》ろいたらしく、ふたゝび四度路《しどろ》となって遁《に》げだすありさま。只事《ただごと》でないとおもうに武蔵《むさし》「これ待《また》っしゃい。拙者《せっしゃ》は宮本武蔵《みやもとむさし》でござるが、御身達《おんみたち》は吉村《よしむら》どのゝ方々《かたがた》でござらぬか。これ待《また》っしゃい。どうした」言葉《ことば》をかければ掛《か》ける程《ほど》、ますく〳〵一散《いっさん》に逃《に》げて、やがて多勢《たぜい》のおるところで止《と》まった。止《と》まって手《て》に手《て》に持《も》った得物《えもの》を斜《なな》めにかまえ、寄《よ》らば打《う》たんとかまえておる。「これ、御身達《おんみたち》は吉村《よしむら》どのお家《うち》の方々《かたがた》ではござらぬか。拙者《せっしゃ》は過日来御厄介《かじつらいごやっかい》になっておる宮本武蔵《みやもとむさし》でござるが、どうなされた。まず静《しず》まらっしゃい」重《かさ》ねていう武蔵《むさし》の言葉《ことば》にやゝ心《こころ》が解《と》けたらしい一人《にん》、おそる〳〵数《すう》尺《しゃく》の前《まえ》まですゝんだ。「貴郎《あなた》、宮本《みやもと》さま間違《まちが》いはござりませぬか」という声《こえ》は吉村《よしむら》の主人《しゅじん》久左衛門《きゅうざえもん》である。「オッ、そういわれるは御主人《ごしゅじん》ではござらぬか」武蔵《むさし》のおどろきより尚《なお》以上《いじょう》におどろいた久左衛門《きゅうざえもん》「オヽ紛《まぎ》れもない……失礼《しつれい》いたしました。何分《なにぶん》その……お召物《めしもの》が……」という声《こえ》に武蔵《むさし》はフト自分《じぶん》の衣類《いるい》をみれば、左《ひだ》りの肩《かた》から前《まえ》にかけて一面《めん》の血汐《ちしお》われながら驚《おど》ろいた。「オ、いかにも拙者《せっしゃ》もたゞいま初《はじ》めて心付《こころづ》きました」「しかし貴郎《あなた》様《さま》にはよくまア御無事《ごぶじ》で……」「ヤ、辱《かたじ》けのう存《ぞん》ずる。して御主人《ごしゅじん》には此《こ》の夜更《よふ》けにどうして……」「さればでござりまする。昨夜貴郎《さくやあなた》にはお出《で》まし以来《いらい》、何分《なにぶん》、大恩《だいおん》のあるお方《かた》、万《まん》一のことありましては相済《あいす》まぬとぞんじまして、尠《すこ》しも心《こころ》が休《やす》まりませぬ」「イヤこれはどうも思《おも》わぬ御心配《ごしんぱい》をかけ申《もう》した」「イヤ〳〵滅相《めっそう》もない……それで少《すこ》しも心《こころ》が休《やす》まりませぬため、下男《げなん》、作男《さくおとこ》をはじめ、村《むら》の人々《ひとびと》をあつめまして、お身体《からだ》にもしものことがありましたらば直《ただ》ちに飛《と》びだそうと用意《ようい》をいたしておりました」「それはどうも恐《おそ》れ入《い》った次第《しだい》」「しまするとー人《ひとり》の者《もの》が申《もう》しますには、たゞいま番小屋《ばんごや》の家根《やね》に黒《くろ》い物《もの》が動《うご》いているとのしらせ。真逆貴郎《まさかあなた》はそんなところへお上《あが》りになる筈《はず》はあるまい、テッキリ例《れい》の奴《やつ》であろうと、皆《みな》の者《もの》にさっそく出《で》るようにと申《もう》しましたが、何分御覧《なにぶんごらん》の通《とお》りの百姓《ひゃくしょう》ばかり、何《なに》かよいものでもやろうといえば一番掛《ばんが》けに飛《と》んでゞますにこんなことにかけては、いずれも譲《ゆず》り合《お》うて我《わ》れ先《さ》きにでると申《もう》すものものもございません。ですが夫《そ》れでは相《あい》すみませぬから、いろ〱八釜《やかま》しく申《もう》してるうち、なんともいえぬ凄《すご》い〱呻《うめ》く声《こえ》が聞《きこ》えました」「ナニあの声《こえ》が聞《きこ》えましたか」「ヘエ〱聞《きこ》えるの聞《きこ》えぬではございません。私《わた》しの頭《あたま》の先《さき》へピーンと応《こた》えましたから、そりゃ大変《たいへん》と、一番《ばん》がけに飛《と》び出《だ》しましたものですから、一同《どう》もようやく附《つ》いてきました次第《しだい》でございまする」「それはどうもいろ〱心配《しんぱい》をかけて相済《あいす》まぬ」「ド、どうつかまつりまして。しかし貴郎《あなた》にはこの大変《たいへん》な血《ち》……どこもお怪我《けが》はございませんか……」「イヤ〱、これはその……猫《ねこ》とかの血汐《ちしお》であろう」「エッ、猫《ねこ》……それでは猫《ねこ》をお切《き》りになったのでございますか、それは大変《たいへん》……ではまことにお名《な》残《ご》り惜《お》しゅうございまするが、夜《よ》の明《あ》けるをお待《ま》ちになって少《すこ》しも早《はよ》うお逃《に》げになる方《ほう》が宜《よろ》しゅうございましょう」「ナニ、逃《に》げる……なにゆえ逃《に》げねばならぬ」「左様《さよう》でございまする。先日《せんじつ》もあるお武家《ぶけ》が猫《ねこ》の臀《しり》を捻《ひね》ったとか抓《つめ》ったとかで大変《たいへん》な無心《むしん》を吹《ふ》っかけられましたそうで……」「ハヽヽヽ、なにを申《もう》す。兎《と》に角安心《かくあんしん》をいたせ。過日来《かじつらい》もうしておった化猫《ばけねこ》はたゞいま退治《たいじ》をいたしたにより最早災禍《もはやわざわい》をいたす憂《うれ》いはあるまい」「エーッ、それでは彼《あ》の猫《ねこ》を……真実《ほんま》でございますか」「嘘《うそ》もまこともない。死骸《しがい》は番小屋《ばんごや》の中《なか》にあるからみれば解《わか》る」「ヘーッ、それはあり難《がと》うぞんじまする。お蔭様《かげさま》で此辺《このへん》のものは助《たす》かりますする……オーイ、一同聞《どうきか》っしゃれ。このお武家様《ぶけさま》はあのドッ、ドッ、ド、猫《ねこ》を退治《たいじ》て下《くだ》さったそうであるからお礼《れい》を申《もう》しあげんかい」「ヘエッ、あの化猫《ばけねこ》を……あり難《がと》うござりますする」「お蔭《かげ》で私《わた》しの親父《おやじ》の敵《かたき》を討《う》って頂《いただ》きまして、あり難《がと》うぞんじまする」「これで孫《まご》の用心《ようじん》をする心配《しんぱい》が助《たす》かりましてあり難《がと》うぞんじまする」と代《かわ》り〲礼《れい》を述《の》べにくると反《かえ》って武蔵《むさし》には煩《わず》らわしくてたまらぬ程《ほど》。「拙者《せっしゃ》は別《べつ》にお前《まえ》さんたちから礼《れい》を受《う》けようと思《おも》うて退治《たいじ》たのではない。たゞ自分《じぶん》の物好《ものず》きからしたまでゞあるから礼《れい》をいうにおよばぬ。夫《そ》れ程嬉《ほどうれ》しければ後《あと》の始末《しまつ》をたのむ。兎《と》に角《かく》その死骸《しがい》をみておけ」といい捨《す》てたまゝ、ふたゝび小屋《こや》に向《むか》うと、久左衛門《きゅうざえもん》はじめ以下《いか》の連中《れんじゅう》はゾロリ〱と後《あと》に附《つ》いていった。

◎目付《めつ》きの怪《あや》しい六十六部《ぶ》

さて先《ま》ず小屋《こや》の中《なか》へはいった武蔵《むさし》、其後《そのあと》についた久左衛門《きゅうざえもん》にむかい「御主人《ごしゅじん》、猫《ねこ》はこゝで仕止《しと》めました。御覧《ごらん》くだされ」という言葉《ことば》に、こわ〴〵提灯《ちょうちん》を突《つ》きだして中《なか》に足《あし》を入《い》れようとした久左衛門《きゅうざえもん》。其処等《そこら》一面血《めんち》の海《うみ》となっておる悽《すご》さに、死体《したい》を見《み》るまでもない、たちまち踵《きびす》を返《か》えして飛《と》びのいた。「タ、大変《たいへん》な血汐《ちしお》で……ベッ別《べつ》に拝見《はいけん》いたすまでもございません……」ふるうておる。「尤《もっと》もたゞいま御覧頂《ごらんいた》だかずとも、ほどなく夜《よ》も明《あ》けるでござろうから、其上《そのうえ》で篤《とく》と御覧《ごらん》になった後《のち》、村《むら》の人々《ひとびと》にお見《み》せになれば宜《よろ》しゅうござろう」「ヘッ、左様《さよう》にいたしまする……」と夜明《よあ》けを待《ま》って、下男《げなん》に引《ひ》き出《だ》させてこれをみると、其丈《そのた》けは小牛程《こうしほど》もあろう。三色《しょく》となった毛《け》は、針金《はりがね》を植《うえ》たよう。尾《お》の先《さ》き三つに分《わか》れ、其凄《そのすご》きことは一見《けん》ゾッとする程《ほど》。それに武蔵《むさし》の刺《さ》した刀創《かたなきず》は、両眼《りょうがん》、脇腹《わきばら》をはじめ、其他《そのた》総数《そうすう》二十余《よ》ヶ所《しょ》にある。一同《どう》の者《もの》はこれをみて今更《いまさ》らのように驚《おど》ろいた。「どうだ、なんと大《おお》きいものではないかい」「さアどうも大変《たいへん》なものだな。此奴《こいつ》のために村《むら》の者《もの》はどれ程苦《ほどくる》しんだかしれぬぜ」「そうだとも〱。しかし是《こ》れだけのものよく討《う》ったものだな。宮本《みやもと》という先生《せんせい》は豪《えれ》えものだ」「そりゃそうだとも。名主《なぬし》さまのお家様《いえさま》も、なん十人《にん》という悪者《わるもの》に攫《さら》えられた時《とき》にも、先生《せんせい》がお一人《ひとり》で皆《みな》の奴等《やつら》を張《は》り倒《たお》して助《たす》けたというからな」「フーム、なんにしても豪《えれ》いものだ。恐《おそ》らく敵《かな》うものはあるまい」「無論《むろん》のことだ。まず日《にっ》本《ぽん》一であろうよ」「日本《にっぽん》どころか、唐天竺《からてんじく》へいっても敵《かな》うものはあるまい」なぞと勝手《かって》な噂《うわ》さをしておる。

武蔵《むさし》はこんなことには少《すこ》しも耳《みみ》を傾《かた》むけぬ。衣類《いるい》の血汐《ちしお》に汚《よご》れたるため、これが新調《しんちょう》を待《ま》って出立《しゅったつ》することゝなった。その出立《しゅったつ》に際《さい》し、「どうもあれ程《ほど》の猫《ねこ》であれば後世《ごしょう》を弔《とむ》ろうてやらねば、またいかなる災禍《わざわい》をせぬとも限《かぎ》るまい。されば彼《か》の埋《うず》めたるところにせめて一基《き》の石碑《せきひ》でも建《た》てやるがよろしかろう」という言葉《ことば》。久左衛門《きゅうざえもん》をはじめ主《おも》なるものが寄《よ》ってこれを建立《こんりゅう》したが、いまに猫塚《ねこづか》として残《のこ》っておるそうである。これは余談《よだん》として、さて武蔵《むさし》は秋山村《あきやまむら》を出足《しゅっそく》して備前《びぜん》の岡山《おかやま》に向《むこ》うた。岡山《おかやま》でも二三の道場《どうじょう》を訪《たず》ねて仕合《しあい》をこゝろみた。結果《けっか》は同《おな》じく敵《てき》するものがなく、敵岸柳《かたきがんりゅう》の行衛《ゆくえ》について探《さぐ》ったところが、これまた手掛《てがか》りがない。しかし其内《そのうち》、多少《たしょう》それではあるまいかと思《おも》われるのは、ある道場《どうじょう》へきたという剣客《けんきゃく》。姿《すがた》は六十六部《ぶ》の風《ふう》に扮《やつ》し、姓名《せいめい》はいかに尋《たず》ねてもいわなんだが武術《ぶじゅつ》は非凡《ひぼん》の技量《ぎりょう》を持《も》っておったとのこと。それが武蔵《むさし》の行《いっ》た前々日《ぜんぜんじつ》のことで、いずれへ向《むか》うということも語《かた》らず、飄然《ひょうぜん》ときて飄然《ひょうぜん》とさったと聞《きい》た。万一《まん》にもと目星《めぼし》をつけた武蔵《むさし》、これこそ或《ある》いはと鬱憤《うっぷん》に思《おも》うたから、直《ただ》ちに城下《じょうか》はずれの街道茶屋《かいどうちゃや》をことごく尋《たず》ねてまわる。するとこゝに作州津山街道《さくしゅうつやまかいどう》に当《あた》った一軒《けん》の茶店《ちゃみせ》、尋《たず》ねる武蔵《むさし》の風体《ふうてい》をみながら「そういえばいかにも両《りょう》三日前《にちぜん》、風体《ふうてい》は六部《ぶ》には違《ちが》いはないが、人相格好《にんそうかっこう》一癖《ひくせ》ありそうな人《じん》、この街道《かいどう》を北《きた》に津山《つやま》の方《ほう》へ向《む》うたが若《も》しやそれではござりますまいか」という。「あるいはそうかも知《し》れぬ。しかし其他《そのた》に六部《ぶ》は通《とお》らなんだか」「ヘエ、毎日《まいにち》三人《にん》や五人《にん》、六部《ぶ》は通《とお》りますが、大抵夫婦《たいていふうふ》連《づ》れか、老人《ろうじん》でございます」と答《こた》える。もっとも此《こ》の答《こた》えはこゝばかりではなく、他《た》の街道茶屋《かいどうちゃや》はいずれも大同小異《だいどうしょうい》の話《はな》しであって、こゝでは一問《もん》によって語《かた》られたゞけ多《おお》いのである。さすれば正《まさ》しくこの街道《かいどう》を経《へ》て津山《つやま》にいったものに相違《そうい》あるまいと、たゞちに後《あと》を追《お》うて津山《つやま》に赴《おも》むいた。

岡山《おかやま》から津山《つやま》までは昔《むか》しの里数《りすう》でザッと十四里《り》。ところが武蔵《むさし》が岡山《おかやま》を立《た》ったのは現今《げんこん》の午後《ごご》二時頃《じごろ》であったから、四里半《りはん》、五里《り》ちかい金川《かなかわ》の宿《しゅく》へ着《つ》いたころは夜《よ》に入《い》った。それで其夜《そのよ》は金川《かなかわ》に泊《とま》り、翌朝《よくちょう》ブラ〳〵行《ゆ》くうちに、その城下《じょうか》へ入《い》ったのは日《ひ》一杯《ぱい》。真逆日《まさかにち》没《ぼっ》からしれぬ道場《どうじょう》を訪《と》う訳《わけ》にはゆかぬ。で取《とり》あえず或《あ》る宿屋《やどや》に泊《とま》り込《こ》むことゝなって、すでに湯《ゆ》にもいり、夕食《ゆうしょく》の膳《ぜん》についたそのとき、給仕《きゅうじ》にでてきた女中《じょちゅう》と四方山《よもやま》の話《はな》しのすえ「ときに旦那《だんな》さま、妙《みょう》なことをお聞《き》き申《もう》しまするが、夜《よ》の中《なか》に天狗《てんぐ》ともうす者《もの》はございましょうか」「ホヽウ、其方《そのほう》は妙《みょう》なことを聞《き》くの。拙者《せっしゃ》も方々廻国《ほうぼうかいこく》をいたすが未《いま》だ左様《さよう》のものに出会《であ》うたことはない。昔牛若丸《むかしうしわかまる》が弱年《じゃくねん》のころ、鞍馬山《くらまやま》において天狗《てんぐ》に剣法《けんぽう》を授《さず》かり、遽《にわ》かに上達《じょうたつ》いたしたと申《もう》すことがあるから、いずれかで会《あ》えば一《ひと》つ教《おし》えて貰《もら》おうとおもうておるわい。ハヽヽヽ、しかし夫《そ》れもあることかないことか知《し》れぬテ」「イエ、ところが近頃《ちかごろ》御城下《ごじょうか》にその天狗《てんぐ》がでますそうで……」「ナニ、天狗《てんぐ》がでる……それは面白《おもしろ》い。して何時頃《いつごろ》何《いず》れにでる」「ハイ、確《しか》とは申《もう》しあげ兼《か》ねますが、御城下《ごじょうか》の三本松原《ぼんまつばら》と申《もう》すところへ毎晩《まいばん》でるそうで」「毎夜《まいよ》でるとか。それは面白《おもしろ》い……して三本松原《ぼんまつばら》とはどの辺《へん》である。大分遠方《だいぶんえんぽう》であるか」「左様《さよう》でございまする。この表通《おもてどお》りを真《ま》ッ直《すぐ》に左《ひだ》りへお越《こ》しになれば一筋道《すじみち》でございまする」「ア左様《さよう》か。しからば後刻運動《ごこくうんどう》かたがた天狗《てんぐ》に逢《お》うてこよう」「エッ、真実《ほんま》でございますか」「勿論《もちろん》。しかし宿料《しゅくりょう》は心配《しんぱい》いたすな。都合《つごう》によれば数日滞在《すうじつたいざい》いたすかも計《はか》られぬによって、兎《と》に角《かく》この胴巻《どうまき》のまゝ預《あず》けておくぞ」と胴巻《どうまき》はそのまゝに預《あず》け、幽《かす》かに照《て》らす月《つき》の影《かげ》を力《ちから》に、教《おし》えられた道筋《みちすじ》をゆくと、ようやくに松原《まつばら》についた。「これが三本松《ぼんまつ》であろう。すると今《いま》に出《い》でくるやもしれぬ」と八方《ぼう》に心《こころ》をくばって油断《ゆだん》なく、尚《なお》もブラリと歩《あゆ》みを運《はこ》ぶうち、道側《みちばた》の松《まつ》と松《まつ》のあいだに何《なに》かはしらぬが、余《あま》り小《ちい》さからぬ白《しろ》い四角《かく》なものがフワリ〳〵と動《うご》いておる。「ハテナ、どうも不思議《ふしぎ》なものがある。さては天狗《てんぐ》の業《わざ》か。調《しら》べてみよう」と身体《からだ》を充分《じゅうぶん》にかためジリ〳〵と詰《つ》め寄《よ》っても、相手《あいて》は更《さ》らに驚《おど》ろくようすもなく、相変《あいかわ》らずフワリとしておるのみ。どうも訝《おか》しいと、更《さ》らに歩《ほ》をすゝめてよく〳〵みれば、なんのことだい、枝《えだ》と枝《えだ》のあいだに吊《つ》った紙帳《しちょう》が、風《かぜ》のために煽《あお》られて動《うご》いておるのであった。おもわず苦笑《くしょう》を洩《も》らした武蔵《むさし》、一時《じ》は気《き》を許《ゆる》したが、ふたゝび考《かん》がえ直《なお》して「これは紙帳《しちょう》にしろ、中《なか》には誰《た》れかがおるに違《ちが》いはない。天狗《てんぐ》の類《たぐ》いでなければ何事《なにごと》もしらぬ道者《どうしゃ》であろう」何《いず》れにいたせ、究《きわ》めて見《み》ようとおもうたから、ツカ〳〵と其側《そのそば》に立《た》ちより、腰《こし》をかまえて声高《こえたか》く「ヤア紙帳《しちょう》の内《うち》なるは何者《なにもの》である。昨今天狗出没《さくこんてんぐしゅつぼつ》のうわさ高《たか》きこの松原《まつばら》に、殊更《ことさ》らこれを吊《つ》って一夜《や》の露《つゆ》をしのがんとするは大胆不敵《だいたんふてき》なり。それとも知《し》らずに宿《やど》った道者《どうしゃ》の人《ひと》か、たゞしはうわさの高《たか》き天狗《てんぐ》なるか。天狗《てんぐ》ならば直《ただ》ちに出《い》でゝ勝敗《しょうはい》をいたせ。此方《このほう》は本日《ほんじつ》計《はか》らずそのことを聞《き》いてわざ〳〵退治《たいじ》に参《まい》ったるもの。さ、どうじゃ。それとも余人《よじん》ならば姓名《せいめい》を名乗《なの》らっしゃい」という言葉《ことば》に応《おう》じて紙帳《しちょう》の中《なか》から声《こえ》があった。「あいや暫《しば》らく。かくいう此方《このほう》も天狗《てんぐ》を退治《たいじ》いたさんために前刻来《ぜんこくらい》これにて相待《あいま》ちおるもの。して其許《そのもと》は何人《なんぴと》である」「オヽさてはさようでござったか。拙者《せっしゃ》は豊前小倉《ぶぜんこくら》の浪人宮本武蔵政名《ろうにんみやもとむさしまさな》ともうす者《もの》でござるが其許御姓氏《そのもとごせいし》は……」

「エッ、二刀流《とうりゅう》で有名《ゆうめい》なる宮本氏《みやもとうじ》でござったか。これは異《い》なところでお目《め》にかゝる。拙者《せっしゃ》は吉岡又三郎兼房《よしおかまたさぶろうけんぼう》ともうす者《もの》」と紙帳《しちょう》をかゝげてヌッと現《あら》われた。「これは〱、かねて御高名《ごこうめい》を伺《うか》がいまする吉岡先生《よしおかせんせい》でござりましたか。どうか前刻来《ぜんこくらい》の過言《かごん》はお赦《ゆる》しを願《ねが》いとうぞんじまする」と平伏《へいふく》するを、「アイヤその御挨拶《ごあいさつ》は痛《いた》みいる。まずお手《て》をあげられえ。かねて其許殿《そのもとどの》の御高名《ごこうめい》も承《うけた》まわってござるが……さても思《おも》わぬところで御面会《ごめんかい》をいたした。先《ま》ず狭《せま》くともこれへ這入《はい》られい。いさゝかながら酒《さけ》もござる。またいろ〱話《はな》しも承《うけた》まわりたい。いざ……」「これは恐《おそ》れいりまする。しからば御免《ごめん》くだされい」とゝもに紙帳《しちょう》の中《なか》に這入《はい》って吉岡《よしおか》が用意《ようい》の水筒《すいとう》から酒《さけ》を汲《く》みかわし、互《たが》いにはなしに余念《よねん》がない。この吉岡《よしおか》というのは元紺屋《もとこんや》の職人《しょくにん》に過《す》ぎぬが、天性《てんせい》の器用《きよう》はついに竹篦《たけべら》の使《つか》い方《かた》より端《はし》なく武術《ぶじゅつ》の一手《て》を編《あ》みだし、当時京都《とうじきょうと》にあって武名天下《ぶめいてんか》に轟《とどろ》いた人《ひと》。何分名人《なにぶんめいじん》と名人《めいじん》の会合《かいごう》であるだけ、はなしはそれから夫《そ》れへとすゝんで何時《いつ》はてるとも思《おも》わざるおりから、紙帳《しちょう》の外《そと》に当《あた》って忍《しの》びやかに人《ひと》の歩《あゆ》む音《おと》が聞《きこ》えた。

◎是《こ》れは何《ど》うも意外《いがい》

吉岡《よしおか》、宮本《みやもと》の両人《りょうにん》、はなしに余念《よねん》はないとはいえ、心中《しんちゅう》すこしも油断《ゆだん》のある人《じん》ではない。ことにこの夜《よ》は天狗退治《てんぐたいじ》の望《のぞ》みを持《も》っておることであるから、いましも紙帳《しちょう》の外《そと》で人《ひと》の忍《しの》び寄《よ》る足音《あしおと》をきいては尚更《なおさら》心《こころ》を曳《ひ》かずにはおられなかった。口《くち》にはださぬが「さてこそ」と心《こころ》のうちで謀《しめ》しあわせ、互《たが》いにニッコと笑《え》んだとき、紙帳《しちょう》の外《そと》に忍《しの》び寄《よ》ったる人《じん》は案外《あんがい》にも穏《おだ》やかな口調《くちょう》をもって言葉《ことば》をかけた。「慮外《りょがい》ながら中《なか》なる御人《ごじん》に物申《ものもう》さん。たゞいまのおはなしの端々《はしばし》によって察《さっ》するところ、御両名《ごりょうめい》には当道《とうどう》の先生方《せんせいがた》とぞんずる。拙者《せっしゃ》は伊賀《いが》の住人《じゅうにん》竹内《たけうち》加賀之助《かがのすけ》と申《もう》すもの。願《ねが》わくは御両名御姓氏《ごりょうめいごせいし》を明《あ》かされ、御面会《ごめんかい》を願《ねが》いとうぞんずる」「オヽ、竹内氏《たけうちうじ》とな……」両名《りょうめい》は意外《いがい》に驚《おど》ろいて紙帳《しちょう》を掲《かか》げ、外《そと》にでたが、武蔵《むさし》は加賀之助《かがのすけ》の風体《ふうてい》を見《み》てふたゝび驚《おど》ろいた。竹内加賀之助《たけうちかがのすけ》といえば小具足《こぐそく》十手《て》をもって当代《とうだい》に並《なら》ぶものなき名人《めいじん》。この名人《めいじん》がおもわずこのところに来《き》たので両人《りょうにん》は驚《おど》ろいたのであるが、更《さら》にこれに接《せっ》しようとして武蔵《むさし》は何気《なにげ》なくみると、加賀之助《かがのすけ》は身《み》に鼠《ねずみ》の単物《ひとえもの》をつけ、足《あし》には鼠《ねずみ》の脚絆《きゃはん》に白足袋草鞋《しろたびわらじ》、脊《せな》には笈《おい》を負《お》うて前《まえ》には叩《たた》き鐘《がね》を締《し》め、右手《めて》には鈴《りん》さえ持《も》って純然《じゅんぜん》たる六部姿《ぶすがた》、「さては岡山《おかやま》よりきたった六部《ぶ》は敵岸柳《かたきがんりゅう》ではなくて加賀之助《かがのすけ》であったのではあるまいか。さても意外《いがい》」と驚《おど》ろいたのであった。

紙帳《しちょう》からでた両人《りょうにん》、意外《いがい》の感《かん》にうたれてしばらく見《み》つめておったが、やがて吉岡兼房《よしおかけんぼう》、口《くち》をひらいた。「これは竹内殿《たけうちどの》にはおもわざる対面《たいめん》。かねて御高名《ごこうめい》は承《うけた》まわってはおれど、御面会《ごめんかい》いたすは初《はじ》めて。拙者《せっしゃ》は京都《きょうと》に住《じゅう》する吉岡又三郎《よしおかまたさぶろう》。またこれなるは豊前《ぶぜん》小倉《こくら》の宮本武蔵《みやもとむさし》どのでござる」「これは両先生《りょうせんせい》には意外《いがい》なる拝謁《はいえつ》。無礼《ぶれい》の儀《ぎ》は平《ひら》にお赦《ゆる》しくだされとう存《ぞん》ずる」おもわず二三足退《あししり》ぞいて平伏《へいふく》すると、吉岡《よしおか》は強《し》いて止《とど》めて「さようにせられてはおはなしもできかねる。狭《せま》くるしゅうはござれど、たゞいまゝで宮本氏《みやもとうじ》と一献《こん》いたしておったるところ。まず這入《はい》られい」「オヽさいわい某《それがし》しも酒《さけ》の用意《ようい》もござれば失礼《しつれい》ながら、万《まん》一御不足《ごふそく》の補《おぎ》ないに……」と加賀之助《かがのすけ》も這入《はい》って三人鼎《にんかなえ》となって座《ざ》を占《し》め、加賀之助《かがのすけ》はまず口《くち》をきる。「ときに両先生《りょうせんせい》には失礼《しつれい》ながら、かゝるところに野宿《のじゅく》せらるゝお身分《みぶん》とは存《ぞん》じませぬに、いかなる訳《わけ》あって……」「さればお聞《き》き及《およ》びでもござろうが、ちかごろ此《こ》の松原《まつばら》に天狗《てんぐ》が出没《しゅつぼつ》いたすとのおもむき。察《さっ》するところ城下《じょうか》の若侍《わかざむらい》どもの悪戯《いたずら》とぞんずるが、これを懲《こら》しめんためにこの処《ところ》に紙帳《しちょう》を張《は》り、今《いま》にも出《で》てくるであろうと待《ま》つおりから、宮本氏《みやもとうじ》にも同《おな》じ心《こころ》をもって見《み》えられ、共々《ともども》これに当《あた》ろうと語《かた》りおるところでござった」「エッ、さては両先生《りょうせんせい》にも……実《じつ》は某《それがし》もこのことを計《はか》らず岡山表《おかやまおもて》にてうけたまわり、珍《めず》らしき相手《あいて》と存《ぞん》じはる〴〵まいった次第《しだい》。どうかお仲間《なかま》へお加《くわ》え下《くだ》されたい」「ハヽヽヽ、これはいよ〳〵意外《いがい》でござった。では三名《めい》にて打《う》ちかゝることにいたそう。しかし前以《ぜんもっ》て申《もう》しておくは外《ほか》でもござらぬ。もし拙者推察《せっしゃすいさつ》の通《とお》り家中《かちゅう》の天狗《てんぐ》でござらば刃物《はもの》を用《もち》いず、いずれも一時当身《じあてみ》をもって倒《たお》すか、あるいは竹内殿《たけうちどの》お得意《とくい》の捕縄《とりなわ》をもってお縛《しば》り下《くだ》さるか何《いず》れかにいたし、あまり手荒《てあら》ならざるよう注意《ちゅうい》なされたい」「いかにも承知《しょうち》いたしました……がそれに致《いた》したところが一向見《こうみ》えませぬようでございますな」「されば、最早《もはや》四ツ（今《いま》の十時《じ》）でござろうか」「さようでございます。彼《か》れ是《こ》れ四ツでございましょう。しかし斯程待《かほどま》ち受《う》けて万《まん》一来《こ》ぬ時《とき》にはまことに残念《ざんねん》でございますが……」「もし今宵《こよい》みえぬようであらば明晩《みょうばん》ふたゝび待《ま》ち受《う》くるまでのこと……しかし酒《さけ》はまだござろう。如何《いかが》あろうともあるだけ飲《の》んでしもうては何《ど》うでござる」と盃《さかずき》の献酬《けんしゅう》を重《かさ》ねておる際《さい》、武蔵《むさし》は加賀之助《かがのすけ》にたずねた。「ときに竹内《たけうち》どの、妙《みょう》なことをお尋《たず》ねもうすが、御身《おんみ》は一昨日《さくじつ》岡山《おかやま》を御出立《ごしゅったつ》せられたのでござるか」「いかにもお言葉《ことば》の通《とお》り」「して御服装《ごふくそう》はそのまゝで……」「いかにも……がどうかいたされたか」「さ、実《じつ》は妙《みょう》な間違《まちが》いから御身《おんみ》の後《あと》を追《お》うて当地《とうち》にまいりました」「へーン、なにかたずね人《びと》でもござって……」「おおせの通《とお》りいさゝか……」「フーム、宮本《みやもと》どの、まことに失礼《しつれい》でござるが、はる〴〵お尋《たず》ねになる程《ほど》でござれば深《ふか》き仔細《しさい》のあることも察《さっ》しまするが、拙者《せっしゃ》はこれ迄《まで》各地《かくち》を廻国《かいこく》いたしたるものにござれば、また或《ある》いはお気付《きづ》きになるべき節《ふし》もなし、とは申《もう》されませぬ。お差支《さしつか》えなくば包《つつ》まずおはなしくだされ。こゝには吉岡先生《よしおかせんせい》の外《ほか》誰《た》れもおりませぬ。また秘密《ひみつ》のことがらでござれば拙者《せっしゃ》も武士《ぶし》、あくまでも守《まも》りますればお心置《こころお》きなく語《かた》られえ」「御親切《ごしんせつ》なるお言葉《ことば》、武蔵心命《むさししんめい》に徹《てっ》し辱《かたじ》けのう存《ぞん》じまする。実《じつ》は拙者《せっしゃ》身《み》の上《うえ》はかく〳〵の次第《しだい》によって……」と父横死《ちちおうし》の一条《じょう》から、その仇討《あだうち》のため廻国《かいこく》しておることを語《かた》って「かようの次第《しだい》でござるから、夢《ゆめ》にだも敵《かたき》のことを思《おも》わぬ間《ま》とてはござらぬ。しかるに過般岡山《かはんおかやま》の城下《じょうか》にて計《はか》らずきゝおよびしに、姓氏《せいし》も名乗《なの》られず風体《ふうてい》を六部《ぶ》姿《すがた》に装《よそ》おい、しかも技倆抜群《ぎりょうばつぐん》の御《ご》人《じん》が漂然《ひょうぜん》とまいって漂然《ひょうぜん》とさられた。いずれは世《よ》を忍《しの》ぶ御人《ごじん》に違《ちが》いはなかろうと承《うけた》まわり、若《も》しや敵《かたき》佐々木《ささき》であるまいかと、実《じつ》はしゅ〴〵苦心《くしん》いたして漸《よう》やく当城下《とうじょうか》に向《むか》われたをつきとめ、後《あと》を追《お》うてまいった次第《しだい》。ハヽヽヽヽ、ちかごろの大失策《だいしっさく》ではござったが、しかしその失策《しっさく》は失策《しっさく》とはならず、かく計《はか》らず、吉岡先生《よしおかせんせい》といい、また御身《おんみ》といい天下《てんか》の二名士《めいし》にお目《め》にかゝる機会《きかい》を得《え》ましたるは武蔵身《むさしみ》に取《と》ってこの上《うえ》のよろこびはござりませぬ」「ハヽヽヽヽ、左様《さよう》でござったか。実《じつ》は岡山《おかやま》には拙者《せっしゃ》の旧門弟多少《きゅうもんていたしょう》ござるため、姓名《せいめい》を明《あか》さばそれ等《ら》に伝《つた》えていずれは心《こころ》を煩《わず》らわすことゝ存じ殊更《ことさら》控《ひか》え申《もう》した。……して敵《かたき》は佐々木岸柳《ささきがんりゅう》と仰《おお》せられたな……ハテいずれにてか出会《であ》い申した覚《おぼ》えがござるが……オヽそれ〳〵。その人相《にんそう》はかよう〳〵で総髪《そうはつ》の、年齢《ねんれい》は四十歳前後《さいぜんご》の者《もの》ではござらぬか」「さ、ところが拙者《せっしゃ》いまだ其者《そのもの》に逢《お》うたことはござらぬため、確《しか》とは存《ぞん》ぜぬが……もしか其人《そのじん》といたせば何《いず》れにてかお出会《であい》になりましたか」「されば、万《まん》一其者《そのもの》でござらばいまより二十日《はつか》計《ばか》り以前《いぜん》、播州姫路《ばんしゅうひめじ》において計《はか》らず出会《しゅっかい》いたし、なんでも郷里信州《きょうりしんしゅう》に赴《おも》むくとやら聞《き》きおよびましたが……」「エッ、さては……」おもわず片膝《かたひざ》を立《た》てゝ東《ひがし》の方《かた》を睨《にら》んだ体《てい》をチラリとみた吉岡兼房《よしおかけんぼう》「おはなしを伺《うか》がえば宮本氏《みやもとうじ》には御心労《ごしんろう》お察《さっ》しもうす。此方《このほう》も聞《き》きおよぶに彼《か》れ岸柳《がんりゅう》とやらは不思議《ふしぎ》なる一手《て》を編《あ》み出《いだ》したるさえあるに、しば〳〵卑怯《ひきょう》なる手段《しゅだん》をもって相手《あいて》を計《はか》るとやら。されば首尾《しゅび》よく御出会《おであい》になったる際《さい》、充分御注意《じゅうぶんごちゅうい》は肝要《かんよう》でござろう」「ハッ、御親切《ごしんせつ》なる御忠告《ごちゅうこく》、かたじけなく受《う》けまする。また竹内殿《たけうちどの》にはよくお教《おし》え下《くだ》された」「しかし……なんとなくはなしが理《り》に落《お》ち申《もう》した。まだ酒《さけ》がござる宮本《みやもと》どの、まずあけられて吉岡先生《よしおかせんせい》へお廻《まわ》しなされてはいかゞ」と加賀之助《かがのすけ》の言葉《ことば》に、ハッと気《き》のついた武蔵《むさし》。「ヤッこれはおもわずはなしに気《き》を取《と》られ、まことに申《もう》し訳《わけ》はござりませぬ。しからば吉岡先生御免《よしおかせんせいごめん》くだされ」と盃《さかずき》を指《さ》す。ついで加賀之助《かがのすけ》は水筒《すいとう》を持《も》って酌《しゃく》をしながら「時《とき》に天狗《てんぐ》はいかゞ致《いた》したのでござろう。未《いま》だ見《み》えませぬようでござれば」という言葉《ことば》に、ニッコと笑《わろ》うた兼房《けんぼう》。「かく三名揃《めいそろ》うたゝめに怖《おそ》れたのかもしれませぬて、ハヽヽヽ。しかしまだ酒《さけ》がござろう。いましばらく酒《さけ》の尽《つ》きるまで待《ま》たっしゃれ」

改《あら》ためて盃《さかずき》を執《と》った三名《めい》、ふたゝび雑話《はなし》に花《はな》を咲《さ》かして待《ま》ちかまえておると、夜《よ》は次第《しだい》にふけて、やがて九ツの刻《こく》（今《いま》の十二時《じ》）に近《ちか》からんとするころ、はるかに数人《すうにん》の足音《あしおと》を冴《さ》えたる天地《てんち》に響《ひび》かせ、漸次《ぜんじ》に近《ちか》づいてくる様子《ようす》。はやくも察《さっ》した加賀之助《かがのすけ》は静《しず》かに紙帳《しちょう》を掲《かか》げてソッと覗《のぞ》けば、下弦《かげん》の月《つき》は地上《ちじょう》にすごく松《まつ》の蔭《かげ》を印《いん》しておった。

◎天狗《てんぐ》の珠数繋《じゅずつな》ぎ

稍《やや》しばらく様子《ようす》をみておった加賀之助《かがのすけ》、ホク〳〵よろこんで紙帳《しちょう》を下《おろ》し、吉岡《よしおか》、宮本《みやもと》の両人《りょうにん》にいうた。「ヤ、お喜《よろ》こびくだされ、ようやく参《まい》りました。しかも人数《にんずう》は七八名《めい》、いずれも異形《いぎょう》の風体《ふうてい》をいたしてございまする。ソレ〳〵足音《あしおと》をお聞《き》きなされ。最早《もはや》二三十間《けん》もござりますまい。両先生《りょうせんせい》には御用意《ごようい》を……」と躍《おど》りあがらんばかりのを、吉岡兼房《よしおかけんぼう》は殊更声《ことさらこえ》を低《ひく》めて静《しず》めた。「まずお待《ま》ちなされ。静《しず》かにいたされえ。此方胸《このほうむね》に思惑《おもわく》がござれば」と宥《なだ》める言葉《ことば》に宮本《みやもと》、竹内《たけうち》の両名《りょうめい》はその発言《はつげん》を待《ま》って今《いま》にもと待《ま》ちかまえた。

はなし代《かわ》って、津山《つやま》の太守《たいしゅ》、浮田侯《うきたこう》には非常《ひじょう》に武芸《ぶげい》を好《この》まれたゝめ、上《かみ》を見倣《みなら》う家中《かちゅう》の諸士迄《しょしまで》いずれも武道熱心《ぶどうねっしん》となって、互《たが》いに腕《うで》を研《みが》いておる。ところが其内《そのうち》にもかねて腕自慢《うでじまん》の面々《めんめん》は、おい〳〵に心《こころ》が慢《まん》じて木剣木刀《ぼくけんぼくとう》の試合《しあい》のみでは面白《おもしろ》くなく、是非真剣勝負《せひしんけんしょうぶ》によって血《ち》を見《み》たいとおもう心《こころ》が切《せつ》に起《おこ》った。しかし何《なに》がさて太平《たいへい》の御代《みよ》、いかに武士道《ぶしどう》を重《おも》んずればとて、無暗《むやみ》と人《ひと》を切《き》ることが許《ゆる》される筈《はず》がない。これがため、つね〴〵髀肉《ひにく》の嘆《たん》に打《う》たれておった連中《れんじゅう》、ついにこの心《こころ》を充《み》たすがため誰《た》れいいだすともなく辻斬《つじぎり》をはじめようということゝなったが、何分広《なにぶんひろ》からぬ城下《じょうか》、諸士《しょし》の顔《かお》はすでに城下《じょうか》の町人《ちょうにん》なぞは大《たい》抵《てい》しっておる。されば万《まん》一失敗《しくじっ》た場合《ばあい》、一身《しん》の破滅《はめつ》を招《まね》くは勿論《もちろん》、累《るい》を家名《かめい》にまでおよぼす憂《うれ》いがあるので、いずれも躊躇《ちゅうちょ》しておる際《さい》、或《ある》一人《にん》の発案《はつあん》とあって、身《み》に異形《いぎょう》の風体《ふうてい》を装《よそ》おい、名《な》を天狗魔神《てんぐまじん》の類《たぐ》いにかりてこれを行《おこ》なわば、顔《かお》は隠《かく》れ、姿《すがた》は異《かわ》って認《みと》めらるゝ恐《おそ》れもなく、また多少達腕《たしょうたつわん》の者《もの》でも心《こころ》に充分《じゅうぶん》の怖《おそ》れを抱《いだ》かしむることが出来《でき》るから、討《う》ち果《はた》すには実力以上《じつりょくいじょう》の利《り》があるのではあるまいかと云《い》うことから、何日《いつ》とはなく三本松原《ぼんまつばら》をこれが場所《ばしょ》として、出没《しゅつぼつ》することゝなったのである。で其夜出掛《そのよでか》けてきたのは重村栄《しげむらえい》之進《のしん》、山村勇蔵《やまむらゆうぞう》、倉橋伝《くらはしでん》五郎《ろう》、以下総《いかすべ》て八名《めい》。前刻《ぜんこく》から三人《にん》の人々等待《ひとびとらま》ちかまえておるとは元《もと》よりしる筈《はず》がない。いずれも肩《かた》を聳《そび》らかし、互《たが》いに得意《とくい》の腕《うで》を自慢《じまん》しながら、だんくとやってきた。「オヽ河村《かわむら》、貴公《きこう》は昨晩《さくばん》こなんだから知《し》るまいが、そりゃ拙者《せっしゃ》の腕《うで》をみせたかったぞ。何《なん》にいたせ向《む》うから三名連《めいづ》れでまいった奴《やつ》を松《まつ》の小陰《こかげ》に忍《しの》んで一足《ひとあし》やり過《すご》し、後《うし》ろからパッくくと五人《にん》とも頭《あたま》の天辺《てっぺん》から切《き》りおろすと、見事《みごと》に極《きま》ったか、ものゝ十間《けん》ばかりはなんにもしらずに歩《あゆ》んでいったが、その内《うち》の一人《ひとり》の奴《やつ》、石《いし》に躓《つま》づいたかヨロ〱ッと倒《たお》れかゝった拍子《ひょうし》にバッと二つに別《わか》れてそれっ切《き》りだ。外《ほか》の二人《ふたり》はこの倒《たお》れた奴《やつ》に打《ぶ》っ突《つ》かれて、これも見《み》るまにバタ〱と二ツずつになったよ」「そりゃ見《み》事《ごと》だったろう。拙者《せっしゃ》もこのほど自分《じぶん》ながら感服《かんぷく》いたしたことがある。此奴《こいつ》ア二人《ふたり》連《づ》れだったが、後《うし》ろへまわって左《ひだ》りの奴《やつ》の胴《どう》をおもい切《き》りサッと払《はら》うとどうだ、こゝろよく落《お》ちたではないか。ところが何《ど》うしたことか腰《こし》から下《した》は残《のこ》って上《うえ》はない。どうしたのだろうとよく〱見《み》ると右側《みぎがわ》の松《まつ》の根方《ねかた》に飛《と》んでおる」「フーム、すると切《き》った拍子《ひょうし》にそこまで飛《と》んだのだな」「さ、拙者《せっしゃ》もそうおもうたのだ。それで我《わ》れながら感心《かんしん》をして見《み》て見《み》ると衣類《いるい》の縞《しま》が違《ちが》う。おかしいなとおもいながら何気《なにげ》なくフト先方《むこう》をみると驚《おど》ろいた」「エッ、真誠《ほんもの》の天狗《てんぐ》でも飛《と》んできたのか」「そんなことではない。其何《そのな》んだスタ〱歩《ある》いて行《ゆ》く奴《やつ》は腰《こし》から上《うえ》と下《した》は着物《きもの》が違《ちご》うてないか、オヤッとおもうたからよく〱みると、上《うえ》に乗《の》っかってるのは左《ひだ》り側《がわ》に居《い》た奴《やつ》の半身《はんしん》で、腰《こし》から下《した》は右側《みぎがわ》の奴《やつ》の半身《はんしん》だ。それで不思議《ふしぎ》におもうて考《かん》がえると、パッと払《はろ》うた拍子《ひょうし》に二人《ふたり》の胴《どう》を一刀《とう》で切《き》ったらしい。でそのとたん左《ひだ》り側《がわ》の奴《やつ》の半身《はんしん》は勢《いき》おいにポンと鞍代《くらが》えをしたのであろう」「そりゃ面白《おもしろ》い切《き》りようだ。して其者《そのもの》はそのまゝ立《た》ち去《さ》ったか」「さればズン〱歩《ある》いて行《ゆ》くから捨《す》てておこうと存《ぞん》じたが、それでは帰《かえ》って困《こま》るだろうとおもうたから、後《うし》ろから一刀《とう》ズーンと竪《たて》に切《き》り下《おろ》すと、バラ〳〵ッと四ツに壊《こわ》れて死《し》んだ」「フム、ま、そりゃ解《わか》ってるがそのまゝ帰《かえ》ればなんで困《こま》る」「困《こま》るではないか。足《あし》は左《ひだ》りの奴《やっ》の宅《たく》へ帰《かえ》ろうとする。腰《こし》から上《うえ》は右《みぎ》の奴《やっ》の宅《たく》へ帰《かえ》ろうとして忽《たち》まち喧嘩《けんか》ができるに定《きま》っておる」「ハヽヽヽヽ、丸《まる》ッ切《き》リはなしのようだ」なぞというておるものもあれば又《また》「重村氏《しげむらうじ》、今晩《こんばん》はしょう〳〵遅《おそ》うござったな」「さればご家老《かろう》から天狗退治《てんぐたいじ》のおはなしがあった為《た》めに一時余《ときあま》りも遅《おく》れたようす」「しかし御《ご》家老《かろう》にはわれ〳〵に天狗退治《てんぐたいじ》のお申《もう》し付《つ》けがあるところをみると、まだ本体《ほんてい》は御存《ごぞん》じないようでござるな」「ハヽヽヽヽ、御存《ごぞん》じあっては大変《たいへん》でござらぬか。のうて重畳《ちょうじょう》……」「ハヽヽヽヽ、イヤこれは一本参《ぼんまい》った。しかし今晩《こんばん》はどうでござろう。誰《た》れも通行《つうこう》いたすものもござるまい」「さア、どうでござろうな」なぞというて居《お》るものもある。そのうちに紙帳《しちょう》の近辺《きんぺん》まできた。「ちょっとお待《ま》ち召《め》され。なんだか妙《みょう》なものがござるで」「なるほどこれは奇体《きたい》な物《もの》がござるな。なんでござろう」と驚《おど》ろいておる内《うち》、気早《きばや》の一人《にん》は走《はし》り寄《よ》ってながめた。「ハヽヽヽヽ、各々方《おのおのがた》、なにも不思議《ふしぎ》なものではござらぬ、安心《あんしん》さっしゃい」「エッ、してなんでござるな」「ハヽヽヽヽ、紙帳《しちょう》でござる」「紙帳《しちょう》……ハテ、われ

〵の毎夜《まいよ》でゝまいるのを知《し》らぬ奴《やつ》でござろうが、さるにしても大胆《だいたん》な奴《やつ》、何者《なにもの》でござろう」「オッ御覧《ごらん》なされ、紙帳《しちょう》のそとに笈《おい》が置《お》いてござるぞ。さすれば六十六部《ぶ》が野宿《のじゅく》いたしておるものと存《ぞん》ずる」「ナニ六部《ぶ》……何人《なんにん》おるかは存《ぞん》ぜぬが相変《あいかわ》らず手応《てごた》えのなき奴《やつ》ばかりでござるな。偶《たま》にはすこし手強《てごわ》い奴《やつ》に出逢《であ》わねば面白《おもしろ》くござらぬて」「アコレ倉橋《くらはし》氏《うじ》、今晩《こんばん》なぞはさような撰《え》り喰《ぐ》いはなるまい。恐《おそ》らくこれ以外《いがい》に通《とお》るものもあるまいによって、中《なか》には何人《なんにん》おるかは存《ぞん》ぜぬがまず相手《あいて》は手強《てごわ》い奴《やつ》のツモリでゆるりと致《いた》そうではござらぬか」「されば……兎《と》に角《かく》かゝろう。手強《てごわ》いつもりで各々《おのおの》おぬかりあるな」「オッ、元《もと》より」と一同《どう》は手《て》に手《て》に太刀《たち》を引《ひ》きぬいて、紙帳《しちょう》の周囲《ぐるり》を取《と》り囲《かこ》み、その釣糸《つりいと》をバッさと切《き》れば、すかさず三方《ぼう》から飛《と》びだした三名士《めいし》、兼房《けんぼう》と武蔵《むさし》はアッという間《ま》もなく両《りょう》の拳《こぶし》をもって目《め》の前《まえ》に立《た》っておった二人《ふたり》ずつをポン〳〵と当《あ》てる。竹内《たけうち》はまた紙帳《しちょう》を飛《と》びだすと同時《どうじ》、これまた二人《ふたり》の者《もの》にさっそくの早縄《はやなわ》。何分御手《なにぶんおて》のものであるだけ、アッともウンともいう間《ま》がない。みる間《ま》に刀《かたな》は落《おと》され両手《りょうて》をクルリと縛《しば》られた。なにしろ外《そと》の方《ほう》では普通《ふつう》の六部《ぶ》とおもうておったので、まず紙帳《しちょう》を切《き》りおとし、中《なか》で悶《もが》く奴《やつ》をばボツ〳〵引《ひ》き出《だ》して療治《りょうじ》しようとおもうて居《お》ったのであるから、充分油断《じゅうぶんゆだん》をしておった。無論油断《むろんゆだん》はせずとも到底相手《とうていあいて》になるべき敵《てき》ではないのは解《わか》り切《き》ったはなしだが、ましてこんな有様《ありさま》なので六人《にん》の者《もの》は土人形《つちにんぎょう》を倒《たお》すより脆《もろ》く倒《たお》された。ところが他《た》の一方《ぽう》に廻《まわ》った二人《にん》、アッという声《こえ》におどろいたが、おりから月《つき》は西《にし》に傾《かた》むいて松《まつ》の葉《は》に支《ささ》えられ、わずかに人《ひと》の影《かげ》を認《みと》むるにすぎぬ明《あか》るさ。したがって同僚《どうりょう》の者等《ものら》がかく迄脆《までもろ》く倒《たお》されたとはおもわぬ。たゞ其横手《そのよこて》へ飛《と》びだした武蔵《むさし》が、一人《ひとり》の同僚《どうりょう》に当身《あてみ》を入《い》れただけは明《あき》らかにみえた。だが、武士風《さむらいふう》をしておるとは未《ま》だ気《き》がつかぬらしい。鬱憤《うっぷん》に六部《ぶ》と思《おも》うたのであろう。「それ各々方此奴《おのおのがたこやつ》がッ」という声《こえ》につれて一太刀《たち》振《ふ》り下《お》ろそうとするをば、武蔵《むさし》は例《れい》の気合《きあい》をもってウンと睨《にら》むと、そのまゝ其処《そこ》に立《た》ちすくんで、ピリッとも動《うご》かぬ。このとき其隣《そのとな》りに並《なら》んでおった今《いま》一人《にん》「山村氏《やまむらうじ》、はやくお切《き》りにならぬか。剣《けん》を振《ふ》り上《あ》げたまゝ冗戯《じょうだん》ではござらぬぞ、オイ山村《やまむら》……」声《こえ》をかけるが、口《くち》をモガ〱させておるのみで、丸《まる》で催眠術《さいみんじゅつ》にかゝった患者《かんじゃ》同様《どうよう》。これをみて気持《きも》ちが少々変《しょうしょうへん》になった彼《か》れ、他《た》の連中《れんじゅう》を薄明《うすあか》りですかして見《み》ようとした。「倉橋氏《くらはしうじ》、重村氏《しげむらうじ》……オヤッ返事《へんじ》をせぬぞ訝《おか》しいな……河村氏《かわむらうじ》……オヤこれも……山本氏《やまもとうじ》……」と一同《どう》の名《な》を呼《よ》んでおるが元《もと》より返事《へんじ》のすべき筈《はず》がない。本人《ほんにん》はいずれも暫《しば》らくお陀仏《だぶつ》となっておるのであるから……。「どうしたろう竹中氏《たけなかうじ》……」「ウーン」今度《こんど》は憐《あわ》れっぽい声《こえ》をだした。これは竹内《たけうち》に縛《しば》られた内《うち》の一人《にん》。「一体《たい》どうしたのだ」と声《こえ》を便《たよ》りに寄《よ》ろうとすると、兼房《けんぼう》はじめ一同《どう》は可笑《おか》しくてたまらぬ。其内竹内《そのうちたけうち》は返事《へんじ》をした男《おとこ》を殊《こと》更明《さらあか》るみへだした。それとも知《し》らぬ彼《か》の人《じん》は相変《あいかわ》らず「各々方《おのおのがた》は拙者《せっしゃ》をだし抜《ぬ》いてどうせられたのだ。拙者《せっしゃ》はまだ一太刀《たち》も下《おろ》さぬが、一体中《たいなか》には何人《なんにん》おった」と紙帳《しちょう》の外《そと》を廻《まわ》って兼房等《けんぼうら》の許《もと》へ近寄《ちかよ》ってきた。多分《たぶん》一同《どう》を味方《みかた》の同僚《どうりょう》とおもい、縛《しば》って引《ひ》き据《す》えられた両人《りょうにん》は松《まつ》の根方《ねかた》に蹲踞《うずくま》っておるものと思《おも》うておる様子《ようす》。近寄《ちかよ》ってきてまず竹中《たけなか》をみた。「オイ竹中《たけなか》どうしたのだ」と声《こえ》を掛《か》けながらみると縛《しば》られておる。「オヤッ」と顔《かお》をあげると、同僚《どうりょう》と思《おも》うたのは見《み》もしらぬ人《じん》で、夫《そ》れが目《め》と鼻《はな》のあいだに黙《だま》って立《た》っておる。「コリャ大変《たいへん》……」驚《おど》ろいたの驚《おど》ろかないの騒《さわ》ぎではない。持《も》ったる剣《けん》を振《ふ》りすてゝ一目散《もくさん》に逃《に》げだそうとする処《ところ》をポイと振《ふ》り掛《か》けた竹内《たけうち》の早縄《はやなわ》ははやくも手足を縛《しば》った。これで残《のこ》ったのは武蔵《むさし》が気合《きあい》をいれておる山村《やまむら》。やがて気合《きあい》を解《と》くと其場《そのば》へバッタリ倒《たお》れる。これも引《ひ》っ張《ば》ってきて縄《なわ》をかけ、さきの四人《にん》も気絶《きぜつ》したまゝ珠数繋《じゅずつな》ぎに繋《つな》いで、いずれも被《かむ》り物《もの》を脱《ぬ》ぎ、活《かつ》を入《い》れると目《め》ばかりパチ〳〵させて言葉《ことば》もだし兼《か》ねるまでに驚《おど》ろいておる。

◎三通《つう》の誓文《せいもん》

驚《おど》ろく八名《めい》の者《もの》をズラリと前《まえ》に列《なら》べた吉岡兼房《よしおかけんぼう》、可笑味《おかしみ》を忍《しの》んで厳《おご》そかに声《こえ》をかけた。

「こりゃ其方等《そのほうら》はかゝる姿《すがた》に身《み》を扮《やつ》し、通行《つうこう》の罪無《つみな》きものを殺《あや》めるとは怪《け》しからぬいたし方《かた》。多分当城内《たぶんとうじょうない》の者《もの》とおもうが夜《よ》の明《あ》けるを待《ま》って重役《じゅうやく》の方《かた》までお届《とど》けをいたすによって左様《さよう》おもわっしゃい」とこの一喝《かつ》にいまゝで呆《あき》れて目《め》を白黒《しろくろ》にしておった一同《どう》、にわかに顔色《かおいろ》が蒼青《まっさお》となって慄《ふる》い出《だ》したが、其内《そのうち》の一人《にん》、出《だ》す声《こえ》さえ力《ちから》なく「いかにも仰《おお》せの通《とお》りわれ〳〵は当城内《とうじょうない》の者《もの》に相違《そうい》ございません。まことに申《もう》し訳《わけ》のなき心得《こころえ》ちがいのため、重々《じゅうじゅう》の御迷惑《ごめいわく》を掛《か》けなんともお詫《わび》のいたし方《かた》も無之次第《これなきしだい》。此上《このうえ》は以後《いご》、屹度改心《きっとかいしん》をいたし、起居《ききょ》を慎《つつ》しみますにより何卒此度《なにとぞこのたび》のところは穏便《おんびん》にお計《はか》らいのほど願《ねが》いいりまする。此儀重役方《このぎじゅうやくかた》のお手許《てもと》へお届《とど》けになりますれば何《いず》れは重《おも》き処罰《しょばつ》を蒙《こう》むらねばなりませぬ。我《わ》れ〳〵、もとより自分《じぶん》の心得《こころえ》ちがいのためでござりますれば、已《やむ》を得《え》ませぬといたしたるところ、これがため家名《かめい》を傷《きず》つけ、父祖《ふそ》の霊《れい》を蔑《ない》がしろにいたす罪《つみ》は心《こころ》に忍《しの》びませぬ。御《ご》立腹《りっぷく》の儀《ぎ》は万々《ばんばん》お察《さっ》しいたしまするが特別《とくべつ》のお情《なさ》けをもって御賢察《ごけんさつ》のほど一同代《どうかわ》りましてお願《ねが》いをつかまつりまする」「殊更《ことさ》ら其方等《そのほうら》を苦《くる》しめるは元《もと》より本意《ほんい》ではない。なれども世《よ》の諺《ことわ》ざに胸元《のどもと》過《す》ぎて熱《あつ》さを忘《わす》れると申《もう》すことがある。此場合《このばあい》前非《ぜんぴ》を悔《く》いたとするも、又《また》程《ほど》なくたゞいまのことを忘却《ぼうきゃく》いたし、ふたゝびかゝる事《こと》をいたすに相違《そうい》あるまい」「微力《びりょく》ながら私共《わたしども》も武士《ぶし》にござりまする。武士《ぶし》は決《けっ》して二言《ごん》を吐《は》かぬものにござりますれば、毛《もう》頭違背《とういはい》はいたしませぬ」「フーム、左程《さほど》までもうせば間違《まちが》いはあるまい。しからば此方《このほう》の申《もう》すことに誓《ちか》いいたすか」「ヘエッ、誓《ちか》い……誓《ちか》いとはいかなる儀《ぎ》について……」「余《よ》の儀《ぎ》ではない。今後一切《こんごいっさい》かゝることを行《おこ》なわぬ。万《まん》一城下《じょうか》において辻斬《つじぎり》の風説《ふうせつ》あれば其責《そのせめ》を一《いっ》切《さい》引《ひ》き受《う》ける……と書《か》かっしゃい」「もとより自身《じしん》にいたしたる場合《ばあい》は元《もと》より厭《あく》まで違背《いはい》の罪《つみ》は受《う》けまするなれど、たゞいまのお言葉《ことば》によれば万《まん》一他《た》の者《もの》がいたしたるまで……」「黙《だま》らっしゃい。他《た》の者《もの》がいたしたるは其方《そのほう》に罪《つみ》を負《お》えとはもうさぬぞ。其責《そのせめ》を引《ひ》き受《う》けて何者《なにもの》がいたしたるかを探《さ》ぐりだせば宜《よろ》しいではござらぬか。これはいずれも歴々《れきれき》の身分《みぶん》らしゅう察《さっ》する。其人《そのじん》が八名《めい》も寄《よ》られて夫《そ》れができぬ筈《はず》はござるまい。それもたゞいま差《さ》し当《あた》ってどういたされいと申《もう》すのではない……しかしこれも出来《でき》ぬとあれば強《しい》ては申《もう》さぬ。城中《じょうちゅう》へお届《とど》けいたせばそれまで。最早東《もはやひがし》の空《そら》が白《しら》んでまいった。さ、立《た》っしゃい」「ア、チョッ、ちょっとお待《ま》ち下《くだ》されい……いかにも仕《つかま》つりまする」「フン、しからばこれに矢立《やたて》がある。直《ただ》ちに書《か》かっしゃい。尚申《なおもう》しておくが、其方等《そのほうら》は八名連署《めいれんしょ》で宜《よろ》しいが、同《どう》文《ぶん》のもの三通《つう》といたし、此方《このほう》三名《めい》べつ〴〵に宛名《あてな》を入《い》れくれい」「畏《かし》こまりました」仕方《しかた》がないから八人《にん》のものは兼房先生《けんぼうせんせい》のいわれる通《とお》り誓文《せいもん》を連署《れんしょ》で三通書《つうか》いた。「かようの通《とお》り三通書《つうか》きましたが、宛名《あてな》は矢張《やは》り書《か》きいれまするか」「無論《むろん》のこと。宛名《あてな》のない誓文《せいもん》はあるべき筈《はず》がない」「しからばお名前《なまえ》はいかように書《か》きましょう」「フム、拙者《せっしゃ》は吉岡又三郎兼房《よしおかまたさぶろうけんぼう》」「エーッ、京都《きょうと》の吉岡先生《よしおかせんせい》……」名《な》を聞《き》いてにわかに慄《ふる》いだした。「そうだ。してこの御人《ごじん》は宮本武蔵政名先生《みやもとむさしまさなせんせい》だ」「エーッ……二刀流《とうりゅう》の……恐《おそ》れいりまする」「また彼《あ》れなる御人《ごじん》は竹内加賀之助先生《たけうちかがのすけせんせい》である」「エ、ーッ、さては……」一同《どう》の者今更《ものいまさら》のように蒼《あお》うなって腰《こし》を抜《ぬ》かさんばかりの驚《おど》ろき。それは無理《むり》のない話《はな》しで、この内一人《うちひとり》だけでも一同《どう》のような連中《れんじゅう》十人《にん》二十人《にん》はなんでもない程《ほど》の達人《たつじん》、それが三名《めい》も揃《そろ》うたのであるからよく首《くび》が飛《と》ばなんだと窃《ひそ》かに頭《かしら》を振《ふ》ったものもあろう。ようやく認《したた》め終《お》った誓文《せいもん》をそれ〴〵渡《わた》して、縄《なわ》を解《と》かれた八名《めい》は、其《その》ところへベッタリ平伏《へいふく》をした。「斯程《かほど》の先生方《せんせいがた》のお揃《そろ》いともぞんじませず、重々《じゅうじゅう》無礼《ぶれい》の談平《だんひら》に御容赦《ごようしゃ》をねがいいりまする」「アコレ、最早誓《もはやせい》文《もん》を入《い》れ改心《かいしん》いたしたる上《うえ》は既往《きおう》を咎《とが》めぬ」「恐《おそ》れいりまする。して先生方《せんせいがた》にはいずれにお宿《やど》りでござりまする」「此方《このほう》は昨夜《さくや》このところに明《あ》かしたるため未《いま》だ宿《やど》は定《さだ》めておらぬが、宮本氏《みやもとうじ》には……」「拙者《せっしゃ》はこの先方《むこう》の備前屋《びぜんや》ともうす旅籠屋《はたごや》に取《と》りあえず定《さだ》めましたが……最早夜《もはやよ》も明《あ》けましたれば御両名《ごりょうめい》には是非其方《ぜひそのほう》へお引揚《ひきあ》げをねがいいりまする」というう後《あと》について八人組《にんぐみ》の一人《にん》「まことに卒爾《そつじ》ながら御高名《ごこうめい》の先生《せんせい》かくも三名《めい》お揃《そろ》いの席《せき》にてわれ〳〵一同《どう》お盞《さかづき》を頂戴《ちょうだい》いたしとうござりますれば、さいわい宮本先生御宿《みやもとせんせいおやど》までお供《とも》をねがいとうぞんじまする。

これから一同《どう》は備前屋《びぜんや》に至《いた》って、こゝで打《う》ちとけた大酒宴《おおさかもり》となったが、そのうち八名《めい》のものは登城《とじょう》の時刻《じこく》が迫《せま》ったので別《わか》れを告《つ》げて一先《ひとま》ず引《ひ》き上《あ》げることゝなり、やがて太守《たいしゅ》の御前《ごぜん》に伺候《しこう》したとき、それがために逢《お》うたとはいえぬが余事《よじ》に托《たく》して三名《めい》の人々《ひとびと》が城下《じょうか》に滞在《たいざい》しておる旨《むね》を言上《ごんじょう》した。ところが何《なに》がさて武芸熱心《ぶげいねっしん》の太守《たいしゅ》、非常《ひじょう》によろこばれた。直《ただ》ちにお使《つか》いをたてゝ城中《じょうちゅう》に呼《よ》びむかえられ、お望《のぞ》みによって武蔵《むさし》と兼房《けんぼう》の試合《しあい》と両人自流《りょうにんじりゅう》の奥儀《おくぎ》、および加賀之助《かがのすけ》の小具足十手捕縄《こぐそくてとりなわ》の極意等《ごくいとう》を斜《なな》めならざる御機嫌《ごきげん》の内《うち》に御覧《ごらん》ぜられ、三名共《めいとも》意《い》想外《そうがい》なる栄誉《えいよ》を担《にの》うて、引《ひ》きさがり、兼房《けんぼう》と加賀之助《かがのすけ》はその翌朝《よくちょう》、武蔵《むさし》は数《すう》日滞在《じったいざい》のゝち此地《このち》を発足《ほっそく》した。

◎秋葉山《あきばさん》で二年《ねん》の修業《しゅぎょう》

作州津山《さくしゅうつやま》を出発《しゅっぱつ》した武蔵《むさし》、敵岸柳《かたきがんりゅう》は信州路《しんしゅうじ》にいったと加賀之助《かがのすけ》からきいたから、他《た》に目途《あて》のない身《み》、たゞちに此《こ》の方《ほう》に向《むこ》うた。其《その》あいだ姫路《ひめじ》、大阪《おおさか》、其他道中《そのたどうちゅう》に多少《たしょう》の話《はなし》はないでもない。しかし何分《なにぶん》にも紙数《しすう》の限《かぎ》りある本書《ほんしょ》にそれを到底《とうてい》書《か》き尽《つく》せぬのみならず取《と》り立《た》てゝいう程《ほど》のことでもないから省《はぶ》くことゝした。で兎《と》に角其後数《かくそのごすう》十日《にち》のゝち、かねてその故郷《こきょう》と聞《きい》ておった松本《まつもと》についてまず土地《とち》の道場《どうじょう》を宿《やど》の者《もの》に聞《き》くと一軒《けん》しかないという。「さては心易《こころやす》し。敵岸柳《かたきがんりゅう》はそこに居《お》らずとも手掛《てがか》りは得《え》られるであろう」と考《かん》がえたから直《ただ》ちに訪《たず》ねて見《み》るとまったくの道場《どうじょう》で定《さだ》まった師匠《ししょう》もなければ門弟《もんてい》もない。たゞ其内《そのうち》で多少技量《たしょうぎりょう》のあるものは後進者《こうしんしゃ》を取《と》りたてるというだけ。したがって多少失望《たしょうしつぼう》せんでもなかったが、要《よう》は武術修業《ぶじゅつしゅぎょう》の以外《いがい》にある武蔵《むさし》、殊更《ことさ》ら心《こころ》を悩《なや》まして其主《そのおも》なるものに懇意《こんい》を結《むす》んだ。もっともこの道場《どうじょう》は岸柳最初《がんりゅうさいしょ》の修業場所《しゅぎょうばしょ》であることはいう迄《まで》もない。しかし武蔵《むさし》はもとより夫《そ》れもしらぬが、何分敵《なにぶんてき》の地《ち》と覚悟《かくご》をしておるので、互《たが》いに顔《かお》がしらぬを幸《さいわ》い、殊《こと》更《さ》ら偽名《ぎめい》を使《つか》った。また剣法《けんぽう》も二刀流《とうりゅう》をあくまで秘《ひ》しておった。

かくて松本《まつもと》に数日滞在《すうじつたいざい》しておったが更《さ》らに手掛《てがかり》がない。異無《いなな》いのではなく捉《とら》える機会《きかい》がなかったのだ。しかるに或日《あるひ》のことである。かねて近付《ちかづ》きにならんことを努《つと》めておった一人《にん》のものを、余事《よじ》に托《たく》してある料理店《りょうりてん》に連《つ》れだし、四方山《よもやま》の話《はな》しのすえ、この地《ち》に名《な》のある武術家《ぶじゅつか》を尋《たず》ねた。ところが相手《あいて》は武蔵《むさし》の腹《はら》に一物《いちもつ》あることを知《し》らぬから「左様《さよう》でございます。いまの道場《どうじょう》にも数日前《すうじつぜん》までは佐々木岸柳《ささきがんりゅう》という先生《せんせい》が帰《か》えられておりましたが、惜《お》しいことには江戸《えど》の方《ほう》へ行《ゆ》かれましたので」とはじめてその消息《しょうそく》を知《し》ることができた結《けっ》果《か》、この上《うえ》は江戸《えど》を尋《たず》ねねばなるまいと、日《ひ》ならずこの地《ち》を後《あと》に出立《しゅったつ》した。

この松本《まつもと》から江戸《えど》に向《むか》うには普通中仙道《ふつうなかせんどう》をたどるのは順序《じゅんじょ》であるが、かねて遠州《えんしゅう》の秋葉《あきば》権現《ごんげん》の霊現顕著《れいげんけんちょ》なることを聞《きい》ておる。きけば東海道《とうかいどう》から道程《みちのり》も遠《とお》からぬとのこと。のみならず更《さ》らに参詣《さんけい》をしようと思《おも》えば遽《にわ》かに機会《きかい》を得《え》られるものではない。さいわい此地《このち》より江戸《えど》に至《いた》るの途次《とじ》、これに詣《もう》でるには左程《さほど》のまわり道《みち》ではあるまい。また身《み》は前途大望《ぜんとたいもう》のある身体《からだ》、さればこれが成就《じょうじゅ》の祈願《きがん》をこめ、かつは武運《ぶうん》の長久《ちょうきゅう》を祈《いの》らねばならぬと、こゝから道《みち》を南《みなみ》にとって諏訪湖《すわこ》の西《にし》をめぐり、天竜川《てんりゅうがわ》にさいわいの便船《びんせん》を貰《もら》ってようやく其西《そのにし》の山麓《さんろく》に上陸《じょうりく》した。でそれからおい〳〵と山道《やまみち》にかゝったが何分本街道《なにぶんほんかいどう》でない上《うえ》、人ッ子《ひとこ》一人通《ひとりとお》るのにも逢《あ》わぬのみならず何《いず》れは行《ゆ》けるだろうと便《たよ》りにした只《た》だ一筋《ひとすじ》の間道《かんどう》も進《すす》むにつれて次第《しだい》に細《ほそ》り、ついには夫《そ》れすら全《まっ》たくたえてきた。道《みち》さえも定《さだ》かに分《わか》りかねるようになって、そのうえ日《ひ》はようやく暮《く》れちかく、且《か》つは食物《しょくぶつ》も昼食《ちゅうじき》だけなので腹《はら》は容赦《ようしゃ》なく空《むな》しくなってくるありさま。流石《さすが》の武蔵《むさし》もこれには進退谷《しんたいきわ》まって途方《とほう》にくれたが、何時《いつ》までも同《おな》じところにおれば誰《た》れに頼《たよ》ることもできる筈《はず》がないによって、此《こ》の上《うえ》は足《あし》にまかして駆《か》けまわるより外《ほか》に策《さく》はない。そのうちに人家《じんか》を見付《みつけ》ることもあろうと、頼《たよ》りないことを頼《たよ》りとして彼方此方《あなたこなた》と駆《か》け廻《まわ》るうち、いつしか日《ひ》もトップリ暮《く》れて足許《あしもと》さえ見分《みわ》けぬ始末《しまつ》。最早焦《もはやあせ》っても詮《せん》なかろうと思《おも》わず吐息《といき》をつく途端《とたん》、フト目《め》についたは、はるか彼方《あなた》に灯火《ともしび》の影《かげ》、やれ嬉《うれ》しやと木《き》の根岩角《ねいわかど》にすがりすがって漸《よう》やくに行《ゆ》きついたのは一軒《けん》の荒家《あばらや》であった。何《なに》はともあれこれに救《すく》いを求《もと》めようと案内乞《あんないこ》うた。その家《いえ》は、偶然《ぐうぜん》にも自分《じぶん》が嘗《かっ》て師《し》とたのんだ石川群東斎先生《いしかわぐんとうさいせんせい》のまた師匠《ししょう》である伊東弥五郎先生《いとうやろうせんせい》の隠《かく》れ家《が》であった。

これは芝居《しばい》でると土地《ところ》は木曾《きそ》の山中《さんちゅう》で、かの鍋蓋《なべぶた》の仕合《しあい》をするところである。ここで弥《や》五郎先生《ろうせんせい》にその顚末《てんまつ》を語《かた》ると先生《せんせい》は「其方《そのほう》の腕《うで》は弱《よわ》くはないが佐々木《ささき》に打《う》ち勝《か》つことは六《むっ》ヶ敷《かし》いだろう。佐々木《ささき》の燕返《つばめがえ》しの術《じゅつ》は決《けっ》して侮《あな》どれぬ。また彼《かれ》の剣法《けんぽう》には詭計《きけい》が富《と》んでおる。さすればこれを充分《じゅうぶん》に防《ふせ》ごうとおもえばまだ〳〵修業《しゅぎょう》をせねばならぬ」という意味《いみ》をもって注意《ちゅうい》せられたのでついに其教《そのおし》えを乞《こ》うことゝなり、約《やく》二年《ねん》のあいだ撓《たゆ》まず腕《うで》を磨《みが》いておると或日《あるひ》弥《や》五郎先生《ろうせんせい》は武蔵《むさし》にむかい「最早其方程《もはやそのほうほど》の腕《うで》があれば充分《じゅうぶん》である。このうえ教《おし》えることがないによってこれより下山《げざん》いたして本望《ほんもう》を遂《と》げよ。なお聞《き》きおよぶところによれば、かれ岸柳《がんりゅう》は目下《もっか》肥後《ひご》熊本《くまもと》の城主《じょうしゅ》、加藤忠広侯《かとうただひろこう》に仕《つか》えておるそうである。されば其《その》方《ほう》は一度《ひとた》び本国《ほんごく》へ帰国《きこく》いたし、太守《たいしゅ》小笠原侯《おがさわらこう》より加藤侯《かとうこう》へその旨《むね》を公《おおや》けに掛《か》け合《あわ》れるようねがう方《ほう》がよかろう。さる場合《ばあい》は忠広侯《ただひろこう》においても将軍家《しょうぐんけ》へのきこえを慮《おもん》ばかり、真逆《まさか》きゝ入《い》れぬとはもうすまい……解《わか》ったか」ともうし聞《き》け、なお注意《ちゅうい》すべき要項《ようこう》を詳《くわ》しく語《かた》って下山《げざん》せしめた。

◎久々《ひさびさ》で帰国《きこく》

武蔵《むさし》は弥五郎先生《やろうせんせい》の厚《あつ》き心《こころ》をあり難《がた》くうけ、勇《いさ》みに勇《いさ》んで豊前小倉《ぶぜんこくら》の城下《じょうか》へ立《た》ちかえって、太守小笠原大膳太夫《たいしゅおがさわらだいぜんだいふ》へそのむねを言上《ごんじょう》すると、太守《たいしゅ》にも武蔵《むさし》の無事《ぶじ》にかえったのを非常《ひじょう》に悦《よろ》こばれ、たゞちに使者《ししゃ》をもって加藤家《かとうけ》へ掛合《かけあ》いにおよばれる。加藤家《かとうけ》はこれによって大《おお》いにおどろいた。何分岸柳《なにぶんがんりゅう》は武術非凡《ぶじゅつひぼん》とあって目下忠広侯《もっかただひろこう》の御寵臣《ごちょうしん》。いかに旧悪《きゅうあく》があるからとしても家臣《かしん》の手許《てもと》で徒《みだ》りにどう計《はか》らうこともできぬ。で恐《おそ》る〳〵この旨《むね》を侯《こう》に申《もう》しあぐると、侯《こう》にはゝなはだ残念《ざんねん》におもわれたが既《すで》に罪状《ざいじょう》のある以上《いじょう》、小笠原家《おがさわらけ》の申出《もうしい》でを斥《しりぞ》けるは将軍家《しょうぐんけ》の聞《きこ》えもいかゞ、かつは両家《りょうけ》の交情《こうじょう》にも関《かん》することゝあって、ついに小笠原家《おがさわらけ》へ引《ひ》き渡《わた》すことを承諾《しょうだく》せられ、かつ敵討《かたきう》ち当日《とうじつ》には当方《とうほう》より立会《たちあい》のため家臣《かしん》を遣《つか》わすにより、その場所日時《ばしょにちじ》が定《さだ》まらば通知《つうち》をありたいとの言葉《ことば》を添《そ》えられたが、一面《めん》心《しん》外《がい》でたまらぬところから、数十名《すうめい》の腕《うで》きゝの家臣《かしん》を選《え》り抜《ぬ》かれ、敵討《かたきう》ち当日《とうじつ》はひそかにその附近《ふきん》に散在《さんざい》せしめ、機《き》を見計《みはか》ろうて、岸柳《がんりゅう》の門弟《もんてい》が師《し》のために助太刀《すけだち》をするという言《い》い訳《わけ》の下《もと》に切《き》り込《こ》んで助《たす》けよと、予《あらか》じめ申《もう》し付《つ》けられておる。

さて小笠原家《おがさわらけ》には首尾《しゅび》よく岸柳《がんりゅう》を加藤家《かとうけ》より渡《わた》されたので、この上《うえ》は一日《にち》もはやく武蔵《むさし》のために本懐《ほんかい》を遂《と》げさせようと重臣協議《じゅうしんきょうぎ》のうえ、寛永《かんえい》七年《ねん》、七月《がつ》の二十七日《にち》小倉《こくら》の海上豊《かいじょうぶ》前島《ぜんじま》においていよ〳〵晴《は》れの勝負《しょうぶ》をさせようと協議《きょうぎ》がまとまった。夫《そ》れから二三日《にち》経《た》つと、有馬喜右衛門《ありまきえもん》、門弟《もんてい》六七十名《めい》を引《ひ》き連《つ》れて小倉《こくら》の城下《じょうか》へ乗《の》り込《こ》んでまいり、武蔵《むさし》に対《たい》して助太刀《すけだち》の義《ぎ》を願《ねが》い出《い》でる。重臣《じゅうしん》からこの事《こと》を太守《たいしゅ》に言上《ごんじょう》すると、太守《たいしゅ》も喜右衛門《きえもん》の義《ぎ》気《き》に感《かん》ぜられ、たゞちに之《こ》れを許《ゆる》された。しかし表面助太刀《ひょうめんすけだち》というわけにはまいらぬから、仇討当日場所警固《あだうちとうじつばしょけいご》の為《た》めと云《い》う名《な》の下《もと》に是《こ》れを許《ゆる》された。

さて当日《とうじつ》になると、豊前島《ぶぜんじま》の一部《ぶ》に場所《ばしょ》をえらみ、その周囲《しゅうい》には竹矢来《たけやらい》をめぐらし、三方《ぼう》には桟敷《さじき》をかけ、一方《ぼう》は人々《ひとびと》の通路《つうろ》として一面《めん》に白《しろ》の無紋《むもん》の幕《まく》をひき、正面《しょうめん》の桟敷《さじき》には小笠原侯《おがさわらこう》みずから出座《しゅつざ》あるということで、小笠原家《おがさわらけ》の紋処《もんどころ》を染《そ》めぬいたる幕《まく》を、又《ま》た一方《ぽう》の桟敷《さじき》は加藤家《かとうけ》の立会人《たちあいにん》に充《あ》てたもので、此処《ここ》には加藤家《かとうけ》の紋《もん》あるものを、今《いま》一つの桟敷《さじき》は他家《たけ》の諸臣《しょしん》が参観場所《さんかんばしょ》にせられたもので、これには無紋藍色《むもんあいいろ》の幕《まく》を何《いず》れも張《は》りつめて中央《ちゅうおう》は高《たか》く絞《しぼ》られてある。処《ところ》がちょっというておくが、普通《ふつう》の仇討《あだう》ちなぞでは他家《たけ》から見《み》にくるようなことはないが、何分《なにぶん》達人《たつじん》と達人《たつじん》の立合《たちあい》のことであるから、これを聞《き》きつたえて諸家《しょけ》よりもうしこんだものが沢山《たくさん》あったので、さて時刻《じこく》はせまると、それ〴〵威儀《いぎ》をただして着座《ちゃくざ》をせられ、検使《けんし》、警固《けいご》の役人達《やくにんたち》はいずれも受持《うけも》ちの席《せき》に着《つ》く。もっとも喜右衛《きえ》門以下門人《もんいかもんじん》の連中《れんじゅう》は名《な》は警固《けいご》であるけれどもこれは名目《めいもく》だけであるから、差支《さしつか》えのないかぎり随意《ずいい》ということにゆるされた。その柵外《さくがい》には豊前《ぶぜん》、長州等《ちょうしゅうとう》からこれを聞《き》きつたえわざ〳〵小舟《こぶね》にのって出掛《でか》くるものかずしれぬほど。見《み》るまにセツ〳〵と詰《つ》めかけ、あまり大《おお》きくない豊前島《ぶぜんじま》はこれが為《た》め全《まった》く人《ひと》の山《やま》。そのうち合図《あいず》の太鼓《たいこ》によって一方《ぽう》からは宮本《みやもと》武蔵《むさし》、身《み》には水色《みずいろ》の帷子《かたびら》に菖蒲革縁取《しょうぶかわへりとり》の野袴着《のばかまつ》け、足《あし》には小紋《こもん》の脚絆《きゃはん》に裂緒《きれお》の草鞋《わらじ》を穿《うが》ち、頭《かしら》には白布《しろぬの》の鉢巻《はちまき》、肩《かた》には同《おな》じく襷《たすき》を十字《じ》にあやどって腰《こし》には主君《しゅくん》より拝領《はいりょう》の来国《らいくに》近《ちか》、および亡《な》き父《ちち》の遺品不動国行《かたみふどうくにゆき》の両刀《りょうとう》を帯《お》びシズ〳〵と中央《ちゅうおう》に、また一方《ぽう》からは佐々木《ささき》岸柳《がんりゅう》、薄茶《うすちゃ》の帷子《かたびら》に菖蒲革《しょうぶかわ》の野袴《のばかま》、草鞋脚絆《わらじきゃはん》に襷鉢巻《たすきはちまき》の用意《ようい》は武蔵《むさし》と変《かわ》らぬ。腰《こし》には朱鞘《しゅざや》の大小《だいしょう》を厳《いか》めしく差《さ》し、両肩振《りょうかたふ》ってノサリ〳〵と進《すす》み出《で》た。やがて両人《りょうにん》とも両桟敷《りょうさじき》に目礼《もくれい》がすむと、かたわらに居《お》った係《かか》り役人《やくにん》、土器《かわらけ》をとって水《みず》を与《あた》える。これは昔《むかし》の仇討《あだう》ちの作《さ》法《ほう》であるそうな。その作法《さほう》もすんだのち、注意《ちゅうい》の要項《ようこう》を厳《おご》そかに申《もう》しわたし「双方《そうほう》とも用《よう》意《い》が整《とと》のうたか」とたずねる声《こえ》に、両人恐《りょうにんおそ》れいってお受《う》けをする、とみる間《ま》に合図《あいず》の太鼓《たいこ》の音《おと》がひゞきわたった。

◎父《ちち》の仇《あだ》思《おも》い知れッ

このときサッと一足身《ひとあしみ》をひいた武蔵《むさし》「父武左衛門《ちちぶざえもん》の敵《かたき》、佐々木岸柳覚悟《ささきがんりゅうかくご》ッ」と両刀《りょうとう》スラリと抜《ぬ》いて身構《みがま》える。「なにをッ」と大剣《だいけん》手《て》に持《も》った岸柳《がんりゅう》、これも青眼《せいがん》に構《かま》えてジーッと隙《すき》を狙《ねら》うが、何分双方《なにぶんそうほう》とも一流《りゅう》をきわめた達人《たつじん》。兎《う》の毛《け》で突《つ》いた隙《すき》もない。わずかに刃《は》さきを五八合《ごうう》打ちあわせてはサッと開《ひら》いてふたゝび詰めよする。斯《こ》んな調子《ちょうし》でおよそ半時計《はんどきばか》りと云《い》うものは睨《にら》み合《あ》うばかりであったが、そのうちヤッとかけたる岸柳《がんりゅう》の太刀先《たちさき》は鋭《するど》く武蔵《むさし》の小鬢《こびん》をかすった。一同《どう》の見物《けんぶつ》はおもわずアナヤと手《て》に汗握《あせにぎ》る時《とき》、再《ふた》たび横《よこ》に払《はろ》うた燕返《つばめがえ》しの奥《おく》の手《て》、ふかくも武蔵《むさし》の腰車《こしぐるま》を斬《き》って真《ま》っ二ツ、と思《おも》いのほか此方《こなた》もさるもの。小鬢《こびん》にながるゝ血汐《ちしお》をはらい、はやくもスッとゝび揚《あ》がれば、はろうた剣《けん》はあやうくも袴《はかま》の裾《すそ》を一二寸《すん》きった。「失敗《しま》ったッ」よろめいた岸柳《がんりゅう》、急《いそ》いで足《あし》をかためようとする刹那《せつな》、飛《と》びおりさまきり込《こ》んだ武蔵《むさし》の右剣《うけん》はその肩《かた》さきに、つゞいて左剣《さけん》は脇腹《わきばら》を深《ふか》くも切《き》ったので「アッ」というまもなく、ドーンとたおれる。此体《このてい》を見《み》た小笠原侯《おがさわらこう》をはじめ見物《けんぶつ》の諸《しょ》士《し》はおもわず我《わ》れをわすれて賞《ほ》め讃《たた》えるを、はるかに聞《き》いてニッコと笑《わろ》うた武蔵《むさし》「父《ちち》の敵《かたき》岸柳《がんりゅう》、思《おも》い知《し》れッ」と右剣《うけん》をとり直《なお》して止《とど》めを刺《さ》し、しずかに太守《たいしゅ》の御前《ごぜん》にお礼《れい》のため罷《まか》り出《で》ようとするとき、かねて忠広侯《ただひろこう》の命《めい》をうけて居《お》る熊本《くまもと》の諸士数十名《しょしすうめい》、にわかに席《せき》をたって「師匠《ししょう》の助太刀《すけだち》、宮本覚悟《みやもとかくご》」と武蔵《むさし》を目《め》がけて飛《と》びかゝらんとした。

おもいも寄《よ》らぬこのさまに、小笠原家《おがさわらけ》の諸士《しょし》一同《どう》は「ソレッ静《しず》めよッ」という。騒《さわ》ごうとするおりから「おそれながらいずれも方《がた》お待《ま》ち下《くだ》され。先方《せんぽう》は岸柳《がんりゅう》の門弟《もんてい》とあれば拙者《せっしゃ》等《ら》は宮本先生《みやもとせんせい》の門弟《もんてい》、いずれも方《がた》のお手《て》をわずらわすまでもございませぬ……それ方々《かたがた》……」という声《こえ》につれてバラ〳〵と飛《と》びだしたのは喜右衛門《きえもん》以下《いか》の門弟数十名《もんていすうめい》、武蔵《むさし》の四方《ほう》をかためてスックと立《た》った。今迄《いままで》は不意《ふい》に飛《と》びだして一同《どう》のあきれるうちに、疲《つか》れ切《き》った武蔵《むさし》を討《う》ちとろうとした熊本《くまもと》の連中《れんじゅう》も、この意外《いがい》のありさまに、おもわずたち痿《すく》む。この暇《ひま》に小笠原侯《おがさわらこう》には非常《ひじょう》なる立腹《りっぷく》の下《もと》、立会《たちあい》としてきておる加藤家《かとうけ》の老臣《ろうしん》に厳《きび》しくそのことを訊《ただ》されたゝめ、今《いま》は捨《す》ておきがたく、きびしく令《れい》を伝《つた》えて、わずかにことなきを得《え》た。

この騒《さわ》ぎに今《いま》しも太守《たいしゅ》の御前《ごぜん》に出《で》ようとした武蔵《むさし》、立《た》ちとどまって再《ふた》たび両刀《りょうとう》の柄《つか》に手《て》を掛《か》け、俄《にわ》かに助勢《じょせい》の為《た》め飛《と》び出《だ》した喜右衛門《きえもん》以下門人《いかもんじん》の中《なか》にたって今《いま》にもことが起《おこ》らば相手《あいて》を切《き》り尽《つく》さんと身構《みがま》えたが、それもほどなく治《おさ》まったから、身《み》つくろいして御前《ごぜん》に出《い》で、あつくお礼《れい》をもうしあげると、太守《たいしゅ》にも非常《ひじょう》に満足《まんぞく》におもわれ、お附《つ》きの医者《いしゃ》に命《めい》じて小鬢《こびん》の疵《きず》を手当《てあて》せしめられた上《うえ》、改《あら》ためて、小倉《こくら》の藩士《はんし》に加《くわ》え二千石《ごく》を賜《たま》わることゝなった。

その後忠勤《ごちゅうきん》を怠《おこた》らずつくして居《お》るうち、三代将軍《だいしょうぐん》の御前《ごぜん》において当時有名《とうじゆうめい》の剣客小野次郎左衛門《けんかくおのじろうざえもん》を相手《あいて》に晴《は》れの勝負《しょうぶ》をなし、陪臣《ばいしん》に例《れい》のない栄誉《えいよ》を蒙《こう》むり並居《なみい》る諸士《しょし》をおどろかしたなどもある。また小倉城内《こくらじょうない》に変化《へんげ》の者《もの》を退治《たいじ》て太守《たいしゅ》の心《こころ》を休《やす》めたこともある。そのた名誉談《めいよだん》としてかぞえ来《きた》れば、なか〳〵一小冊子《しょうさっし》をもって尽《つ》くすことは出来《でき》ぬから本編《ほんぺん》にはその復讐《ふくしゅう》に因《ちな》んだことだけに止《とど》め、名誉談《めいよだん》はさらに稿《こう》を改《あら》ためて筆《ふで》を執《と》ることゝする。なお終《おわ》りに望《のぞ》んで付《つ》けくわえるが、この人《ひと》は武芸家《ぶげいか》としては稀《まれ》に見《み》る長命《ちょうめい》で、その没《ぼっ》した年《とし》は八十六、死屍《しし》は小倉《こくら》の城下《じょうか》に葬《ほう》むった。けれどもその墳墓《ふんぼ》は全国《ぜんこく》に四十八箇所《かしょ》に渉《わた》って建《た》てられておる。これは生前《せいぜん》試合《しあい》に敗《おく》れを取《と》った者《もの》の内《うち》、怨《うら》みを含《ふく》んで死後《しご》その墓《はか》をあばかんことを憂《うれ》い、特《とく》に当時《とうじ》の太守《たいしゅ》が命《めい》ぜられたものであるそうな。

凡例

一、本書は『立川文庫』第九編「宮本武蔵」（立川文明堂　明治四十四年刊）を底本とした。
一、「仮名づかい」は、「現代仮名遣い」にあらためた。送り仮名については統一せず底本どおりとした。おどり字（「ヽ」「ゝ」「〳〵」等）は、底本のままとした。
一、漢字の表記については、原則として「常用漢字表」に従って底本の表記を改め、表外漢字は、底本の表記を尊重した。ただし人名漢字については適宜慣例に従った。
一、漢字については、現代仮名遣いでルビを付した。ただし漢数字については一部をのぞきルビを付していない。
一、誤字・脱字と思われる表記は適宜訂正した。会話の「」や、句点（「。」）読点（「、」）については、読みやすさを考慮して、あらためたり付け足したりした箇所がある。
一、今日の人権意識に照らして不当・不適切と思われる語句や表記がみられる箇所もあるが、時代的背景と作品の価値に鑑み、修正・削除はおこなわなかった。
一、地名、人名、年月日等、史実と異なる点もあるが、改めずに底本のままとした。

立川文庫について

立川《たちかわ》文庫は、明治四十四年（一九一一）から、関東大震災後の大正十三年（一九二四）にかけて、大阪の立川文明堂《たつかわぶんめいどう》（現・大阪府大阪市中央区博労町《ばくろうまち》）から刊行された小型の講談本シリーズである。発行者は、兵庫県出身の出版取次人で立川文明堂の社主・立川熊次郎《たつかわくまじろう》。したがって、一般には「たちかわ」と言い慣《なら》わされているが、「たつかわ」と読むのが正しい。

当初は、もと旅回りの講釈師・玉田玉秀斎《ぎょくしゅうさい》（二代目　本名・加藤万次郎）の講談公演を速記した「速記講談」であった。が、やがてストーリーを新たに創作し、講談を書きおろすようになる。いわゆる、「書き講談」のはしりであった。

立川文庫では、著者名として雪花山人《せっかさんじん》、野花《のばな》（やか、とも）散人《さんじん》など、複数の筆名が用いられているが、すべては大阪に拠点をおいた二代目・玉田玉秀斎のもと、その妻・山田敬《けい》、さらには敬の連れ子で長男の阿鉄《おてつ》などが加わり、玉秀斎と山田一族を中心とする集団体制での制作、共同執筆であった。

その第一編は、『一休禅師』。ほかには『水戸黄門』『大久保彦左衛門《おおくぼひこざえもん》』『真田幸村』『宮本武蔵』など、庶民にも人気のある歴史上の人物が並んでいたが、何といっても爆発的な人気を博したのは、第四十編の『真田三勇士　忍術之名人　猿飛《さるとび》佐助《さすけ》』にはじまる〝忍者もの〟であった。

猿飛佐助は架空の人物である。しかしこの猿飛佐助をはじめとする忍者は、それぞれのキャラクターと、奇想天外な忍術によって好評を博し、立川文庫の名を一躍、世に知らしめるとともに、映画や劇作など、ほかの分野にもその人気が波及して、世間に忍術ブームを巻き起こした。

判型は四六半切《はんぎり》判、定価は、一冊二十五銭（現在なら九百五十円〜一千円ぐらい）だった。総刊数二百点近く、のべ約二百四十の作品を出版し、なかには一千版を重ねたベストセラーもあった。

青少年や若い商店員を中心とした層に、とくに歓迎され、夢や希望、冒険心を培い、ひいては文庫の大衆化、大衆文学の源流の一つとも成った。立川文庫の存在は、その後の文学のみならず、演劇・映画（日本で大規模な商業映画の製作が始まったのは明治四十五年、日活の創業から）など、さまざまな娯楽分野にも多大きな影響を与えている。

解説

加来耕三
（歴史家・作家）

我流の人・武蔵
――講談の宮本武蔵は、満喫いただけたであろうか。

ところで、史実の武蔵だが、彼の本当のところの腕前はいかに――?!

昭和七年（一九三二）、講談から進化したともいうべき大衆小説、その代表的時代小説の文壇を割って、直木三十五《なおきさんじゅうご》と菊池寛《きくちかん》の大御所二人が、「たいしたことはなかった」、「いや、強かった」と、論争をくりひろげた。その余波として昭和十年から朝日新聞に掲載され、世に出たのが吉川英治《よしかわえいじ》の小説『宮本武蔵』だった。

もし、この名作が世に出ることがなければ、今日の武蔵の栄名はなかったかもしれない。日本人の多くが思い描く武蔵は、吉川版の宮本武蔵であり、そのヒロイン・お通《つう》さんも、本位伝又八《ほんいでんまたはち》も、すべては作者の創作によるものであった。

だが、武蔵の著作と伝えられる『五輪書《ごりんのしょ》』や「独行道《どっこうどう》」、現在に伝承される遺書、遺品の数々は、この人物が確かに実在し、しかも尋常《じんじょう》ならざる芸術の世界の人であったことを物語っていた。しかし一方で、この剣客ほど実像の知れない人物も珍しかった。だからこそ、講談・時代小説の主人公になれた、といえなくもないが。

出生の地も現在の岡山県、兵庫県に複数存在し、その家系も幾つか伝えられているものの、各々、決定的証拠に欠けている。とくに、同時代の物証に乏しい。

ただ、武蔵の家庭はあまり恵まれたものではなく、父母の仲も今一つ。武蔵の父は、その愛情をわが子に注ぐことのない人であった印象が強い。母が先に死んだか、あるいは再婚したかは別にしても、武蔵の幼少期は父母からの愛情に飢えた、屈折したものであったことはほぼ間違いなさそうだ。

「万事において、我《われ》に師匠なし」(『五輪書』)

と晩年いい切った武蔵だが、剣の初歩的な手ほどきは父からうけたのではあるまいか。

しかし、その剣＝広くは兵法は、日本三大源流と呼ばれる中条流《ちゅうじょうりゅう》・陰流《かげりゅう》・神道流《しんとうりゅう》のいずれにも属さない、きわめて特異なものであったようだ。今日に伝えられる二天一流《にてんいちりゅう》(二刀《にとう》流《りゅう》）の構えが、半身《はんみ》を取らず、真正面をむく形であるのを見ると、技法は剣術というよりも、柔術系の小具足《こぐそく》、取手《とりて》を連想させるものがある（棒・十手術《じってじゅつ》なども含めて）。

筆者は地域性から竹内流との交流・関連も考えたのだが、もう少し視野を広げれば、修《しゅ》験者《げんじゃ》や山伏《やまぶし》、行者《ぎょうじゃ》などが深山へわけ入り、獣から身を守るために身につけた、兵法に近いものを武蔵は、修得していた可能性が高いように思われる。

正規の兵法と違い、山岳兵法は生き抜くためならば何をやっても許された。不意打ちを喰わそうが、うしろから打ちかかろうが、そもそも〝卑怯《ひきょう》〟という概念がなかったのだから凄まじい。今日に伝えられる武蔵の仕合《しあい》（試合）の多くは、正々堂々という日本の剣術からすれば、きわめて異端《いたん》の駆け引きに終始した戦いが、多かった印象を受ける。

慶長元年（一五九六）、十三歳の武蔵は、播州佐用《さよう》郡平福《ひらふく》村（現・兵庫県佐用郡佐用町平福）で新当流《しんとうりゅう》の兵法者・有馬喜兵衛と仕合をしたと『五輪書』にあるが、これも武蔵の死後しばらくたって記された、円明流五代の丹治峯均《たんじほうきん》の『丹治峯均筆記《ひっき》』に拠《よ》れば、いきなり六尺棒を振りあげて、武蔵が喜兵衛を襲い、数合《すうごう》の打ち合いのあと、突然、武蔵は棒を捨て、相手に組みついて力まかせに投げつけ、そのあと棒を拾って、これで滅多打ちにして絶命させたとある。

喜兵衛が正統な剣の使い手であったとすれば、我流が通用しないことを悟った武蔵が、組み打ちにもちこんだとも解釈できなくはない。十六歳で行ったとされる第二回の仕合においても、但馬《たじま》国（現・兵庫県北部）の秋山という強力《ごうりき》の兵法者を、武蔵は「打《うち》殺し」＝撲殺《ぼくさつ》した形跡がある（『小倉《こくら》碑文』）。いずれも、正規の兵法＝日本剣術とはいいがたい。

武蔵出生の謎

乱世がおわりを告げ、天下泰平の時代となった徳川初期――二天一流を開いた武蔵は、その著とされる『五輪書』の中で、

「生国播磨《しょうこく》（現・兵庫県南西部）の武士、新免武蔵守《しんめんむさしのかみ》藤原の玄信《げんしん》、年つもりて六十……」

と述べていた。この『五輪書』の序文が書かれた寛永二十年（一六四三）から逆算すると、彼の生年は天正十二年（一五八四）ということになる（同十年説もある）。

もっとも、武蔵の出生地については、今日なお諸説があって定まってはいない。

元禄《げんろく》二年（一六八九）に書かれた『宮本村古事帳』には、宮本武仁《むに》とその子・武蔵が、

天正期から慶長期《けいちょう》（一五七三〜一六一五）に、美作国《みまさか》吉野郡《よしの》讃甘庄《さのも》宮本村（現・岡山県美作市宮本）に居住していた、との記述があり、ここの出身とする説が登場した。

この史料をもとに、美作国すなわち作州《さくしゅう》（現・岡山県北東部）こそが武蔵の出生地である、とはじめて公表したのは、文化十二年（一八一五）八月、美作津山《つやま》藩士・正木輝雄《まさきてるかず》の編纂した作州東六郷《ひがしろくごう》（郡）の地誌『東作誌《とうさくし》』であった。

今日ではこの作州出生説が、もっとも有名である。なにしろ吉川英治の小説『宮本武蔵』が、宮本武蔵遺蹟顕彰会編の『宮本武蔵』を依拠として、作州出生説を採用。武蔵の養子・伊織《いおり》がいう播州出生説を退《しりぞ》けたことが、最大の要因であったろう。

美作＝作州出生説によると、武蔵の生家は平田《ひらた》姓となる。「平田家系譜」は『東作誌』に記載されているが、宮本村に武蔵の父・平田武仁が住んでいたという。

諸書を総合すると、この武仁、正しくは平田武仁（無二《むに》）少輔正家《しょうゆうまさいえ》と称し、のちに無二《むに》斎《さい》と号したようだ。作州竹山《たけやま》城（現・岡山県美作下町《しもまち》）の城主・新免家の家老職であり、かたわら十手・刀術に秀《ひい》で、室町幕府十五代将軍・足利義昭のとき、京都において〝扶桑（日本）第一兵法術者〟を称《とな》える吉岡憲法《けんぼう》と仕合をおこない、勝利を得て、〝日下開山無《ひのしたかいさんむ》双《そう》〟（史料によっては〝日下無双兵法術者〟）の号を将軍義昭より賜《たまわ》ったという。

このことから、のちに武蔵が倒したとされる吉岡一門との抗争は、実は、この無二斎であったとの説も生まれていた。もっとも、無二斎が憲法に勝ったというのも、将軍義昭から〝日下開山無双〟の称号を賜ったというのも、裏付けるべき客観的な史料はない。ある伝書においては、無二斎は無二之助と記され、もとは法華宗《ほっけしゅう》（日蓮宗）の僧であったと述べたものもあった。

ついでながら、武蔵の幼名を吉川版『宮本武蔵』では「タケザウ」としている。確かに、このように呼ぶ史料がないわけではないが、多くは武蔵の幼名を「弁之助《べんのすけ》（弁助）」としていた。なぜ、弁之助なのか。武蔵が生まれたおり、父である無二斎（あるいは武仁）は、骨格逞《たくま》しく、将来は非凡な勇士となるように、と心から願い、源義経の忠臣・武蔵坊弁慶にあやかるべく、弁之助と名付けた、と『雌雄剣伝《しゆうけんでん》』ほかは述べている。

武蔵の父・武仁は、系譜上では天正八年四月の没となっている。武蔵の生年とでは、計算が合わない。そうしたところから、武仁の没年を延引させる試みもおこなわれた。

相容れない父子

それはさておき、不確かな記録を重ねあわせていくと、少なくとも幼少期の武蔵と、その父がどのような父子関係にあったか、不思議なもので輪郭が浮かびあがってくる。武蔵の父が、世の中に不平・不満をもって生活していたことは間違いなさそうだ。

――『丹治峯均筆記』に、次のような話が載っていた。

武蔵が弁之助と称していたころのことである。

武仁が楊枝《ようじ》を削《けず》っているのを、戸の陰から見ていた弁之助が、その不器用なさまをからかった。すると武仁は、怒って手にしていた小刀を、わが子へ投げつける。

しかし、弁之助はこれを巧《たく》みにかわして、父をあざ笑って逃げていったというのだ。

話の内容がもし真実であったとすれば、この父子はずいぶん冷たい間柄といわざるを得ない。が、これも狷介孤高《けんかいここう》の武蔵像創出の、下地として語られた、とも考えられる。

母にも再婚の説が複数あり、母に去られた父子は、きわめて冷ややかな家庭にあったことは確かなようだ。否、武蔵は父を心底、憎み切っており、その証左に生涯、父のことについて触れなかった。その確立した兵法も、明らかに父の十手術の影響が読みとれるのだが、前述の通り武蔵は、自らに師はいなかった、と生涯いいつづけている。

比較的長い人生を生きたのではないか、と最近の研究でいわれはじめた無二斎＝無仁に、武蔵はむろん、会いにいったこともなければ、助力を恃《たの》んだこともなかったようだ。

武蔵は先にふれた十三歳のおり、播州平福村で有馬喜兵衛に勝利したのを皮切りに、兵法者を志し、修行の旅に出て、十七歳で関ヶ原にも参戦したといわれている。

ただし、門地に恵まれていない武蔵はおそらく、雑兵とかわらず、槍先の功名を夢みて、出身地の縁で備中（現・岡山県西部）半国に美作・播磨を領有していた、宇喜多秀家《うきたひでいえ》の軍勢に陣借りをして戦ったかと思われる。

おそらく武蔵は、一つ二つは首級《しるし》をあげたかもしれないが、西軍の敗戦という大津波に呑み込まれるように、なすすべもなく、戦場を逃げ去ることになったのではないか。

落武者狩りを逃れ、その後、改めて兵法家の道に邁進《まいしん》し、剣の技術を磨いて六十余度の仕合に、一度として敗れることはなかったという（『五輪書』序）。この凄まじいエネルギーの根源は、そもそも何であったのだろうか。筆者《わたし》はその父へのライバル心ではなかったか、と疑ってきた。武蔵にとって父の存在は、宿敵以外の何者でもなかった。

武蔵はそれを越えようとして、生命懸《いのちが》けの仕合をおこない、さらには一対一の勝負から、一対多数の勝負——数万の大軍を率いての駆け引きへと、その兵法を高めていく。

ちなみに、六十余度目——武蔵の一対一の最後の勝負こそが、豊前小倉藩領の長門《ながと》国（現・山口県北西部）船島《ふなしま》（のちの通称は巌流島《がんりゅうじま》）でおこなわれた、巌流（岩流《がんりゅう》）・佐々木小次郎との決闘であった。武蔵、二十九歳。この年が彼の、ひとつのエポックとなる。

この直後、武蔵は父と例外的な再会をしていた。敗れた小次郎が息を吹きかえしたおり、武蔵の門下生が寄ってたかって小次郎をなぶり殺しにしたことにより、彼の門人たちから、武蔵は生命《いのち》を狙われることとなった。そのため、細川家の鉄砲足軽が一小隊、武蔵を護衛して、父のいる豊後《ぶんご》（現・大分県の大半）まで送り届けたというのだ（沼田延元《のぶもと》著『沼田家記』）。

その後、武蔵は三十一歳で大坂冬の陣、翌慶長二十年（一六一五）五月には夏の陣に参加した、ともいうが、いずれにおいても歴史上特筆すべき軍功はあげていない。

一説には、野心を抱《いだ》いて大坂城に入城したものの、微賤《びせん》の軽士として扱われたにすぎなかったといわれているが、真相は攻城方の水野日向守勝成《ひゅうがのかみかつなり》の麾下《きか》に属して、武蔵は出陣していた。が、彼は一隊を指揮する〝将〟の身分ではなかった。この場合の〝将〟とは、戦《いくさ》の駆け引きをする者であり、軍勢を動かすべく采配を振るう者は、石高《こくだか》でいえば少なくとも三千石級である。が、兵法の指南役の相場は、当時、ほぼ一桁《けた》落ちる三百石が基準。徒士には勝《まさ》る士大夫（将校）ではあったが、とても一隊を指揮するほどの地位ではなかった。それもっともなことで、諸大名にすれば兵法者の人物を欲していたのではなく、大名らは単に、彼らの身につけた殺傷の技術を、買おうとしたにすぎないのだから。

武蔵の後半生

空白期間を置いて、再び武蔵が歴史の舞台に登場するのは、寛永十三年（一六三六）、三代将軍・徳川家光の治世であった。

豊前小倉城主・小笠原忠真《おがさわらただざね》の食客となり、翌年の十二月に勃発した天草・島原の乱（一揆）に出陣したおりで、武蔵はすでに五十歳も半ばとなっていた。彼はこの一戦について、やはり己れを支持してくれていた日向延岡《のべおか》藩主・有馬直純《なおずみ》に書状を送っていた。

「拙者も石にあたり、すねたちかね申故《もうすゆえ》――」

と、一揆軍の投石に当って、脛《すね》をやられたことを報じたのはこのときのことである。

これを別な角度から読めば、武蔵はたのまれてもいないのに、最前線に出たと受け取れなくもない。さらにその後、肥後（現・熊本県）の細川家の熱心なすすめにより、客分で十七人扶持《ふち》、実米三百俵、席は人持着座格《ひともちちゃくざかく》（大番組頭格に相当・『武公伝』記載）という条件で、熊本へ赴いている。寛永十七年、武蔵が五十七歳のときのことである。

武蔵はこの地で翌年、藩主・細川忠利《ただとし》の求めに応じて『兵法三十五箇条』を述べ、『五輪書』を著述し、やがて遺言ともいうべき「独行道」を書き残して、この世を去った。亡くなった正保二年（一六四五）、享年は六十二の説が有力である。

生涯を兵法修行にあけくれた武蔵は、「独行道」において、「我事《われこと》において後悔せず」といい切った。

この「独行道」は、二十一項目の箇条書でしかない。『五輪書』や『兵法三十五箇条』に比べると、きわめて短いが、そのかわりに武蔵の思想、思索が小型《コンパクト》に綴られていた。

「常に兵法の道をはなれず」（「独行道」）

武蔵生涯の主題《テーマ》は、勝負に勝つための個人必勝の原理・原則——もとより大軍を指揮するおりにも応用の効く——の探求にあったといっていい。

そのためであろうか、武蔵の論法には常に、〝我〟と〝敵〟しか存在しない。己れを繋《つな》ぎ留めようとする世のしがらみ——義理や情といったもの——をすべて断ち切り、唯《ただ》一心に〝個〟の世界のみを追求した。それゆえに、一切の〝甘え〟は許されず、己れ以外に頼る気持ちもすべて否定している。

では、〝個〟を貫くにはどうすればよいのか。武蔵は究極の悟りとして、「万里《ばんり》一空《いっくう》」（『五輪書』）を挙げている。これは「独行道」のキーワードでもあり、喜怒哀楽の一切を捨て去れと彼はいうのだ。

「常《つね》のごとくおもひ、心のかはらぬ所《ところ》兵法の肝要《かんよう》なり」——つまりは、「平常心」の涵養《かんよう》を武蔵は説いていた。その一方では、「兵具は格別、余の遊具たしなまず」（「独行道」）——己れの才能を、殊《こと》（刀で殺す）にあたって最大限に力を発露できるよう、研鑽しておけともいっている。決して機会《チャンス》を逃さず、ここ一番で蓄積した力量を一気に放出せよ、と。

同様に、「諸事目利《めきき》」＝情報を収集して好機に備え、「よくよく心得《こころえる》べきである」「よくよく吟味すべし」と、武蔵は『五輪書』で繰り返し述べている。
また、「独行道」の、名言として知られる、「仏神は尊し、仏神をたのまず」というのもあった。「仏神」を「組織」に換置してみれば、武蔵のいわんとすることは明白である。要は、組織依存がいけないのであり、組織を己れのために活用する姿勢こそが大切なのである。
組織は重要であり、それは改めていうまでもない。だが、その組織は中心があってこそ機能し、個＝個人が秀逸かつ強力であればこそ、正しく機能するもの。武蔵のこうした極意開眼は、一体、いつ頃であったのだろうか。『五輪書』に、興味深い一節がある。

我、三十を越《こ》へて跡をおもひみるに、兵法至極してかつにはあらず、をのずから道の器用有りて、天理をはなれざる故《ゆえ》か。又《また》は他流の兵法、不足なる所にや。其後《そのご》なをもふかき道理を得んと、朝鍛夕練してみれば、をのづから兵法の道にあふ事、我五十歳の比也《ころなり》。

武蔵は、五十代になるに及んで、ついに、「兵法の道にあふ事」——いわゆる兵法の真髄を、〝心体一致〟して自得したという。

では、〝兵法の道にあふ事〟とは、どのような境地であったのだろうか。

『五輪書』の「地の巻」で、剣術について単に強くなることが、修行の目的ではなく、己れ自身を知る悟りを開いてこそ、〝兵法の道にあふ事〟の真髄に繫がる、と彼は言っている。

――おそらくは、「我事において後悔をせず」といいながらも、武蔵の晩年の心境たるや、時代や己れに対する人知れぬ失望や悔恨、怨嗟《えんさ》や慙愧《ざんき》の念といった、人間のもつ様ざまの弱点・瑕瑾《かきん》に満ちていたのではなかったろうか。

だからこそ武蔵の教えは、今日においても〝人生〟の要諦《ようてい》＝極意を語って尽きるところがない。だが、強さや勝利のみを追究した武蔵には、大きく欠けたままになっていたものがあった。彼が捨て去れといった感情――人間は武蔵の考えのように、合理的な生きものではない。人間の行動を決するのは、多くの場合、感情であることを、武蔵はどうも過小に考えたきらい（傾向）がある。

人情の機微にふれて、人は言動を決するのだが、一切を捨てさり平常心を説くあまり、彼はこの大切なものをも、要諦から切り捨ててしまった可能性があった。

おそらく武蔵にとって、この機微ほど苦手なものはなかったのだろう。

彼が生きた時代、この剣豪と並び得る剣の使い手は、わずかしかいなかったに違いない。天下の柳生但馬守宗矩《やぎゅうたじまのかみむねのり》と武蔵が仕合をすれば、武蔵が勝ったかもしれない。が、その勝負は正々堂々としたものではなく、おそらくは巌流島の再現となった可能性は高い。

勝利のみを追究した武蔵の極意＝『五輪書』には、たった一つ、書かれていないことがあった。それは、人の心の読み方――してみると武蔵は、己れを「芸者」とは思わず、ひたすら軍略・兵法の使い手を自任しつつも、その実は「芸者」の技術書を述べて生涯をおえた、といえなくはない。

強さの極《きわ》みを自得しながら、人の心の機微を悟り得なかった剣豪・剣客は少なくない。極意とは、常勝の悟りであると同時に、人間社会の中で生きていく原理・原則を示したものでなければならなかったのである。この点だけは、さしもの講談の名筆をもってしても、剣豪武蔵に仮託《かたく》して、描くことがかなわなかったのかもしれない。

（かく・こうぞう）

宮本武蔵 〔立川文庫セレクション〕

2019年4月10日 初版第1刷印刷
2019年4月20日 初版第1刷発行

著 者 野花散人
発行者 森下紀夫
発行所 論 創 社
〒101-0051 東京都千代田区神田神保町2-23 北井ビル
tel. 03（3264）5254 fax. 03（3264）5232 web. http://www.ronso.co.jp/
振替口座 00160-1-155266
装幀／宗利淳一
印刷・製本／中央精版印刷 組版／フレックスアート
ISBN978-4-8460-1809-2